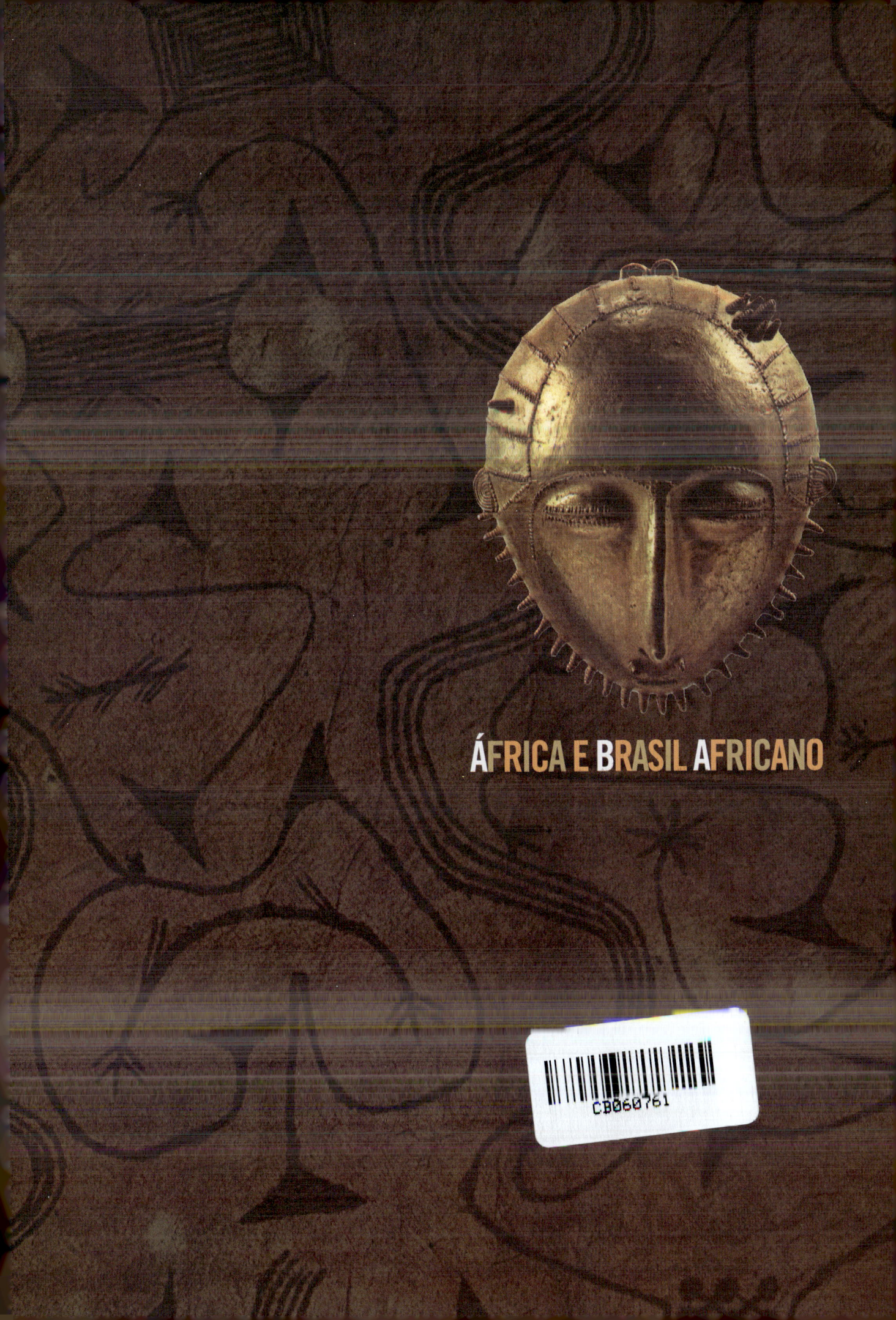

ÁFRICA E BRASIL AFRICANO

ÁFRICA E BRASIL AFRICANO

Marina de Mello e Souza

Professora de História da África da Universidade de São Paulo

EDIÇÃO REVISTA PELA AUTORA

ÁFRICA E BRASIL AFRICANO
© MARINA DE MELLO E SOUZA, 2005

GERENTE EDITORIAL *Fabricio Waltrick*
EDITORA *Lavínia Fávero*
EDITORA ASSISTENTE *Grazielle Veiga*
ESTAGIÁRIA *Marina Constantino*
PREPARADORA *Márcia Leme*
LEITURA CRÍTICA *Alberto da Costa e Silva*
COORDENADORA DE REVISÃO *Ivany Picasso Batista*
REVISORAS *Alessandra Miranda de Sá, Cátia de Almeida*

ARTE
PROJETO GRÁFICO *Victor Burton*
COORDENADORA DE ARTE *Soraia Scarpa*
ASSISTENTE DE ARTE *Thatiana Kalaes*
MAPAS *Maps World*
TRATAMENTO DE IMAGEM *Cesar Wolf, Fernanda Crevin*
PESQUISA ICONOGRÁFICA *Silvio Kligin (coord.)*
MAPAS DA CAPA *Mapa das capitanias da Paraíba, Pernambuco e Itamaracá. Willem Hondius, 1635; Mapa da Costa Ocidental da África. Mercator-Hondius, 1636 (Os mapas foram reproduzidos em seu formato original)*

CIP-BRASIL. CATALOGAÇÃO NA FONTE
SINDICATO NACIONAL DOS EDITORES DE LIVROS, RJ.

S716a
3.ed.
Souza, Marina de Mello e
  África e Brasil africano / Marina de Mello e Souza. - 3.ed. -
São Paulo : Ática, 2012.
  176p. : il.

  Apêndice: Suplemento de atividades (encarte)
  Inclui bibliografia
  ISBN 978-85-08-16052-5

  1. África - História. 2. África - Usos e costumes. 3. Negros - Brasil - História. 4. Negros - Brasil - Usos e costumes. I. Título.

12-3186.   CDD: 960
                                     CDU: 94(6)

ISBN 978 85 08 16052-5 (aluno)
Código da obra CL 738310
CAE: 271364 - AL

2024
3ª edição
7ª impressão
Impressão e acabamento: Vox Gráfica / OP: 248966

Todos os direitos reservados pela Editora Ática S.A.
Avenida das Nações Unidas, 7221
Pinheiros – São Paulo – SP – CEP 05425-902
Atendimento ao cliente: (0xx11) 4003-3061
atendimento@aticascipione.com.br
www.aticascipione.com.br

IMPORTANTE: Ao comprar um livro, você remunera e reconhece o trabalho do autor e o de muitos outros profissionais envolvidos na produção editorial e na comercialização das obras: editores, revisores, diagramadores, ilustradores, gráficos, divulgadores, distribuidores, livreiros, entre outros. Ajude-nos a combater a cópia ilegal! Ela gera desemprego, prejudica a difusão da cultura e encarece os livros que você compra.

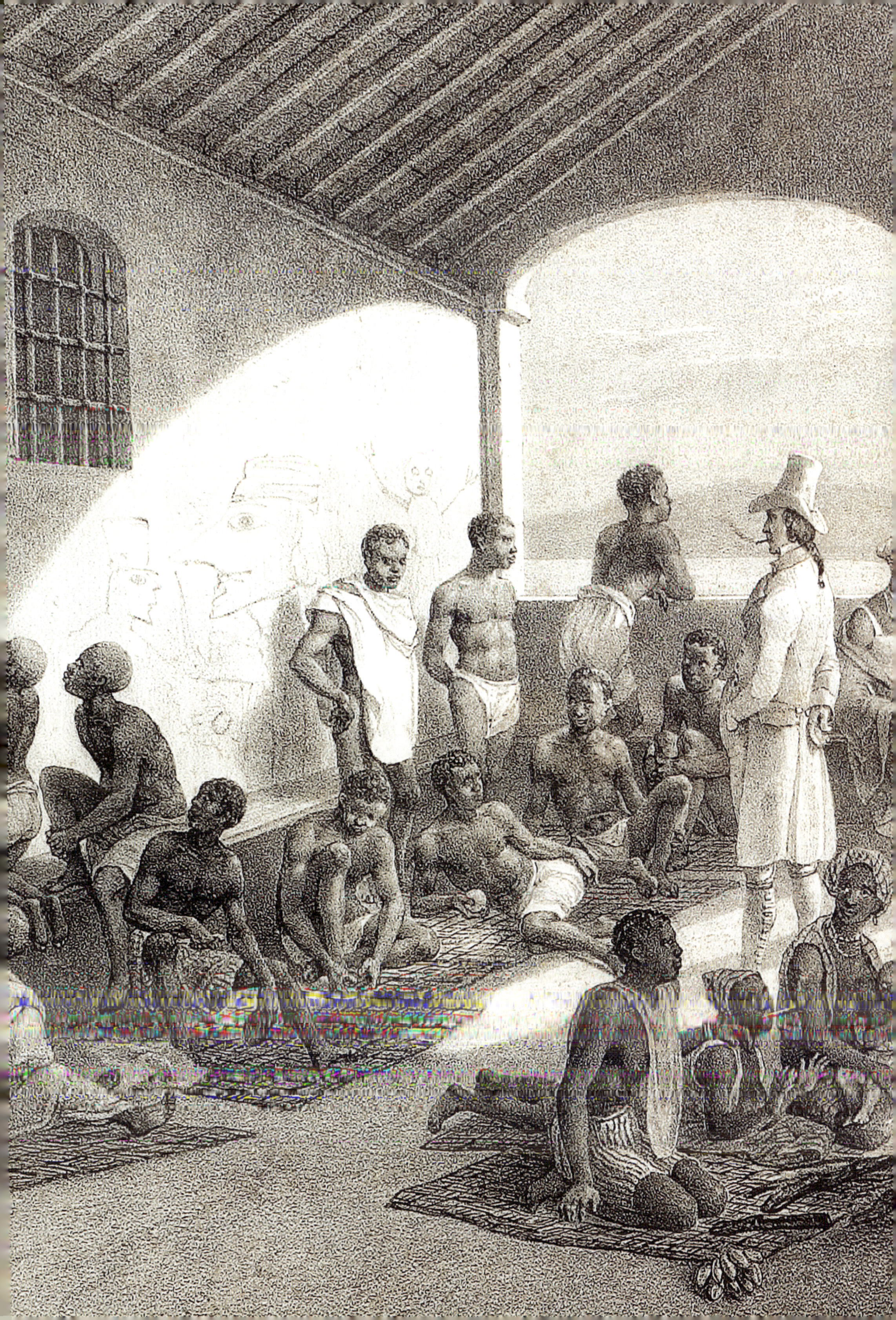

Para Ilmar Rohloff de Mattos

Apresentação

A intenção deste livro é mostrar o que existe de africano no Brasil e contar coisas da África que ainda são pouco conhecidas entre nós. Se somos resultado da mistura de índios, africanos e portugueses – outros imigrantes só passaram a vir em maior número a partir do fim do século XIX –, temos de conhecer melhor o que esses antepassados nos deixaram como herança.

Como todos sabemos, e confirmamos ao olhar para as pessoas que formam o povo brasileiro, os negros africanos deram uma contribuição muito importante para o Brasil ser o que é hoje. Depois de uma dura travessia pelo oceano Atlântico, foram obrigados a mudar sua maneira de viver, adaptando seus costumes e suas tradições ao novo ambiente. Misturando-se aos povos que aqui encontraram, esses negros deram origem à mestiçagem que amorenou a nossa pele, alongou nossa silhueta, encrespou nossos cabelos e nos conferiu a originalidade de gestos macios e andar requebrado. Quando nossos antepassados incorporaram elementos africanos ao seu dia a dia nas lavouras, nos engenhos de açúcar, nas minas e nas cidades, construíram uma nova identidade e nos legaram o que hoje chamamos de cultura afro-brasileira.

Abordar conteúdos que trazem para a sala de aula a história da África e do Brasil africano é cumprir alguns de nossos objetivos como educadores: levar à reflexão sobre a discriminação racial, valorizar a diversidade étnica, gerar debate, estimular valores e comportamentos de respeito, solidariedade e tolerância. E é também a oportunidade de levantar a bandeira de combate ao racismo e às discriminações que atingem em particular a população negra, afro-brasileira ou afrodescendente. Discutir esse tema junto de nossos alunos é o primeiro passo na trilha da reconstrução de uma face de nosso passado que ainda precisa ser entendida. Esperamos que este livro, em nova edição revista pela autora, participe dessa caminhada.

Boa leitura.

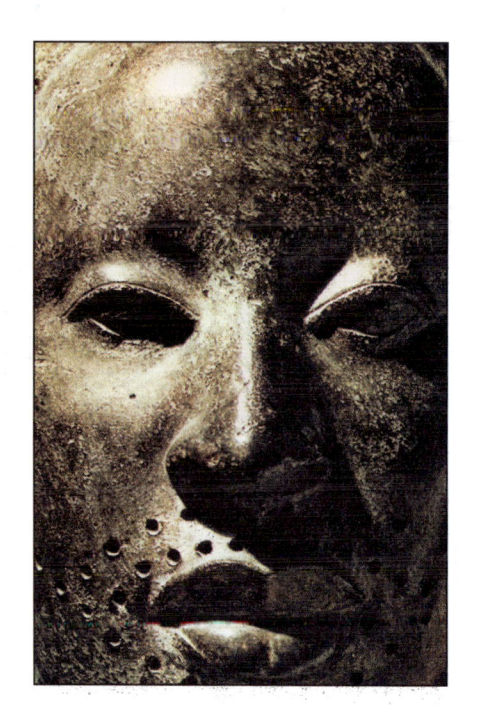

CAPÍTULO 1
A África e seus habitantes

Retrato físico do continente 11

A variedade de povos 14
A África nilótica e saariana 14
Entre o Saara e o Atlântico 19
Os bantos da África central 21

Contatos com gente de fora da África 24
Pelos mares Mediterrâneo e Vermelho 24
Pelo oceano Índico 26
Pelo oceano Atlântico 27

CAPÍTULO 2
Sociedades africanas

As formas de organização 31

Exemplos de sociedades africanas 34
No Sudão ocidental 34
As sociedades iorubás e daomeanas 36
O Congo 38
Terras do Monomotapa 40

O comércio 42

O sobrenatural 44

CAPÍTULO 3
Comércio de escravos e escravidão

A escravidão na África 47

O comércio de escravos pelo oceano Atlântico 50
O pioneirismo português 50
Formas de comerciar escravos 56
Principais regiões fornecedoras de escravos 61

Transformações provocadas pelo tráfico de escravos 64
A Costa da Mina 64
A costa de Angola 68

CAPÍTULO 4

Os africanos e seus descendentes no Brasil

O escravismo colonial 77

Quem eram os africanos trazidos para o Brasil 82

Tornando-se parte da sociedade brasileira 88
As relações dos africanos entre si e com os crioulos 88
As relações dos africanos e seus descendentes com os senhores 92
As resistências à escravidão 97

Como voltar a ser gente que vive em grupo 104
Novas identidades 104
Os laços entre parentes e companheiros de trabalho 107
As religiões africanas no Brasil 111
O catolicismo negro 116

CAPÍTULO 5

O negro na sociedade brasileira contemporânea

O fim da escravidão e do contato com a África 121

A mestiçagem 128

Manifestações culturais afro-brasileiras 132

O caminho em direção à igualdade 140

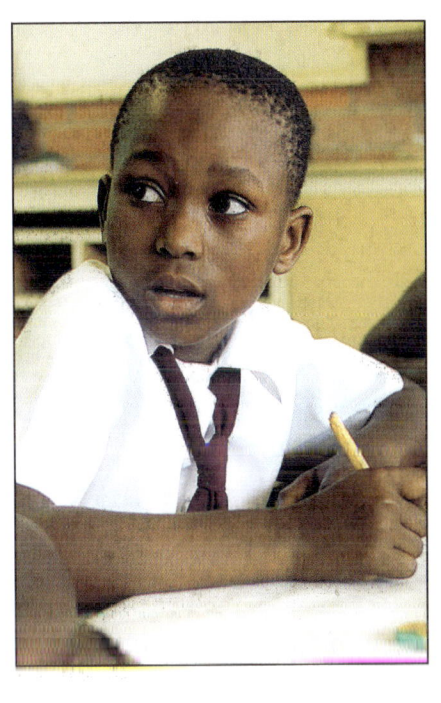

CAPÍTULO 6

A África depois do tráfico de escravos

O fim do tráfico de escravos 147

A ocupação colonial 152

O século XX para os africanos 162

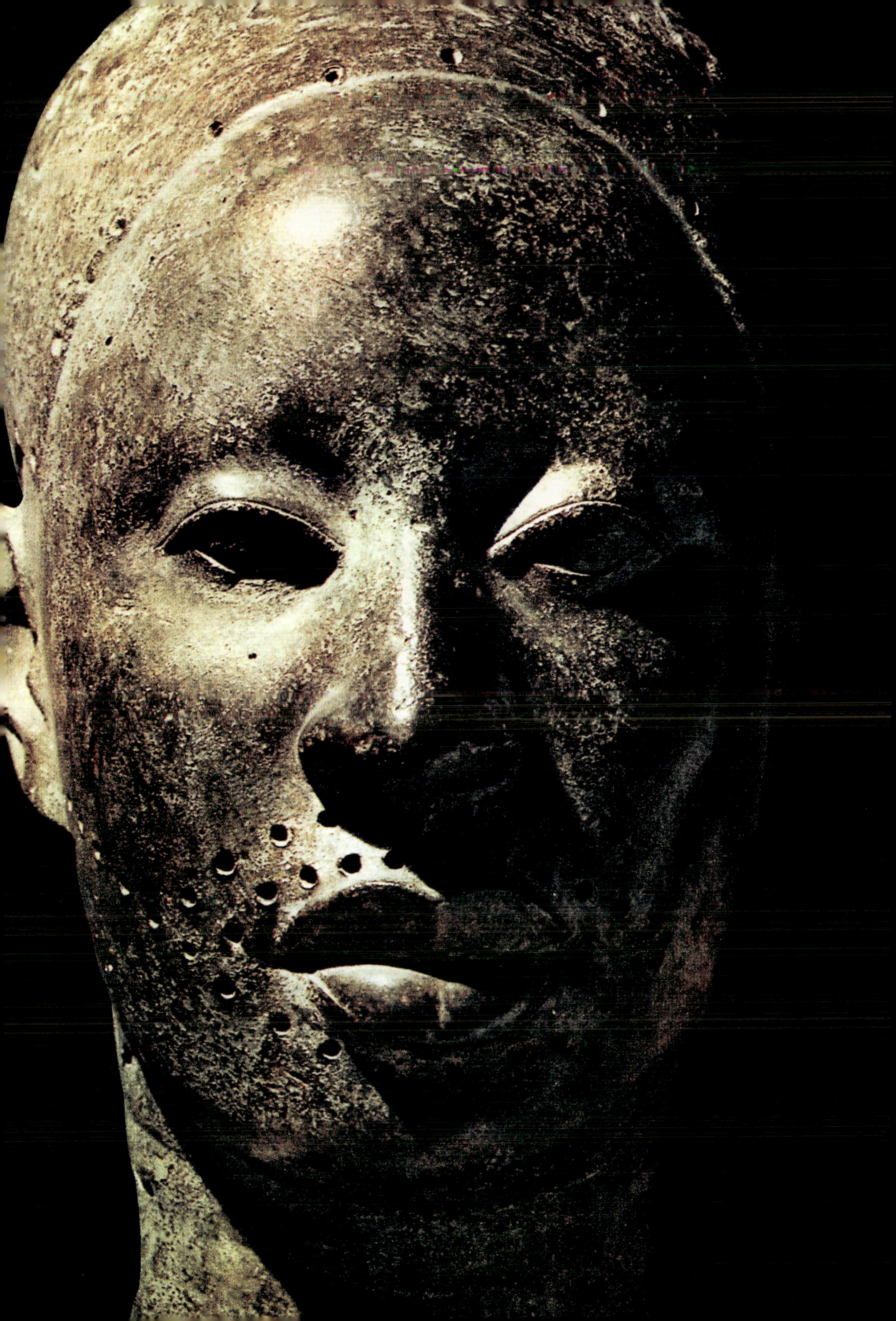

CAPÍTULO 1

A África e seus habitantes

Retrato físico do continente

O continente africano é cercado a nordeste pelo mar Vermelho, ao norte pelo Mediterrâneo, a oeste pelo oceano Atlântico e a leste pelo oceano Índico. O istmo de Suez o liga à península Arábica. Em termos geográficos, suas principais marcas são o deserto do Saara ao norte, o deserto do Calahari a sudoeste, a floresta tropical do centro do continente, as savanas, ou campos de vegetação esparsa e rasteira, que separam áreas desérticas de áreas de florestas, e algumas terras altas, como aquelas nas quais nascem os rios que formam o Nilo.

Os rios são os meios de comunicação mais importantes do continente. Entre eles se destacam o Nilo, que nasce na região do lago Vitória e deságua no Mediterrâneo; o Senegal, o Gâmbia, o Volta e o Níger, que nascem nas montanhas do Fula Jalom e deságuam no oceano Atlântico, em pontos diferentes da costa ocidental africana; o Congo e o Cuanza, que nascem nos planaltos do interior de Angola e no coração da floresta equatorial central e deságuam no oceano Atlântico, na costa africana centro-ocidental; e, finalmente, o Limpopo e o Zambeze, no sudeste do continente, que deságuam na costa do oceano Índico, onde hoje é Moçambique. Também são referências geográficas importantes os grandes lagos da região centro-oriental.

A grande faixa do Saara divide o continente. Ali, onde um dia existiram lagos, formaram-se algumas minas de sal. O deserto se estende da costa do Atlântico à do mar Vermelho, cortado a oeste pelo rio Níger e a leste pelo rio Nilo. Às margens desses dois rios há terras férteis, nas quais a agricultura e a criação de animais permitiram o desenvolvimento de sociedades complexas, que tiveram uma dose de grandiosidade. As bordas sul e oeste do Saara são conhecidas como Sael ou praias do deserto. Nessas áreas

A costa ocidental, onde deságuam os rios Senegal, Níger e Congo, era coberta por florestas que foram pouco a pouco derrubadas pelos povos que viviam nessas terras, nas quais cultivavam alimentos e criavam animais, além de caçar, pescar e aproveitar os frutos da natureza. A floresta equatorial domina o centro do continente, cercada de savanas que a sudoeste se misturam ao deserto do Calahari, a sudeste chegam até o mar e ao norte se encontram com o Sael. Nessas áreas de savana a criação de gado muitas

A África e seus habitantes

vezes ainda hoje é a principal atividade econômica. Nos espaços abertos dentro das florestas, que foram diminuindo à medida que as populações cresceram, eram plantados tubérculos, leguminosas, vagens e grãos. Em algumas áreas a agricultura se combinava ao pastoreio, ou à caça, pesca e extração de produtos da natureza. Apesar das enormes mudanças pelas quais passou o continente nos últimos cem anos, em muitos lugares as pessoas ainda vivem dependendo das condições naturais, plantando e pastoreando.

Quedas-d'água no Gabão, em meio à floresta equatorial: um dos muitos cenários naturais de dimensões impressionantes do continente africano.

Abaixo
Nas savanas e nas estepes vive grande quantidade de animais, como o kudu, um tipo de antílope.

CAPÍTULO 1 — **Retrato físico do continente** — 13

Mapa físico da África

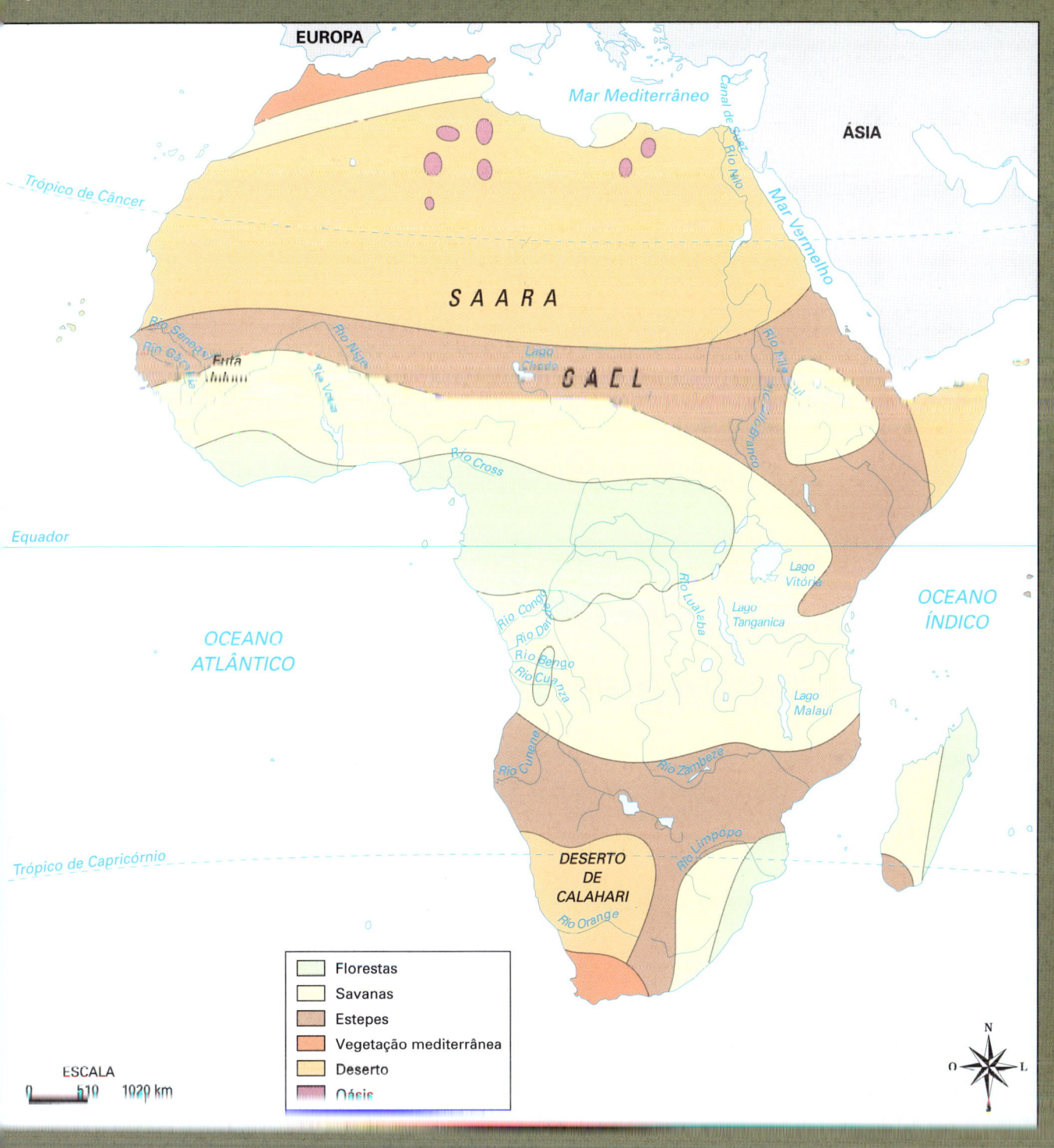

EUROPA
Mar Mediterrâneo
ÁSIA
Trópico de Câncer
Canal de Suez
Rio Nilo
Mar Vermelho
SAARA
Rio Senegal
Rio Gâmbia
Futa Djalom
Rio Níger
Lago Chade
SAEL
Rio Nilo Azul
Rio Nilo Branco
Rio Cross
Equador
Rio Congo
Rio Lualaba
Lago Vitória
Lago Tanganica
Rio Daru
Rio Bengo
Rio Cuanza
Lago Malaui
OCEANO ATLÂNTICO
OCEANO ÍNDICO
Rio Cunene
Rio Zambeze
Rio Limpopo
Trópico de Capricórnio
DESERTO DE CALAHARI
Rio Orange

Legenda:
- Florestas
- Savanas
- Estepes
- Vegetação mediterrânea
- Deserto
- Oásis

ESCALA
0   610   1020 km

N O L S

Nesse mapa, foram destacados os tipos de cobertura vegetal.

A EXPANSÃO DO CRISTIANISMO

O cristianismo nasceu do judaísmo, religião a que pertencia Jesus, cuja pregação está calcada nos escritos judaicos. Foram os seguidores de Jesus que propagaram a crença de que ele era o Cristo, filho de Deus, e que ressuscitou dentre os mortos antes de ascender aos céus.

De todos os apóstolos propagadores do evangelho, isto é, da boa-nova, São Paulo se destacou como o mais ativo, pregando pelo Mediterrâneo. A conversão de todos os povos conhecidos à nova religião, criada a partir de Cristo, era a meta dos pregadores que divulgavam os princípios do cristianismo. O Império Romano, o mais influente e poderoso da época, cujos governantes haviam ordenado a crucificação de Jesus e uma perseguição cruel aos primeiros cristãos, até mesmo decapitando São Paulo e crucificando São Pedro, aderiu ao cristianismo no século IV.

No século VI, algumas regiões da Núbia e a Etiópia eram os únicos Estados cristãos fora da área de influência do Império Romano. Sua ocupação pelos bárbaros não eliminou o cristianismo, que se tornou a religião sob a qual os reinos europeus se estruturaram. No século XVI, Portugal e Espanha, envolvidos nas Grandes Navegações, se tornaram os grandes centros difusores do catolicismo, ao justificar seu direito sobre as terras e os povos com que entravam em contato em nome de sua missão evangelizadora.

A EXPANSÃO DO ISLAMISMO

Maomé, que viveu entre Meca e Medina de 570 a 632, foi o fundador do islã, que significa submissão a deus, único e onipotente. No mundo moderno, o judaísmo, o cristianismo e o islamismo são as três principais religiões monoteístas, isto é, que preconizam a existência de um único deus, criador de todas as coisas. Elas se guiam por textos sagrados, estabelecidos em momentos diferentes: a Torá, a Bíblia e o Alcorão. O islã foi rapidamente difundido pela pregação de Maomé e seus seguidores, e, no século VIII, estava presente desde a Pérsia até a península Ibérica, passando por toda a Arábia, pelo Império Turco e pelo norte da África.

A religião vinha acompanhada de maneiras de viver e de governar próprias do mundo árabe, chamadas de muçulmanas. Segundo a religião islâmica, povos variados podem ser agregados em torno de uma comunidade de ideias e crenças capaz de produzir uma unidade, chamada de *umma*. Os cinco principais deveres de todo adepto do islã são: a profissão de fé, isto é, a declaração da crença em um só Deus e em Maomé como seu profeta; a oração cinco vezes ao dia; o pagamento do imposto religioso; o jejum no mês do Ramadã; e a peregrinação a Meca pelo menos uma vez na vida.

A variedade de povos

A África nilótica e saariana

As informações mais antigas acerca de povos africanos referem-se ao Egito, onde floresceu há 5 mil anos, no vale do rio Nilo, uma civilização que durou mais de 2 mil anos e deixou algumas marcas de sua grandeza, como os túmulos reais e as pinturas. Ainda na região do Nilo, outra civilização grandiosa foi a Núbia (750 a.C.), localizada na forquilha formada pelo encontro do Nilo Branco com o Nilo Azul. Nessa região, localizada no atual Sudão, houve sucessivos Estados que se impuseram sobre seus vizinhos, destacando-se Meroe, em torno de 500 a.C., e Etiópia, que desde o século VI da nossa era incorporou o cristianismo como religião oficial.

Desde o ano 100 havia cristãos em Alexandria, no Egito; e no século IV o evangelho era pregado na Núbia, que se ligava tanto ao Egito, pelo rio Nilo, como à Palestina, pelo mar Vermelho. Na Etiópia, ao sul da Núbia, o cristianismo chegou principalmente pelo mar Vermelho e resistiu à constante pressão que o islamismo exerceu sobre ele.

Essas regiões eram habitadas por povos oriundos da península Arábica, misturados com populações originárias do continente africano. Foi pelos portos do mar Vermelho e pelo istmo de Suez que tanto os cristãos como os árabes penetraram no continente africano, mantendo com ele relações duradouras. A partir de 660, os seguidores de Maomé conquistaram povos a leste e a oeste da península Arábica levando consigo o islamismo, religião que seria cada vez mais importante na África.

Os habitantes do norte da África, onde hoje se localizam a Líbia, a Tunísia, a Argélia e o Marrocos, eram conhecidos como berberes e sofreram forte influência árabe desde o século VII. Mas berbere também é o nome dado a uma variedade de povos nômades que viviam na região do deserto, criavam camelos e conheciam os oásis e os poços de água, como os azenegues e tuaregues. No vale do rio Nilo e em algumas terras férteis próximas à costa, agricultores se fixaram em torno de aldeias ou cidades maiores. O pastoreio e o comércio eram as atividades de muitos. Na costa do Mediterrâneo estavam os portos por onde passavam as mercadorias trazidas pelas caravanas que transitavam pelo deserto do Saara e pelo Sael.

O deserto do Saara era, como ainda é, habitado por uma variedade de povos nômades, que o conheciam muito bem. Esse conhecimento fazia deles os guias que tornavam possível o trânsito de pessoas e produtos por região tão inóspita. O camelo, animal trazido da península Arábica – embora já

CAPÍTULO 1 — **A variedade de povos** — 15

África com cidades e Estados antigos

Locais indicados no mapa:

- Arq. dos Açores
- Ilha da Madeira
- Arq. Canárias
- Cabo Bojador
- Forte de Arguim
- Arquipélago de Cabo Verde
- PENÍNSULA IBÉRICA
- Granada
- Tânger
- Fez
- Roma
- Cartago
- Constantinopla
- TURQUIA
- PALESTINA
- Alexandria
- Cairo
- EGITO
- Medina
- Meca
- PENÍNSULA ARÁBICA
- PÉRSIA
- Golfo Pérsico
- Golfo de Áden
- ÍNDIA
- Is. Maldivas
- Gana
- Mali
- Tombuctu
- Songai
- Gaô
- BAMBUK
- BURÉ
- Jené
- Daomé
- Abomé
- Oió
- Alada
- Ifé
- Benin
- Axante
- Golfo de Benin
- SÃO TOMÉ E PRÍNCIPE
- Forte de São Jorge da Mina
- Canem
- Bornu
- Darfur
- Marrocos
- Núbia
- Senar
- Axum
- Etiópia
- Tiu
- Loango
- Pinda
- Ambriz
- Congo
- Dongo
- Luanda
- Matamba
- Lunda
- Ambuíla
- Cassanje
- Cazembe
- Lozi
- Zanzibar
- Quíloa
- COMORES
- Moçambique
- Angoche
- Quelimane
- Monomotapa
- Sofala
- MADAGASCAR
- I. Reunião
- Inhambane
- OCEANO ATLÂNTICO
- OCEANO ÍNDICO

ESCALA 0 — 748 — 1496 km

Rosa dos ventos: N, O, L, S

As sociedades e as cidades do passado são indicadas em sua localização aproximada.

A África e seus habitantes

As cidades e aldeias próximas do rio Níger eram pontos de apoio do comércio do Sael e do Saara.

Abaixo
O camelo permitiu que as regiões do Sael e do norte da África, à beira do Mediterrâneo, se mantivessem em contato.

existisse no Egito antigo –, passou a ser usado com mais frequência somente a partir do século IV de nossa era. Com ele, as condições de circulação pelo deserto melhoraram muito, graças à sua força e à sua capacidade de ficar muitos dias sem comer nem beber água. O camelo facilitou a comunicação através do deserto e sustentou um comércio que uniu o Sael ao norte da África e ao Mediterrâneo. Daí as cargas ainda seguiam para a península Arábica e para o mar Vermelho, por terra e por mar.

Os comerciantes tuaregues ligavam toda a região do Sael, no passado também conhecido como Sudão – em árabe *Bilad al-Sudan* (que quer dizer terra de negros) –, ao norte islamizado da África. Eles foram os principais difusores do islã por toda essa região que corresponde mais ou menos aos atuais países do Sudão, Chade, Níger, Mali, Burquina Faso, Mauritânia e Saara Ocidental. Foi aí que se formaram os antigos impérios de Gana (séculos VI a XIII), Mali (séculos XIII a XVI) e Songai (séculos XVI a XVIII). (Ver mapa da p. 15)

Para a existência de todos esses *impérios*[1] foram decisivas as condições físicas do delta interior do Níger, como é chamada a região onde esse rio faz uma acentuada curva para o sul. Na altura dessa curva forma-se uma rede de rios e canais interligados que fertilizam a região, vizinha do Saara.

---

1 *império* unidade política que congrega várias outras unidades, que podem ser compostas por povos diferentes entre si, que mantêm suas formas de governar locais, mas prestam obediência ao poder central, controlado pelo chefe de todos os chefes.

CAPÍTULO **1** **A variedade de povos** 17

Divisão política da África (atual)

*[Mapa político da África mostrando os países, capitais e oceanos. Legenda:
Possessões
ANG – Angola
ESP – Espanha
IEM – Iêmen
POR – Portugal
RUN – Reino Unido
Escala: 0 — 490 — 980 km]*

Essa fertilidade garantiu o sustento de muita gente, tanto nativa como a que estava de passagem.

Esses rios também favoreciam as atividades comerciais, que se serviam deles como vias de locomoção. As canoas eram o principal meio para transportar as cargas das caravanas que iam e vinham, ligando as áreas de floresta ao deserto e aos portos do Mediterrâneo, aos quais as mercadorias chegavam em lombo de camelos.

Nas cidades mais frequentadas pelos comerciantes, que por ali circulavam desde o século VI, e onde as terras eram mais férteis, como Tombuctu, Gaô e Jené, no atual Mali,

Foi só a partir de 1960 que o continente africano assumiu a sua atual divisão em 55 países.

NOZ-DE-COLA

A noz-de-cola é um produto da floresta muito valorizado entre as sociedades muçulmanas. No interior desse fruto de diversas variedades, ficam os gomos, com um sumo extremamente amargo, que, ao ser consumido nas regiões áridas do deserto e da savana, sacia a sede e produz uma sensação de bem-estar graças ao seu alto teor de cafeína.

De conservação delicada, era transportado com cuidado, envolto em folhas verdes e largas, tendo de ser constantemente reembalado para que seu frescor fosse mantido. Oferecido aos visitantes ilustres, não podia faltar entre os bens das pessoas de maior distinção. Dos poucos estimulantes permitidos entre os povos islamizados, tinha alto valor de troca, o que compensava as longas distâncias e os cuidados especiais relacionados ao seu comércio.

No Brasil a noz-de-cola, conhecida como *obi* e *orobó*, tem lugar de destaque na realização de alguns cultos religiosos afro-brasileiros.

Cola acuminata, nome científico da cola, planta nativa africana.

havia muitos azenegues, tuaregues e outros berberes, todos eles povos arabizados. Mas os povos que moravam nessas regiões eram diferentes desses habitantes do deserto e do norte da África e não eram muçulmanos[2]. Ali viviam principalmente mandingas e fulas, mas também uma variedade de outros grupos que faziam questão de se manter diferentes de seus vizinhos, mesmo convivendo lado a lado. Além de comerciar com os nômades do Saara, eles eram pastores, cultivavam alimentos, faziam tecidos e cerâmica e trabalhavam o couro.

Nas cidades se concentravam os comerciantes, os administradores, os artesãos e os mais ricos, e ao redor delas os que plantavam e criavam os animais, abastecendo as cidades, além de produzir o sustento de suas famílias. Mesmo convivendo de maneira muito próxima, cada grupo guardava sua identidade. Cada um deles repetia as histórias de seus antepassados e de seus chefes, mantinha suas regras de convivência, seus valores e suas crenças e falava línguas e dialetos diversos. Mas, apesar das identidades particulares, os diferentes grupos conviviam em harmonia, se completavam e se ajudavam.

Apoiadas pela fertilidade, que facilitava a manutenção e reprodução dos grupos, as caravanas que por ali passavam eram a principal causa da prosperidade da região. Por estarem à beira do deserto e ligadas a uma rede de rios usados como meios de transporte, essas cidades passaram a ser importantes centros de comércio.

Do século XII ao XIX a cidade mais famosa dessa região foi Tombuctu. Era ponto de descanso das caravanas que atravessavam o deserto, e nela várias rotas comerciais se encontravam. Foi considerada o elo entre a África negra, o mundo muçulmano e a Europa, sendo o centro dos impérios que ali existiram desde cerca do ano 1000 de nossa era. Pelos seus caminhos e mercados passavam o sal das minas do deserto, o ouro das minas de Bambuk e Buré, nas cabeceiras dos rios Senegal e Níger, o ouro da região do rio Volta, mais ao sul, os tecidos e os grãos das cidades do Sudão central, nas rotas do lago Chade, a noz-de-cola das florestas trazida do baixo rio Níger, além de peles, plumas, essências, marfim, instrumentos e enfeites de metal, contas, objetos de cerâmica, de couro – utilizados para vários fins e resultados de técnicas e habilidades particulares.

---

[2] *muçulmano* adepto do islã que, junto com a religião, incorporou aspectos das sociedades árabes.

Entre o Saara e o Atlântico

O que chamamos de África ocidental é a região que se estende do rio Senegal ao rio Cross, mais ao sul. Existem aí muitos rios, que são separados do deserto pelo traçado do rio Níger. Este e o Senegal nascem nas mesmas terras altas chamadas Futa Jalom. Enquanto o rio Senegal segue direto para a costa e deságua no oceano Atlântico, o rio Níger corre para o interior, em direção ao deserto. Na altura do golfo da atual Nigéria, o seu curso faz uma curva de 90 graus para o sul e mergulha em zonas de floresta, rumo ao Atlântico, onde deságua num grande delta.

Desde o século XV, quando as informações sobre essa região são mais precisas e numerosas, mas certamente já antes disso, a África ocidental era habitada por uma variedade de povos, que viviam em áreas de savana e de floresta. Entre alguns eram mais próximas as semelhanças de línguas, de crenças, de costumes; entre outros, as diferenças eram maiores, afastando-os no que diz respeito aos seus sistemas culturais[3].

Essas áreas correspondem aos seguintes países atuais: Mauritânia, Senegal, Gâmbia, Guiné-Bissau, Guiné-Conacry, Serra Leoa, Libéria, Costa do Marfim, Gana, Togo, Benin, Nigéria, Camarões e República Centro-Africana. Foi uma das regiões mais afetadas pelo tráfico de escravos.

Antes do século XVII, quando os escravos se tornaram a mercadoria mais valiosa, os comerciantes dessa região negociavam o ouro extraído de minas próximas aos rios Senegal e Níger, e também a noz-de-cola, peles, plumas e resinas, além de animais, alimentos e produtos artesanais. Essas mercadorias iam passando de mão em mão, eram transportadas por canoas, por burros, e chegavam até as caravanas de camelos que atravessavam o deserto rumo ao Mediterrâneo. A zona da floresta e o litoral da África ocidental eram os pontos mais afastados de uma corrente de comércio que se ligava a algumas cidades do Sael, como Tombuctu, Jené e Bornu, mais a leste.

A influência muçulmana, que chegou cedo aos povos do deserto, levou mais tempo para atingir aqueles que moravam próximo da costa. Na região do rio Senegal viviam jalofos, sereres, bambaras, mandingas e fulas, muitos deles convertidos à religião islâmica desde o século X. Na bacia do rio Gâmbia, ao sul do Senegal, os grupos predominantes eram os beafadas, banhuns e também os mandingas, mas havia muitos outros

Habitantes da África ocidental, da região da atual Serra Leoa, por volta de 1820.

---

[3] *sistemas culturais* o termo cultura e as expressões nas quais ele aparece se referem à forma como os homens organizam o entendimento que têm do mundo que os cerca e das relações das pessoas entre si e com o mundo. Sistemas culturais são sistemas de símbolos produzidos por grupos humanos para permitir a comunicação e a transmissão do conhecimento.

Grupos linguísticos da África

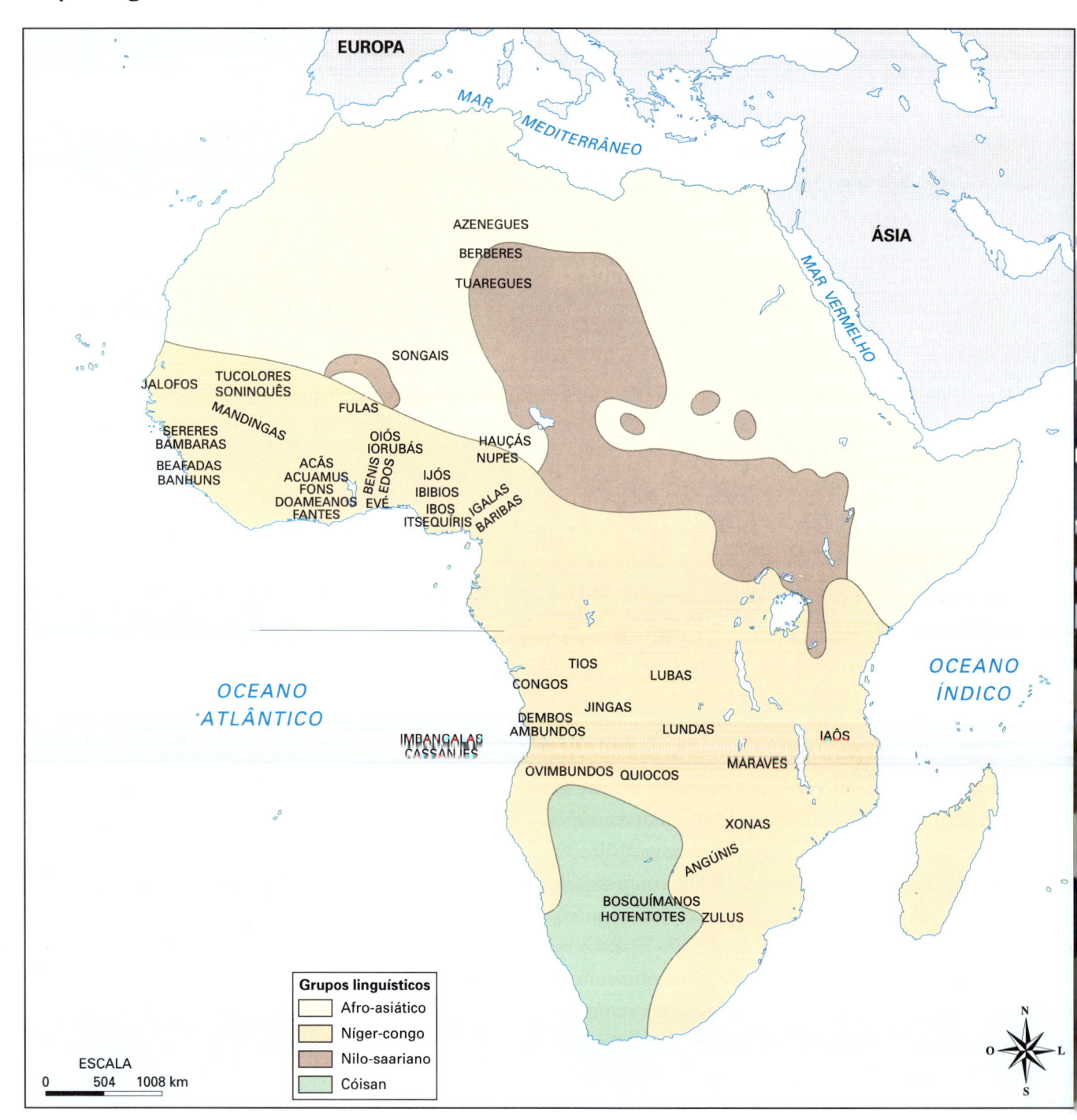

Grupos linguísticos:
- Afro-asiático
- Níger-congo
- Nilo-saariano
- Cóisan

ESCALA: 0 — 504 — 1008 km

Localização aproximada dos grupos étnicos mencionados no texto.

Página ao lado, acima
A transformação do minério em metal era vista como uma atividade mágica, ensinada pelos deuses, ancestrais e espíritos, o que conferia grande prestígio àqueles que detinham esse conhecimento.

povos vivendo lado a lado. Da zona das cabeceiras desses rios, no Futa Jalom, os fulas iam se espalhando rumo a leste. Na foz do rio Volta viviam os acãs, em cujas terras havia muito ouro. Seus vizinhos a leste eram os povos que depois ficariam conhecidos como iorubás. Os hauçás ficavam mais para o interior do continente, em zonas de savana, e eram mais ligados ao Sael.

Na região que abrange do leste do rio Volta até o delta do Níger – terra dos acãs, acuamus, evés, dos povos iorubás e muitos outros – existiam Estados cujos chefes controlavam áreas consideráveis, se cercavam de pompa e privilégios, promoviam a construção de edifícios elaborados e estimulavam a confecção de objetos que impressionam até hoje pela beleza. Essas sociedades tinham ligação entre si e com Ifé, espécie de cidade-mãe na qual se originaram as formas de organização política e social das outras cidades da chamada Iorubalândia ou Iorubo. Dessa região saiu grande parte dos africanos traficados para a América como escravos, por causa das vantagens que apresentava, como a abundância da oferta. Esses eram os prisioneiros das guerras entre diferentes grupos locais, vendidos aos comerciantes europeus.

Entre o delta do Níger e a foz do rio Cross, os itsequíris, ijós e ibibios viveram, por todo o período do tráfico, em aldeias independentes, sem poder centralizado, mas ligadas entre si por relações conjugais, religiosas e comerciais.

Os bantos da África central

Mais ao sul, na região do rio Congo, viviam, e vivem, povos que chamamos de bantos, que têm uma origem comum, falam línguas semelhantes, e suas religiões e maneiras de se organizar são parecidas. Eles teriam partido do atual Camarões, de onde se espalharam por toda a África central, oriental e do sul, onde antes viviam povos com um tipo físico diferente, de baixa estatura e cujo idioma era caracterizado pela emissão de estalidos. Esses povos eram nômades e viviam de caçar e coletar o que encontravam na natureza. A partir de 1500 a.C. foram afastados ou se misturaram a grupos bantos, que fizeram a maior migração da qual se tem notícia na África. Essa movimentação durou cerca de 2500 anos e fez que mais da metade do continente fosse povoado por povos falantes de línguas formadas com base em uma única origem. Eles eram agricultores, sabiam fazer instrumentos de ferro e iam ocupando terras desabitadas, se misturando aos antigos moradores ou expulsando-os para outros lugares.

GRUPOS LINGUÍSTICOS

Uma forma de enxergar a África é a partir dos seus quatro grandes grupos linguísticos: afro-asiático, níger-congo, nilo-saariano e coisã. A região do Saara e do Sael é habitada por povos falantes de línguas afro-asiáticas, formadas pelas misturas entre os povos locais e as levas de migrantes do Oriente Médio. Estes se espalharam pela costa e pelo interior do continente, pelo vale do rio Nilo, pela Etiópia, chegando ao atual Marrocos, então conhecido por Magrebe: "oeste distante" em árabe. Os beduínos da península Arábica que migraram para a África eram parecidos física e culturalmente com os berberes, azenagues e tuaregues da região do Saara.

Já os povos negros que habitavam as regiões ao sul do Sael eram muito diferentes dos berberes e tuaregues. As diferenças físicas eram as mais evidentes, mas também eram diferentes as línguas, as religiões e as atividades econômicas, adequadas aos ambientes em que viviam, de savanas, florestas e muitos rios. Esses grupos dominavam a metalurgia e falavam línguas níger-congo, tronco que se subdivide em cinco outros grupos. Um deles, composto pelas línguas banto e zande, liga-se à expansão banto. Os outros quatro grupos existentes na África ocidental são o kwa, ao qual pertencem línguas como axante, iorubá, ibo, igala e nupe falados nas regiões de floresta e savana que se estendem da costa atlântica até o Sael; o mande, falado na região do alto e médio Níger; o atlântico ocidental, que abrange as línguas jalofo e fula faladas na região do rio Senegal; e o voltaico, ao qual pertence a língua mossi, falada na região do alto rio Volta.

Os caçadores e coletores que não se misturaram aos bantos espalhados pela África central se fixaram no sudoeste do continente, e são falantes de línguas do grupo coisã.

Quanto aos falantes de línguas nilo-saarianas, eram nômades do Saara e do Sael, criadores de gado, alguns dos quais disputaram com os bantos a ocupação da região dos lagos Vitória e Tanganica. Mas entre eles também havia os que eram artesãos, produtores de grãos, moradores das cidades saelianas que floresceram à sombra do comércio. Aqueles que pertenciam à elite, como comerciantes, grandes produtores de grãos e administradores, geralmente se convertiam ao islamismo, ou a formas africanas de islamismo, ao passo que os agricultores, artesãos e pastores se mantiveram fiéis a suas religiões tradicionais.

A África e seus habitantes

CAPÍTULO 1

Em torno do ano 1000 da nossa era, os bantos já ocupavam a região que ocupam até hoje, nos atuais Estados de Camarões, Guiné Equatorial, Gabão, República Democrática do Congo, República do Congo, Angola, Uganda, Ruanda, Burundi, Quênia, Tanzânia, Malauí, Moçambique, Suazilândia, Lesoto, Zimbábue, Zâmbia, Namíbia, Botsuana e República da África do Sul. Nestes três últimos países há uma parcela significativa de povos falantes de coisã, que se concentraram nessa região depois da expansão banto.

Em 2500 anos os bantos mudaram as feições de toda a África subsaariana, ao sul do Sael. Antes domínio de grupos nômades de caçadores e coletores, ela se tornou terra de agricultores que viviam em aldeias e dominavam a técnica

O *obá* do Benin e seu séquito de músicos e soldados, retratados em placa de metal – produção típica dessa região na época, em torno do século XVII, feita com sofisticação, técnica e estética.

da metalurgia, o que lhes deu superioridade sobre os povos que a ignoravam. Por outro lado, a fusão do ferro exigia fornos que atingissem temperaturas muito altas, conseguidas com a combustão das árvores das florestas que, ao serem derrubadas, abriam campos para as pastagens e a agricultura.

Nas bacias dos rios Congo e Cuanza e nas terras ao redor também havia, como na África ocidental, uma variedade de povos falando línguas aparentadas, com modos de vida semelhantes, mas com particularidades culturais que os diferenciavam uns dos outros. Ambundos, imbangalas, bacongos, cassanjes, ovimbundos, lubas, lundas, quiocos são nomes que designam povos que moravam nas terras mistas de florestas e savanas da África centro-ocidental e central.

Mais ao sul viviam os remanescentes dos povos coletores e caçadores desalojados pelos bantos, os bosquímanos e também os hotentotes, que haviam aprendido a pastorear o gado. Esses povos falavam uma língua de estalidos como os habitantes anteriores aos bantos, sendo os hotentotes pastores conhecidos também como cóis, e os bosquímanos coletores conhecidos como sãs. No conjunto, os dois grupos são chamados de coisã. Na parte sul oriental e centro-oriental do continente, na região dos rios Limpopo e Zambeze, habitava grande variedade de povos bantos, como zulus, xonas, maraves e iaôs.
Em toda a costa oriental, de Mogadíscio, na atual Somália, até o sul do atual Moçambique, era falada uma língua franca chamada suaíli, uma língua banta com forte influência do árabe e de outros idiomas do Índico. No interior do continente, na região dos lagos Vitória e Tanganica, pastores vindos do Sael se misturaram aos bantos agricultores. Esses dois grupos conviveram por séculos, um complementando o outro, tal qual acontecia na região do delta interior do Níger, onde grupos de origens diferentes e com características culturais diversas conviviam em harmonia.

Diferentes etnias do grupo banto: acima, habitante de Loango, ao norte da foz do rio Congo; abaixo, imbangala, da região ao sul de Luanda.

Nas escolas corânicas as crianças aprendiam, e ainda aprendem, a ler e escrever em árabe ou nas línguas nativas, sempre usando o alfabeto árabe e os versos do Alcorão.

Contatos com gente de fora da África

Pelos mares Mediterrâneo e Vermelho

Fenícios e gregos circularam com desenvoltura pelo Mediterrâneo nos séculos antes do nascimento de Cristo. Submetido ao Império Romano, que substituiu os gregos no controle do Mediterrâneo, o norte da África abasteceu de grãos as cidades e os exércitos romanos. Essa ligação facilitou a entrada do cristianismo, que já no século IV estava presente na região de Cartago, na atual Tunísia. Como outros portos do norte da África, Cartago pertencia às rotas do Mediterrâneo e foi ocupada pelos povos germânicos que dominaram o Império Romano e, cerca de um século e meio depois, pelos árabes que de Meca e Medina se espalharam para o Oriente e o Ocidente.

A partir do século VII o islã se expandiu pelo norte da África, pelo vale do rio Nilo, pelas rotas do Saara e também pela costa oriental, através do mar Vermelho, do golfo de Áden e do oceano Índico. Seus ensinamentos foram levados por exércitos e pregadores, uns submetendo os povos, outros

CAPÍTULO 1 — Contatos com gente de fora da África

convencendo-os de suas ideias, seus valores e suas crenças. Mas foram os mercadores os principais intermediários entre o que vinha de fora e o que já existia no continente. O comércio permitiu que povos distantes entrassem em contato, mesmo que indiretamente, o que facilitou a transmissão de conhecimentos e de crenças.

Em cerca de 500 a.C., tribos *semitas*[4] vindas da península Arábica entraram no continente africano pelo mar Vermelho, que mais tarde, durante o domínio do Império Romano, serviu de meio de comunicação entre o Mediterrâneo, a Pérsia e a Índia.

Nessa época, Axum, nas terras altas do nordeste da Etiópia, próximo à fronteira da atual Eritreia, se tornou uma sociedade importante, concentrando o comércio e a riqueza e se impondo sobre seus vizinhos. Os seus governantes foram os primeiros, fora da influência direta de Roma, a adotar o cristianismo, em cerca do ano 500 da nossa era. Isso aconteceu mais de um século antes de o profeta Maomé fundar uma nova religião monoteísta e baseada num livro sagrado chamado Alcorão. Mas no início do século VIII os árabes ocuparam essa costa, forçando os abissínios a se refugiar nas terras altas, onde mantiveram suas tradições, entre as quais o cristianismo.

Os mercadores da península Arábica tinham acesso à região do rio Nilo e da Etiópia desde o tempo do Império Egípcio. Pelo golfo de Áden chegavam navios de mais longe, do golfo Pérsico e da Índia. Em alguns portos eram feitas as trocas de mercadorias, que só compensavam o transporte por essas longas distâncias porque alcançavam preços altos, por serem artigos de luxo consumidos pelas elites de Axum, do Cairo, de Roma, de Constantinopla. Incensos, tecidos finos, pedras preciosas eram trocados por marfim, escravos, tecidos, almíscar, âmbar, peles e penas raras.

No Egito, em todo o norte da África, no Magrebe, no delta interior do Níger e nas cidades do Sudão central, na região do lago Chade, o islã foi adotado em maior ou menor grau, muitas vezes se distanciando de suas fontes árabes. Mas a ligação com as cidades sagradas foi sempre mantida, reforçada pelas caravanas que, além de mercadorias, traziam e levavam notícias e pessoas. Os peregrinos que iam ou voltavam de Meca e Medina se juntavam às caravanas, que também acolhiam os ulemás, transmissores dos conhecimentos religiosos que se estabeleciam ora num lugar, ora em outro,

Porto de trocas entre africanos e europeus na costa atlântica da África retratado por Theodore de Bry, no final do século XVI.

---

4 *semitas* referente aos descendentes de Sem, o filho mais velho de Noé. Nome de origem bíblica para designar povos do Oriente Próximo que falam línguas aparentadas entre si.

sempre dirigindo a leitura do Alcorão e a discussão do seu conteúdo. Essa circulação de homens sábios garantia a fidelidade aos preceitos básicos da religião islâmica.

Se o norte da África se converteu ao islã entre os séculos VII e IX, foi em torno do século XI que povos da região do atual Marrocos adotaram essa religião, levando-a para as zonas dos rios Senegal e Níger. Quanto aos povos do Sudão central, como os de Bornu e Canem, provavelmente incorporaram o islã a partir do século XIII. Estavam ligados ao norte da África por caravanas de camelos e comerciantes que atravessavam o Saara, levando mercadorias, ideias muçulmanas e o islã. Seus vizinhos a leste, como Darfur e Senar, receberam também a influência muçulmana que vinha pelo mar Vermelho, depois de transpor a Etiópia. Dessa forma, até o século XIV todo o Sael entrou em contato com a religião islâmica e adotou em maior ou menor grau elementos das sociedades árabes.

Pelo oceano Índico

Mas esse contato não aconteceu só aí. Desde pelo menos o século II a.C., as ilhas de Zanzibar (na altura da atual Tanzânia) eram conhecidas pelos navegadores que transitavam pelo golfo de Áden e pelo oceano Índico. A longa viagem valia principalmente pelo marfim que lá se comerciava, mas também pelos cascos de tartaruga, chifres de rinoceronte, peles de felinos, plumas de avestruz, âmbar e ceras.

Em cerca de 1200 da nossa era, mercadores árabes haviam construído uma cadeia de assentamentos na costa africana

O porto de Zanzibar, onde floresceu a cultura suaíli, em pintura do século XIX.

Capítulo 1 — Contatos com gente de fora da África

oriental, quando possível em ilhas costeiras. A influência que tiveram sobre as populações locais foi pequena, pois ficavam em suas fortalezas e palácios, mais ligados aos lugares de origem do que às terras africanas. Mas ao longo dos séculos formou-se um grupo mestiço de árabes com populações nativas que deu origem a uma nova língua e a um novo grupo étnico: os suaílis, nome que em árabe quer dizer "habitantes da costa".

Além dos árabes, também os indianos frequentavam o litoral oriental da África e contribuíam para o aspecto variado das cidades, nas quais se dava o comércio com povos do interior, de onde vinham principalmente ouro e marfim. Enquanto o norte da África se integrava aos circuitos comerciais do Mediterrâneo, a costa oriental, ao norte do chifre[5], estava ligada à península Arábica pelo mar Vermelho, e a costa ao sul do chifre, além de receber mercadores árabes, convivia com persas e indianos, por cujas mãos podiam chegar mercadorias vindas de países tão distantes quanto a China.

Pelo oceano Atlântico

A última região da África a manter contato com povos vindos de fora do continente foi a costa atlântica. Ela começou a ser explorada pelos navegadores portugueses a partir do início do século XV. O cabo do Bojador, pouco ao sul do arquipélago

---

5 *chifre* nome da saliência em forma de chifre do continente africano, que contorna a península Arábica, formando o golfo de Áden, onde hoje é a Somália.

FORTALEZAS

À medida que o comércio com alguns povos africanos se consolidava, com o hábito de ancorar sempre no mesmo lugar, para ali trocar mercadorias, os portugueses preferiram estabelecer pontos fixos em terra em vez de comerciar de suas embarcações. Com a licença dos chefes locais, construíram galpões, nos quais guardavam as mercadorias, e casas, para abrigar as pessoas envolvidas com os negócios.

Nos locais onde o comércio era mais intenso, a Coroa investia na construção de fortes de pedra, com materiais e trabalhadores trazidos de Portugal, que seguiam plantas traçadas por especialistas. Neles moravam administradores e soldados, que garantiam a primazia de Portugal no comércio com a região.

Alguns desses fortes, como os de Arguim, de São Jorge da Mina, de São Tomé e de São Paulo de Luanda, tiveram vida longa e foram centros ativos de comércio, disputados por outras nações europeias, que também construíam seus fortes. Em 1637, por exemplo, os holandeses tomaram dos portugueses o forte de São Jorge da Mina, que nunca mais foi recuperado.

Em torno das fortalezas europeias geralmente se formava uma aldeia de africanos e mestiços que faziam os trabalhos de apoio ao comércio.

das Canárias, foi contornado em 1434, depois do fracasso de cerca de quinze expedições. A melhoria das técnicas de navegação e o aumento do conhecimento dos ventos e das correntes marítimas permitiram que barcos financiados pela Corte portuguesa navegassem águas então chamadas de Mar Tenebroso, ponto a partir do qual não se conhecia mais nada.

Nesse litoral os portugueses entraram em contato com povos berberes islamizados, muitas vezes atacados e aprisionados para serem vendidos como escravos em Portugal, na Espanha ou no norte da África. À medida que navegavam mais para o sul, iam entrando em contato com novos povos, negros — ou etíopes, conforme se dizia na época —, a partir da foz do rio Senegal. Em 1445 construíram em Arguim a primeira fortaleza de uma série de muitas, sempre em ilhas ou no litoral, que serviam de base para o comércio com os povos locais.

Bartolomeu Dias chegou ao extremo sul do continente em 1489, e Vasco da Gama contornou a África e foi até a Índia em 1498. A partir dessa viagem, os portugueses, e por meio deles os europeus em geral, tiveram as primeiras notícias das cidades da costa africana oriental, que eram movimentados centros de comércio, com forte presença árabe. Se naquela costa os nativos e seus parceiros comerciais de velha data quase não deixaram espaço para os portugueses agirem, também na costa atlântica houve resistência ao contato. Mas pouco a pouco portugueses, e depois ingleses, franceses e holandeses foram se tornando cada vez mais presentes no litoral da África atlântica, enquanto algumas populações locais passaram a depender do comércio que faziam com eles.

Os portugueses, assim como os muçulmanos, também quiseram converter à sua crença os africanos com os quais entraram em contato, pois acreditavam ser sua missão levar o catolicismo para todos os povos que não o conhecessem. Mas a penetração do catolicismo entre as populações africanas foi insignificante nos primeiros séculos de contato com os europeus. O fato novo que interferiu radicalmente nas sociedades locais depois da chegada dos portugueses foi a busca de escravos, que eram cada vez mais solicitados pelas colônias americanas.

Se até o século XV a costa atlântica da África não teve nenhum contato com povos de fora do continente, a partir do século XVI passou a ser frequentada regularmente por embarcações europeias e, mais tarde, americanas. A atuação de estrangeiros nesse litoral

CAPÍTULO 1 — Contatos com gente de fora da África

iniciou um novo período, no qual aconteceram mudanças drásticas nas regiões que entraram em contato direto ou indireto com eles.

Um dos principais motivos que levaram os reis portugueses a investir na exploração da costa africana foi o desejo de chegar às fontes do ouro que as caravanas levavam para os portos do norte da África, depois de atravessar o deserto. Esses investimentos passaram a dar retorno quando, a partir de 1470, os portugueses começaram a negociar ouro com os acãs. A importância do comércio nessa região fez que, em 1482, dom João II, rei de Portugal, mandasse construir uma fortaleza ali, batizada de São Jorge da Mina. Em troca do ouro, os comerciantes entregavam várias mercadorias, como facas, bacias, jarras de metal, contas de vidro, tecidos e escravos. Estes eram comprados de populações da região do rio Gâmbia, um pouco mais ao norte, ou dos povos do delta do Níger, ao sul, e trocados por ouro com os acãs, que os colocavam para abrir florestas e minerar.

Os centros da ação dos mercadores europeus na costa atlântica da África foram as regiões dos rios Senegal e Gâmbia, onde compravam escravos; a região do forte da Mina, onde os acãs comerciavam ouro com os portugueses; do golfo do Benin, terra de povos iorubás, onde os escravos eram a principal mercadoria; do delta do rio Níger, onde eram negociados escravos e marfim; da foz do rio Congo e do rio Cuanza, onde os portugueses estabeleceram a colônia de São Paulo de Luanda em 1575. Enquanto os portugueses, que foram os primeiros exploradores, continuaram a ser os parceiros preferenciais dos povos africanos na região do rio Gâmbia e em Luanda, já no século XVI os franceses tornaram-se os principais parceiros comerciais dos povos da região do Senegal, e os ingleses dos povos do delta do Níger. Os holandeses também marcaram sua presença, principalmente no século XVII, mas depois se retiraram desse comércio.

A presença de estrangeiros nessa costa provocou, a longo prazo, grandes mudanças nas sociedades que se envolveram com eles. A compra de escravos, que seriam postos para trabalhar nas colônias americanas, era seu principal interesse. Assim, do século XVI ao XIX foi em torno do tráfico de escravos, isto é, do comércio de pessoas, que se deram as relações entre alguns africanos e europeus. Estes haviam chegado para ficar e, apesar de terem demorado para conseguir penetrar no continente, acabaram por, no século XIX, dividi-lo entre si.

Festa anual da sociedade axante, retratada no início do século XIX. Todos os chefes compareciam e, aqui, contavam com a presença de representantes do governo inglês.

Abaixo
Entre os acãs, os bastões de mando, esculpidos em madeira, eram arrematados por figuras de ouro cujos significados remetiam à ideia de poder e a cenas da vida cotidiana.

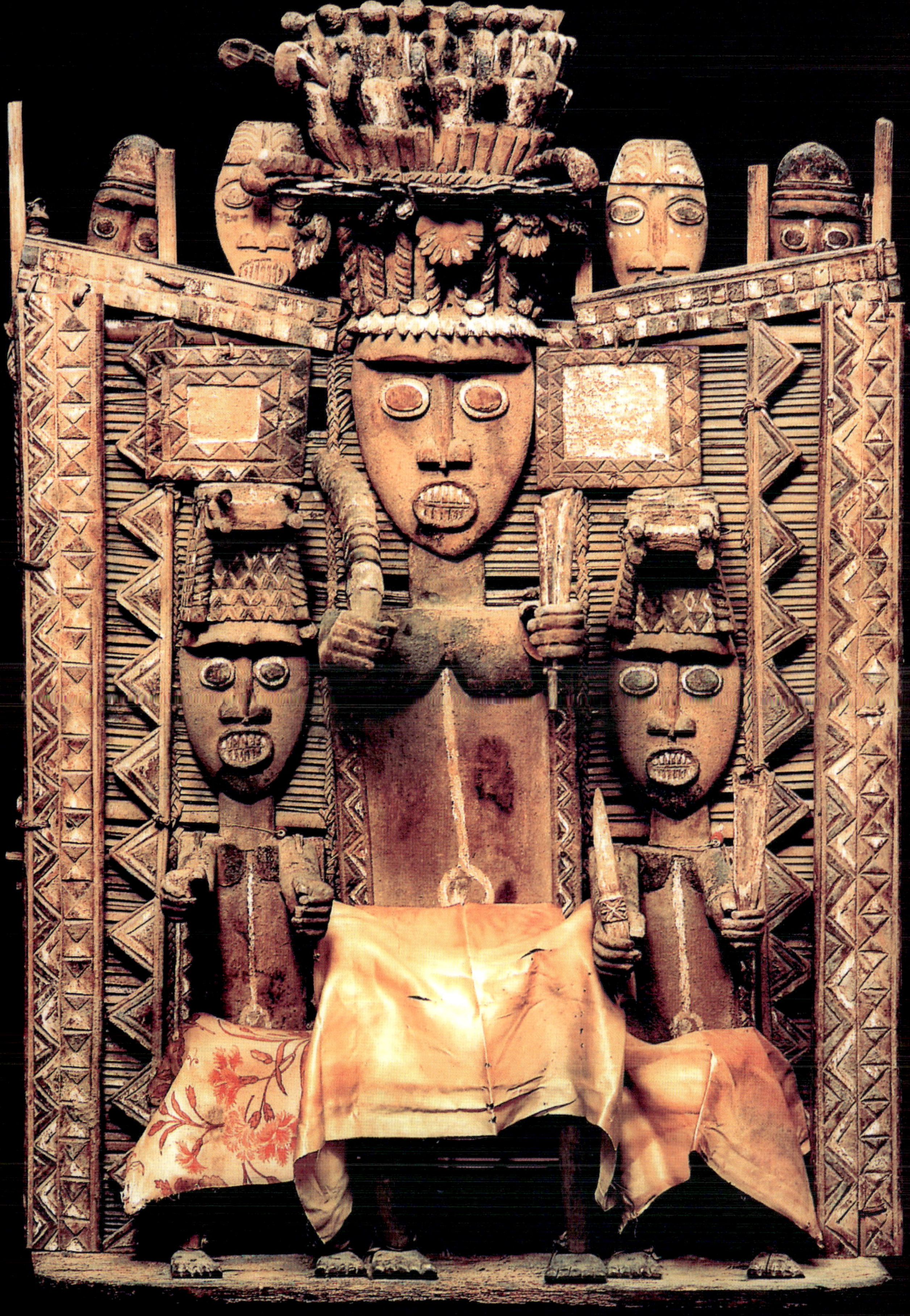

CAPÍTULO 2

Sociedades africanas

As formas de organização

Algumas sociedades africanas formaram grandes unidades políticas ou Estados, como o Egito, o Mali, Songai, Oió, Axante e Daomé. Outras eram agrupamentos muito pequenos de pessoas que caçavam e coletavam o que a natureza oferecia ou plantavam o suficiente para o sustento da família e do grupo. Mas todas, das mais simples às mais complexas, se organizavam a partir da fidelidade ao chefe e das relações de parentesco. O chefe de família, cercado de seus dependentes e agregados, era o núcleo básico de organização na África. Assim, todos ficavam unidos pela autoridade de um dos membros do grupo, geralmente mais velho e que tinha dado mostras ao longo da vida da sua capacidade de liderança, de fazer justiça, de manter a harmonia na vida de todo dia.

Nas aldeias, que eram a forma mais comum de os grupos se organizarem, havia algumas famílias, cada uma com seu chefe, sendo todos subordinados ao chefe da aldeia. Ele atribuía o castigo às pessoas que não seguiam as normas do grupo, distribuía a terra pelas diversas famílias, liderava os guerreiros quando era preciso garantir a segurança. O chefe era o responsável pelo bem-estar de todos os que viviam na sua aldeia, e para isso recebia parte do que as pessoas produziam, fosse na agricultura, na criação de animais, na caça, na pesca ou na coleta. As suas decisões eram tomadas em colaboração com outros líderes da aldeia, chefes das várias famílias que dela faziam parte.

Havia assim um conselho que ajudava o chefe a governar, no qual os responsáveis pelos assuntos ligados ao sobrenatural eram muito importantes. Se a forma básica de organização dos grupos girava em torno das relações de parentesco, a orientação de tudo na vida era dada pelo contato com o sobrenatural: com os espíritos da natureza, com antepassados mortos e heróis míticos, que muitos grupos consideravam os fundadores de suas sociedades. Todo conhecimento dos homens vinha dos mais velhos e dos ancestrais, que mesmo depois de mortos continuavam influenciando a vida.

Várias aldeias podiam estar articuladas umas com as outras, formando uma confederação de aldeias, que prestava obediência a um conselho de chefes. Nesses casos, cada uma delas obedecia ao seu chefe e decidia sobre seus assuntos, mas em certas situações aquele

A POLIGAMIA

Poder casar com várias mulheres era sinal de prestígio: quanto mais poderoso um chefe, mais mulheres ele tinha. E isso valia tanto para as regiões islamizadas como para as que mantinham as tradições locais. Entre os muçulmanos o modelo dos haréns, que reuniam todas as mulheres do sultão, a maioria delas escravas, deve ter influenciado os grandes chefes africanos. Para um homem receber uma mulher, tinha de dar à família dela um dote, como se assim estivesse comprando daquele grupo a capacidade de trabalho e de reprodução de um de seus membros.

Para os europeus que se relacionavam com as sociedades africanas, a poligamia era algo a ser combatido, ligado a formas de viver atrasadas e condenado pela religião. Para os africanos, quanto mais mulheres pudessem ter, mais amplos seriam os laços de solidariedade e fidelidade, pois os casamentos garantiam alianças entre os grupos. E aquele que possuísse muitas mulheres, além de ter laços com diversas linhagens, teria uma descendência maior, nascida de suas várias mulheres. Quanto mais pessoas um chefe tivesse sob sua dependência e proteção, mais sólida seria sua posição, e maior o seu prestígio. O poder era medido, acima de tudo, pela quantidade de pessoas subordinadas a um chefe.

aceitava a liderança do conselho, que tomava decisões relativas ao conjunto de aldeias e não a uma ou outra em particular. Casamentos entre pessoas de diferentes famílias e trocas de produtos eram os principais motivos que faziam que várias aldeias mantivessem contato. As confederações eram formas de organização social e política mais amplas do que as aldeias, que envolviam mais pessoas, mas nas quais não havia um chefe com autoridade sobre todos os outros, pois as decisões eram tomadas por representantes do conjunto de aldeias que participavam desse sistema.

As sociedades com uma capital, na qual morava um chefe maior, com autoridade sobre todos os outros chefes, foram chamadas de *reinos* pelos europeus que as descreveram e aqui serão chamadas de *Estados*. Nelas, aldeias e grupos de várias aldeias formavam partes de um conjunto maior. As formas de administrar a justiça, o comércio, o excedente produzido pela sociedade, a defesa, a força militar, a expansão territorial, a distribuição do poder eram mais complexas do que nas aldeias e confederações de aldeias. Nas capitais havia concentração de riqueza e poder, de gente, de oferta de alimentos e serviços, de possibilidades de troca e de convivência de grupos diferentes. Os Estados africanos tiveram tamanhos variados, mas geralmente eram pequenos, existindo poucos com dimensões maiores.

Além das aldeias, das confederações, dos Estados e dos grupos nômades (que podiam tanto ser pastores do deserto como coletores e caçadores das florestas), havia sociedades de pequenas dimensões organizadas em cidades. Essas cidades-estado geralmente eram cercadas, fosse de paliçadas, fosse de muros feitos de terra. Também eram centros de comércio, onde diferentes rotas se encontravam. Por trás dos muros funcionavam os mercados e moravam

CAPÍTULO 2 — As formas de organização

O chefe de Idah e seus conselheiros na principal cidade do povo igala, no baixo rio **Níger**. As roupas mostram a influência muçulmana na região.

Abaixo
Enquanto o chefe discutia com os conselheiros os assuntos ligados ao governo do seu povo, a gente comum fazia as tarefas do dia a dia, como pilar o grão, forjar o ferro e tingir os tecidos.

Página ao lado
Caravana chegando a uma cidade do Sael.

os comerciantes e os vários chefes, que tinham diferentes atribuições e viviam em torno do chefe principal. Este morava em construções maiores que todas as outras e com decoração especial, cercado de suas mulheres (praticavam a poligamia), dependentes, funcionários, colaboradores e soldados. Artesãos se agrupavam conforme suas atividades: os que fiavam, tingiam e teciam o algodão e a lã, os que fundiam o ferro, faziam armas e utensílios de trabalho, os que faziam joias, potes de cerâmica, esteiras de palha, bolsas de couro e arreios. Nos arredores das cidades viviam agricultores e pastores que abasteciam de alimentos os moradores e também os que estavam de passagem.

Sociedades africanas

CAPÍTULO 2

AS FONTES DE INFORMAÇÃO

Muito do que sabemos sobre o império do Mali foi contado por Ibn Batuta, nascido em Tânger, mas que passou a maior parte da vida circulando entre o Oriente e a África. Esteve no Mali em torno de 1350, depois de ter viajado por todo o norte da África, pela costa oriental, onde visitou as cidades suaílis, pela Arábia, Pérsia e Turquia. Na África saeliana ele percebeu a convivência e mistura entre o islã e as religiões tradicionais e admirou o alto nível de segurança e o sistema de aplicação da justiça no Mali. Recriminou a maneira como as mulheres se vestiam (ou pouco se vestiam) e mais: constatou a importância do comércio de escravas. Para voltar a Tânger, integrou-se a uma caravana que levava cerca de seiscentas mulheres para serem vendidas no norte. Parece que já nessa época os escravos começavam a ser tão importantes quanto o ouro, a mercadoria mais preciosa que o Sudão exportava.

Outro viajante que deixou relatos sobre a África foi Leão Africano, nascido em Granada, capturado por piratas a caminho de Fez em 1518 e dado de presente como escravo ao papa Leão X. A este, que o estimulou a escrever suas memórias, relatou suas viagens, publicadas em Roma em 1525. Leão Africano descreveu a riqueza do *mansa* do Mali, que quando ele esteve em Tombuctu possuía enorme quantidade de ouro, grande infantaria armada de arcos e trezentos cavaleiros. Ficou muito impressionado com como as pessoas da cidade davam valor ao conhecimento e disse que lá os livros manuscritos valiam tanto quanto o sal, que valia tanto quanto o ouro. Quando ele esteve no Mali, no final do século XV e início do XVI, o império já tinha perdido uma boa parte do seu território para Songai, que substituiu o Mali como poder imperial da região.

ULEMÁS E PEREGRINOS LIGAVAM O SUDÃO A MECA

Entre os deveres de todo devoto do islã está a obrigatoriedade de pelo menos uma vez na vida fazer uma peregrinação a Meca, cidade sagrada na qual Maomé primeiro pregou a nova religião. Nem todos podiam fazer a peregrinação, mas muitos faziam, geralmente juntando-se às caravanas que percorriam o Saara, chegando a Meca a partir do Cairo. Essa circulação de pessoas, que entravam em contato com os lugares nos quais era intenso o ensino do islã, criava vínculos entre todo o mundo muçulmano do Sael, norte da África e península Arábica. Os ensinamentos islâmicos eram ainda reforçados pela ação dos ulemás, estudiosos do Alcorão que se assentavam em algumas cidades ou passavam períodos em diferentes lugares. As escolas corânicas, nas quais os meninos liam e decoravam o Alcorão, também eram lugares de atuação dos ulemás, que mantinham vivo o ensino do islã.

Exemplos de sociedades africanas

No Sudão ocidental

Antes de os europeus tomarem conhecimento da África subsaariana, ou África negra, como também se diz, existiram nela algumas sociedades que merecem ser lembradas. As principais se localizavam na região que chamamos de delta interior do rio Níger. Como vimos, ali o sal do deserto era trocado pelo ouro que vinha do sul, ambos mercadorias muito valiosas. Os azenegues e tuaregues armavam seus acampamentos nas áreas mais férteis próximas aos rios; deixavam seus animais descansar e armazenar novas energias; teciam seus vínculos com os povos que moravam naquelas paragens e comerciavam. Eram os intermediários entre o Mediterrâneo e o Sael. Em torno de seus acampamentos temporários formaram-se cidades, e algumas, como Tombuctu, têm hoje mais de mil anos de existência.

As cidades ficavam em lugares onde as trocas se concentravam. Agricultores e pastores se instalavam perto desses mercados e abasteciam de alimentos os grupos nômades e comerciantes. Do norte vinham sal, tecidos, contas, utensílios e armas de metal trazidos por tuaregues e outros povos do deserto que se islamizaram a partir da expansão árabe no século VII e difundiram o islã em todo o Sudão. Do sul vinham ouro, noz-de-cola, marfim, peles, resinas, corantes e essências trazidos por comerciantes fulas, mandingas e hauçás.

A cidade, ao abrigar uma população dedicada a atividades diversas e com interesses variados, precisou de sistemas de governo mais complexos. Na maior parte das vezes havia centralização do poder em torno de um líder e seu corpo de auxiliares. Muito do sucesso de uma cidade ou de um Estado podia estar ligado à ação de determinado governante, que expandia limites, acumulava riquezas e ampliava a sua influência sobre povos vizinhos.

O primeiro império da África subsaariana sobre o qual se tem notícias mais precisas é o Mali. Nele, Tombuctu, Jené e Gaô foram importantes cidades, centros de troca e de concentração de pessoas, graças à rede de rios que fertilizava as terras e facilitava o transporte na região da curva do Níger. Vestígios arqueológicos apontam que desde cerca dos anos 800 da nossa era havia ali cidades e formas de comércio.

CAPÍTULO 2 — Exemplos de sociedades africanas

Antes do Mali, Gana, ao norte do rio Senegal, foi um Estado poderoso, no qual se davam os negócios entre os comerciantes que traziam o ouro do sul e os caravaneiros que iam para os portos do norte da África. Sua posição de destaque durou mais ou menos do ano 500 ao 1000, quando o Mali começou a se fortalecer com a mudança das rotas do deserto mais para leste, em direção ao delta interior do Níger. Em torno de 1230 Sundiata, *mansa* (como era chamado o chefe supremo) do Mali, estendeu o seu poderio em direção a leste e oeste, tornando o Estado que comandava um verdadeiro império, com soberania sobre outros povos e vastas regiões.

A população do Mali era composta de várias etnias[6], sendo os mandingas a principal delas. No século XIV o império era composto de povos da região do rio Senegal, como jalofos, sereres, tucolores e fulas; das cabeceiras do Níger, como bambaras e soninquês; a leste subjugou os songais e aproximou-se da terra dos hauçás. Além disso, manteve relações com os povos da floresta, por meio do comércio feito pelos mercadores uângaras, ou diulas[7], que viajavam até a terra dos acãs e de povos mais ao norte influenciados pelos mandingas, de onde vinha uma das mais importantes mercadorias no comércio do Saara: a noz-de-cola.

No fim do século XV Songai passou a ser o principal Estado do médio Níger. O império floresceu sob a liderança de um *ásquia* (como era chamado o chefe supremo) que por volta de 1470 conquistou Tombuctu e, depois, Jené. Nessa época, a maior parte do ouro começou a vir de minas da região do rio Volta, em terra dos acãs. Mas desde o fim do século XV ele não era mais transportado apenas pelas rotas do Níger e do deserto. Os portugueses haviam chegado à costa atlântica e comerciavam o ouro a partir de seus barcos e de entrepostos que iam criando.

Songai, que se expandiu para leste e dominou algumas cidades hauçás, se manteve como o Estado mais forte do Sudão ocidental até 1591, quando foi invadido por exércitos vindos do Marrocos. O que havia de mais refinado nessa região, construído ao longo de séculos, foi eliminado pelos invasores. Mesquitas, escolas e bibliotecas foram destruídas,

Tombuctu nos dias de hoje.

Acima
Uma cidade típica do Sael, em gravura do século XVII.

Página ao lado
A grande mesquita de Jené, no atual Mali, exemplo da arquitetura sudanesa.

---

6 *etnias* noção usada para distinguir um grupo de outro, a partir da língua e da história comuns a um mesmo grupo, da sua localização num determinado espaço, da ideia de origem comum que une todos, da adoção das mesmas crenças e modos de vida.

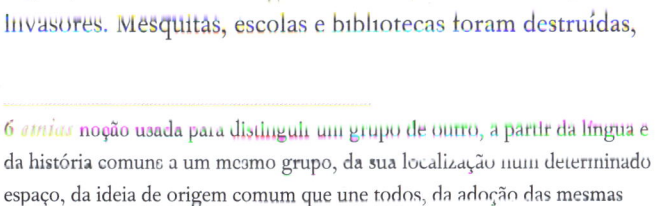

7 *diulas (ou uângaras)* nomes pelos quais ficaram conhecidos grupos de mercadores que transitavam na Senegâmbia, nas savanas das cabeceiras do rio Volta e na bacia do rio Níger. A princípio constituídos de várias etnias, tornaram-se muçulmanos devotos a partir da influência irradiada do Sael e acabaram por ser considerados uma etnia particular.

Máscara de bronze do Benin, século XVIII, retratando um chefe local com escarificações na testa e, na cabeça, insígnia de poder feita de coral.

Abaixo
Obá usando adé, símbolo do seu poder.

os sábios foram deportados, as estruturas de mando e de justiça foram desmanteladas. A urbanização e o comércio cederam espaço para as atividades agrícolas e de pastoreio, as religiões tradicionais voltaram a florescer, e o islã, que se alimentava das caravanas que atravessavam o deserto levando e trazendo, além de mercadorias, peregrinos e especialistas em teologia, passou para segundo plano.

As sociedades iorubás e daomeanas

Quando não existem textos escritos que deem informações detalhadas de como viviam povos do passado, são os vestígios arqueológicos e as histórias contadas pelos mais velhos, principalmente na forma de mitos[8], que nos falam de sociedades, como algumas que existiram nas regiões do rio Volta e do baixo Níger. Elas eram menos imponentes do que as que contaram com centros como Tombuctu, Gaô e Jené, mas também tinham sua grandeza.

Vestígios de caminhos calçados e muros de pedra dão uma noção de como eram os centros dessas civilizações. Alguns eram cercados de muros de pedra e deviam abrigar agricultores, artesãos, grupos de famílias submetidas a um chefe e seu conselho. Comerciantes circulavam em canoas pelos rios, e assim os produtos da floresta chegavam, depois de passarem por muitas mãos, aos mercados ligados às cidades do médio Níger e ao comércio saariano.

Alguns dos vestígios arqueológicos mais importantes dessa região estão em Ifé, terra de iorubás e ponto de ligação da zona da floresta com a bacia do rio Níger. Conforme relatos orais, um líder divinizado chamado Odudua foi o responsável pela prosperidade de Ilê Ifé, cidade onde vigorou um sistema político-religioso adotado depois por várias outras cidades e sociedades dessa área. Acredita-se que Odudua tenha vivido em algum momento entre os séculos VIII e XIII de nossa era, mas a veracidade de sua existência não pode ser confirmada.

Em Ilê Ifé foi criada uma forma de monarquia divina, dirigida pelo *oni*, representante da divindade e também governante da comunidade, composta pelas várias aldeias,

---

8 *mitos* histórias que geralmente explicam a origem de coisas diversas, como a criação do mundo, das plantas e dos animais, do homem e da vida em grupo. Buscam dar explicações que valem para todos a ele ligados e que atribuem identidades a essas pessoas. Eles se apresentam como verdades absolutas, mesmo que recorrendo à linguagem dos símbolos, mas são reformulados conforme as circunstâncias da vida dos homens que os repetem, sem deixar de alterá-los quando preciso.

cada qual com seu chefe, que cuidava dos seus membros mas prestava obediência ao *oni*. Esse modelo de organização se espalhou por várias cidades da região habitada por povos iorubás, compreendida pelos rios Volta e Níger, e também entre os edos, do Benin. Neste, um conjunto de aldeias prestava obediência ao *obá*, título do principal chefe. Todos os chefes das sociedades iorubás diziam que seus antepassados haviam saído de Ifé, sendo membros de uma mesma família divinizada. O *oni* de Ifé tinha ascendência espiritual sobre quase todas as sociedades iorubás (Oió, por exemplo, não a aceitava) e era ele quem distribuía os símbolos reais. Os *adés*, coroas feitas de contas de coral, com fios cobrindo o rosto do *oni*, foram um dos principais símbolos do poder disseminados junto com o sistema de monarquia divina. Esta se caracterizava pela estreita ligação do *oni* com as divindades, sendo por elas escolhido e servindo de seu intermediário com a comunidade que governava.

Muito do que sabemos sobre Ifé e o Benin nos foi contado por cabeças e placas esculpidas e moldadas em metal, que datam dos séculos XV a XVII, época em que os portugueses chegaram a essa região da África. Não se sabe como foram desenvolvidas as técnicas empregadas na feitura desses objetos – hoje em dia considerados obras de arte de rara qualidade – nem por que eles deixaram de ser feitos.

Além das placas, que retratam situações da vida desses povos e que decoravam as moradias dos chefes, as histórias contadas de geração a geração falam do papel de heróis fundadores de novas cidades, a partir de uma origem comum em Ifé. Esta era uma cidade afastada do litoral, de ruas largas e retas, sendo a moradia do *oni* uma construção enorme, fortificada, na qual vivia com suas centenas de mulheres e filhos, seus conselheiros, os grandes chefes e os escravos.

No século XVI, enquanto outras sociedades iorubás ascenderam, Ifé entrou em declínio. A presença de comerciantes na costa atlântica fortaleceu as cidades mais próximas dos lugares em que ancoravam, trazendo em seus navios novas mercadorias, que passaram a ser desejadas pelos chefes africanos. Mas, mesmo com a ascensão de outras sociedades e o seu empobrecimento econômico, Ifé manteve a importância religiosa. Todos os chefes das várias cidades-estado que teriam sido fundadas por descendentes de Odudua iam até Ifé para terem seus poderes confirmados pelo *oni*.

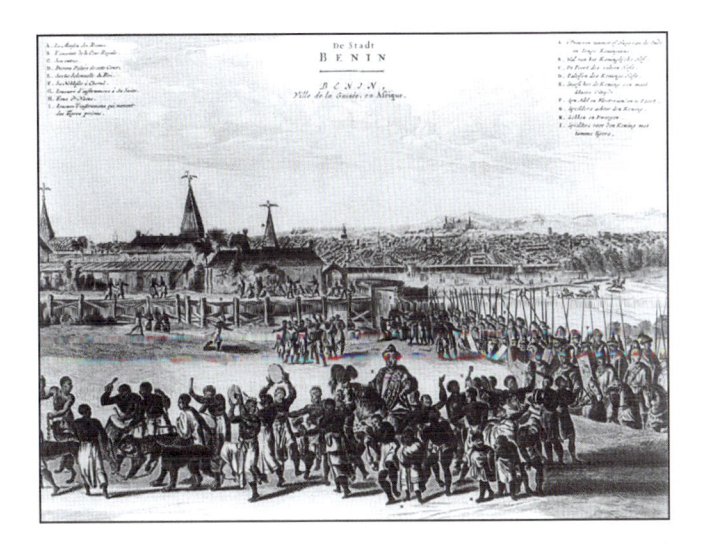

Cortejo do *obá* do Benin tendo à esquerda o palácio real e, no fundo, a capital do Estado no século XVII.

Abaixo
Placa de metal retratando uma cena da vida local.

Banza Congo, ou São Salvador, como a capital do Congo passou a ser chamada depois de seus chefes adotarem o catolicismo, em gravura do século XVII.

O Congo

Mais ao sul, na margem meridional do baixo rio Congo, existiu um Estado que se tornou conhecido não só em razão da influência que teve sobre os povos da região, mas porque sobre ele foram deixados relatos, feitos por europeus que o conheceram e nele moraram. Estes, além de suas observações, registraram a história oral dos povos locais. Os textos que escreveram são a base para reconstituir a história dessa sociedade, que se formou a partir da chegada de grupos vindos do noroeste, da outra margem do rio Congo.

Os membros desse grupo de estrangeiros, que seguiam a liderança de Nimi a Lukeni, passaram a ser chamados de *muchicongos* e ocuparam terras já habitadas por outros povos bantos, como eles. Por meio de casamentos e alianças, os recém-chegados se misturaram aos antigos moradores dessas áreas, mas guardaram para si as posições de maior autoridade e poder. Sob a liderança dos *muchicongos*, radicados na capital (Banza Congo), se formou uma federação de províncias às quais pertenciam conjuntos de aldeias. Nestas continuaram em vigor os poderes tradicionais das famílias, as *candas*, que as haviam fundado. Nas aldeias, um chefe e seu conselho tratavam de todos os assuntos referentes à vida da comunidade. Já um conjunto delas estava submetido à autoridade de um chefe regional, que fazia a ligação delas com a capital, de onde o *ntotila*, ou *mani* Congo, governava toda a região.

Nas aldeias foram mantidas as chefias existentes antes da chegada dos *muchicongos*. Nas províncias, como os europeus passaram a chamar os conjuntos de várias aldeias, elas foram divididas entre chefes das *candas* tradicionais e chefes indicados pelo *mani* Congo entre os descendentes dos *muchicongos*. O Congo se formou a partir da mistura, por meio de casamentos, de uma elite tradicional com uma elite nova, descendente dos estrangeiros que vieram do outro lado do rio. Isso ocorreu no início do século XV, e quando os portugueses a ele chegaram (o primeiro contato se deu em 1483), encontraram uma sociedade hierarquizada, com aglomerados populacionais que funcionavam como capitais regionais e uma capital central, na qual o *mani* Congo, como o *obá* do Benin e muitos outros chefes de grupos diversos, vivia em construções grandiosas, cercado de suas mulheres e filhos, conselheiros, escravos e ritos.

No Congo, chamado de reino pelos europeus que o descreveram, moravam povos agricultores que, quando convocados pelo *mani* Congo, partiam em sua defesa contra inimigos de fora ou para controlar rebeliões de aldeias que queriam se tornar independentes. Aldeias (*lubatas*) e cidades (*banzas*) pagavam tributos ao *mani* Congo, geralmente com o

Congo

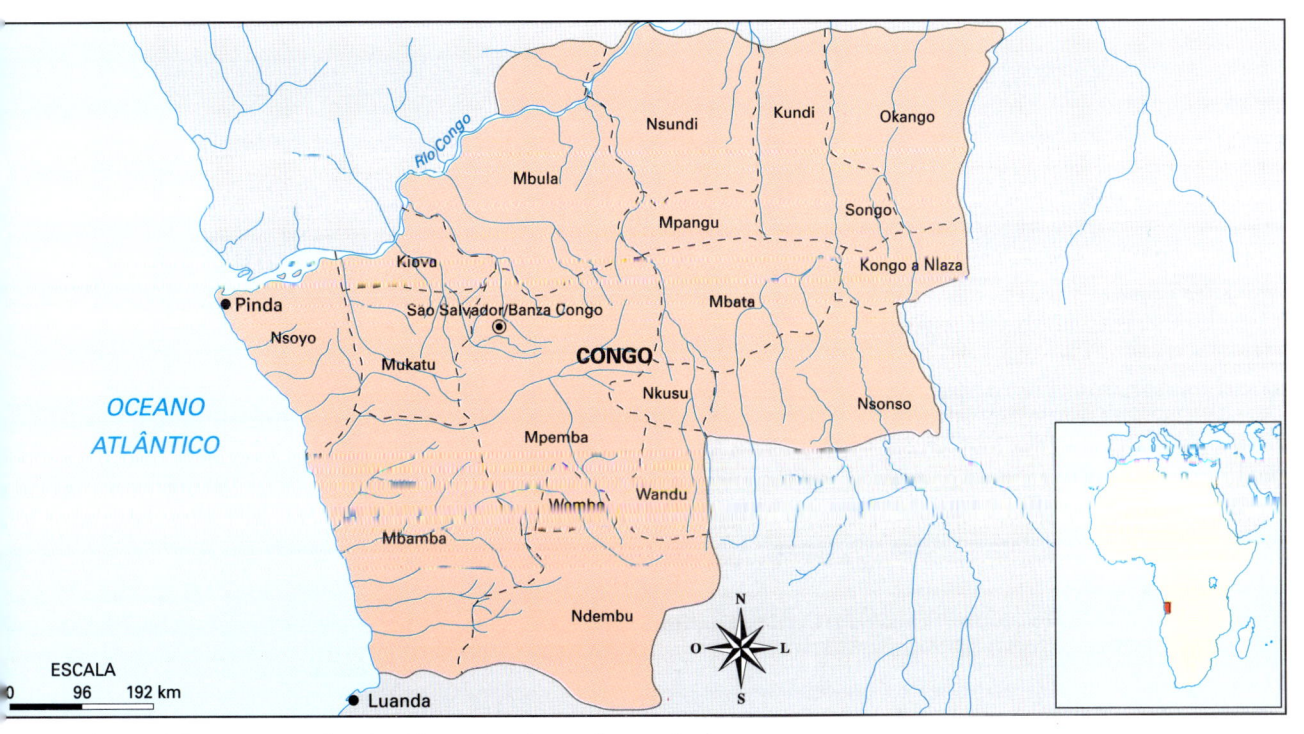

Os limites do Congo no século XVII e a distribuição de suas províncias são reconstituídos a partir das narrativas portuguesas.

que produziam: alimentos, tecidos de ráfia vindos do nordeste, sal vindo da costa, cobre vindo do sudeste e *zimbos* (pequenos búzios afunilados colhidos na região de Luanda que serviam de moeda). Nos mercados regionais, geralmente nas capitais das províncias, eram trocados produtos de diferentes zonas, e a capital, Banza Congo, se situava na confluência de várias rotas comerciais. Ali o *mani* Congo, cercado de seus conselheiros, controlava o comércio, o trânsito de pessoas, recebia os impostos, exercia a justiça, buscava garantir a harmonia da vida em geral. Os limites do Congo eram traçados pelo conjunto de aldeias que pagavam tributos ao poder central, devendo fidelidade a ele e recebendo proteção, tanto para os assuntos deste mundo como para os assuntos do além, pois o *mani* Congo também era responsável pelas boas relações com os espíritos e os ancestrais.

Banza Congo, assim como a capital do Benin, era uma cidade do tamanho das capitais europeias do século XVI. O *mani* Congo vivia em construções que se destacavam das outras pelo tamanho, pelos muros que a cercavam, pelo labirinto de passagens que levavam de um edifício a outro e pelos seus aposentos, que ficavam no centro desse conjunto e eram decorados com tapetes e tecidos de ráfia. Ali o *mani* Congo vivia com suas mulheres, filhos, parentes, conselheiros, escravos, e só recebia os que tivessem importância suficiente para gozar desse privilégio. Na praça é que participava das cerimônias públicas e fazia contato com seu povo. Além do *mani* Congo e aqueles que o cercavam, moravam na cidade artesãos, comerciantes, soldados, agricultores e cativos.

Sociedades africanas

O *mani* Congo recebendo comerciantes e representantes do rei de Portugal. A imagem, do século XVII, foi construída a partir da noção europeia de realeza.

Quando os portugueses conheceram o Congo, logo viram que seria um bom parceiro comercial e trataram de manter relações amistosas com seus chefes. Estes também perceberam que poderiam lucrar com a aproximação com os portugueses e a eles se associaram. Por mais de três séculos congoleses e portugueses mantiveram relações comerciais e políticas pautadas pela independência das duas sociedades, mas os portugueses acabaram por controlar a região, que hoje corresponde ao norte de Angola.

Terras do Monomotapa

Ainda entre povos bantos, uma outra sociedade que merece ser mencionada é a chefiada pelo Monomotapa. Nela estiveram alguns portugueses e árabes, que contaram sobre o que viram e viveram lá. Os povos que a formaram tinham ligação com uma outra sociedade, que existiu mais ao sul, da qual o pouco que restou impressiona. São enormes muralhas de pedra sobrepostas umas às outras sem nenhuma argamassa, chegando a 5 metros de altura por mais de 2 de largura. Esses muros de pedra, circulares, são chamados de *zimbabués*. Datam de entre os séculos XIII e XVI, e mercadores do início do século XVI ouviram falar deles. O planalto em que foram construídos é fértil e lá habitavam povos xonas, também chamados de carangas pelos portugueses, que viviam basicamente da agricultura e da criação de gado. Apesar disso, comerciavam com os habitantes da costa, que por sua vez mercadejavam com os povos que a frequentavam, vindos de lugares mais distantes, de além dos mares. Em escavações próximas aos *zimbabués* foram encontradas porcelanas da China e contas da Índia, provando que mercadorias passavam de mão em mão continente adentro.

O produto que esses povos tinham, que os ligavam a rotas comerciais de tão longas distâncias, era o ouro. Extraído nos intervalos dos trabalhos com o gado e com o cultivo da terra — que era como os xonas garantiam o seu sustento —, o ouro alcançava alto valor nos portos do Índico, onde comerciantes árabes e indianos faziam trocas havia séculos com os povos costeiros.

Os xonas também comerciavam sal, cobre e gado com os seus vizinhos do interior. Vivendo em terras férteis e envolvidos em intercâmbios comerciais, desenvolveram uma sociedade muito pouco conhecida, mas provavelmente com uma chefia centralizada, que combinava poderes administrativos e religiosos. Os indícios arqueológicos mostram que dentro das muralhas havia casas de barro cobertas de palha, tais como as encontradas do lado de fora das muralhas, mas revelam também uma hierarquização na sociedade, com a elite morando dentro dos muros.

CAPÍTULO 2 — Exemplos de sociedades africanas

Quando os portugueses passaram a frequentar a costa africana oriental, no início do século XVI, tomaram conhecimento dos *zimbabués*. Os comerciantes árabes e os primeiros exploradores lusitanos também ouviram falar de uma sociedade a noroeste do rio Zambeze, governada por um chefe muito poderoso, a quem chamavam de *monomotapa* ou *mwene mutapwa*. O ouro que viam chegar aos portos de Sofala, Angoche e Quelimane vinha de lá, e não mais da região dos *zimbabués*. Mas a grandeza do que ficou conhecido nos textos portugueses antigos como reino do Monomotapa é fruto da vontade que tinham de encontrar ali um Estado poderoso ao qual se aliar ou mesmo dominar.

Nas descrições portuguesas, tentou-se por algum tempo fazer crer que essas aldeias constituíam um império poderoso, montado em jazidas de ouro, que afinal eram bem menos ricas do que o sonhado. Tudo indica que o que realmente existiu foram chefias unidas por laços de parentesco, casamento ou identidade religiosa, subordinadas à autoridade ritual de um chefe, o *mwene mutapwa*, e frequentemente entrando em conflito com chefias vizinhas. Alianças eram feitas e desfeitas. Confederações cresciam e desapareciam. E a presença de comerciantes árabes e portugueses no interior do continente querendo controlar o comércio de ouro e marfim aumentou os conflitos e as tensões existentes entre os diferentes grupos. Mesmo sem encontrar as riquezas esperadas, portugueses se instalaram naquelas terras, mantendo relações amistosas com os chefes locais. Muitas vezes se casavam com as filhas destes, fortalecendo os laços que os uniam a eles. Assim se formou um grupo que juntava contribuições dos povos daquelas regiões com as portuguesas, ocupando um lugar privilegiado no comércio por trocarem o ouro e o marfim vindos do interior por tecidos, contas, objetos de metal trabalhados, barras de cobre e sal oriundos da costa.

Quando ficou evidente que as minas não eram tão ricas como se havia pensado, os investimentos de Portugal na região quase desapareceram, e os filhos dos portugueses nascidos em terras da Zambézia foram se tornando cada vez mais africanos.

Na região do rio Zambeze há dezenas de grandes muralhas de pedras conhecidas por *zimbabués*, que foram construídas de cerca de 900 até 1600. Esta, chamada Grande Zimbabué, se destaca pelas suas enormes dimensões, tendo sido provavelmente um importante centro religioso.

Sociedades africanas

CAPÍTULO 2

O comércio

As diferentes sociedades desenvolveram formas de vida adequadas a cada região, vivendo do que conseguiam retirar da natureza. As trocas permitiam que os grupos tivessem acesso a coisas que não produziam diretamente. Por exemplo, as populações costeiras e ribeirinhas trocavam peixe seco por grãos cultivados nas regiões de savanas; os produtores de tubérculos das áreas de floresta comerciavam com os pastores dos planaltos. Na África central eram trocados búzios por sal, tecidos de ráfia por barras de ferro ou cruzetas de cobre. Na África ocidental, ouro, cauris, noz-de-cola, marfim e escravos eram trocados por sal, tecidos, grãos, contas. Os diferentes grupos trocavam seus produtos por meio do comércio de curta ou longa distância, havendo uma complementaridade entre as produções típicas de cada lugar.

As alianças mais sólidas entre os grupos eram feitas pelos casamentos, que uniam membros de linhagens diferentes e criavam novas solidariedades. O comércio era outra forma importante de as sociedades se relacionarem, trocando não só mercadorias como ideias e comportamentos. O comércio era atividade das mais presentes na história de várias regiões da África, e por meio dele as sociedades mantinham contato umas com as outras. Os produtos eram negociados por pessoas vindas de longe, com costumes e crenças diferentes que algumas vezes eram incorporados, misturando-se às tradições locais. O exemplo mais marcante desse tipo de situação foi a influência muçulmana exercida em todo o Sael a partir das caravanas e dos comerciantes das rotas do Saara.

O sal das minas do deserto do Saara foi uma mercadoria de enorme importância. Transportado por camelos, era trocado principalmente nas feiras do Sael.

CAPÍTULO 2 — O comércio

Era com o comércio a longa distância que se conseguiam os maiores lucros, pois nele se trocavam mercadorias caras, de luxo, raras, que apenas os mais poderosos podiam pagar. Esse tipo de atividade exigia um grande investimento, pois era preciso comprar as mercadorias a ser negociadas; providenciar o transporte e a segurança das cargas; esperar o melhor momento para negociar. Em compensação, a margem de lucro era suficientemente grande para sustentar um grupo de comerciantes ricos, próximos aos círculos dos poderes centrais das sociedades nas quais viviam.

Já o comércio a curta distância se articulava à vida da aldeia, das cidades próximas, das províncias, envolvendo quando muito regiões vizinhas. O excedente de um grupo era trocado pelo de outro, assim a dieta alimentar podia ser variada. Também se trocavam tecidos por contas, potes por bolsas de couro, sal por conchas, ouro por cativos. Os dias de feira se alternavam nos mercados da região, podendo haver uma circulação dos mesmos comerciantes entre as várias feiras. Nelas as mulheres negociavam os produtos que plantavam e alguns alimentos processados, participando de preferência das que eram próximas o suficiente para que não se afastassem muito de casa.

Além do comércio feito a pé, em algumas áreas de savana podiam ser usados burros, que no entanto não resistiam às doenças das zonas mais úmidas de florestas, nas quais os cursos dos rios eram os melhores meios para transportar as cargas. Estas iam de mercado a mercado, nos quais alguns produtos ficavam e outros eram adquiridos, entrando e saindo de canoas, subindo e descendo das costas de carregadores. Assim, não só aldeias vizinhas, mas também as mais distantes trocavam seus produtos. De mão em mão, esses produtos podiam percorrer grandes distâncias, cujo exemplo extremo é o caso das contas indianas e cacos de porcelana chinesa encontrados em escavações na região dos *zimbabués*.

Se nem todos os povos africanos estavam envolvidos com o comércio a longa distância, como o que estava presente nas cidades do Sael, nas cidades da costa oriental e na costa atlântica a partir do século XV, quase todos mantinham algum tipo de troca com seus vizinhos mais ou menos próximos. Rotas fluviais e terrestres existiam nas bacias dos rios mais importantes e nas regiões entre eles. A vitalidade do comércio dentro do continente africano, de curta, média e longa distância, põe por terra a ideia de sociedades isoladas umas das outras, vivendo voltadas apenas para si mesmas.

Transportadas das aldeias do interior para os portos da costa, as presas dos elefantes foram importantes mercadorias de troca, tanto na África ocidental como na África oriental.

Sociedades africanas

CAPÍTULO **2**

Adivinho da região da África central com sua cesta de adivinhação.

Página ao lado
Nkisi, objeto usado em ritos mágico-religiosos. O *nkisi* contém vários elementos que lhe permitem intermediar os poderes dos espíritos e interferir na vida dos homens, trazendo soluções para os seus problemas.

Abaixo
Pela disposição dos objetos da cesta, o adivinho chega às respostas das perguntas feitas aos espíritos e ancestrais.

O sobrenatural

O mundo natural é o concreto, que tocamos, sentimos, no qual vivemos. O mundo social é resultado da nossa vida em grupo e em determinado meio ambiente. O mundo sobrenatural é o das religiões, da magia, ao qual os homens só têm acesso parcial, por meio de determinados ritos e cerimônias. Ele é mais ou menos importante, dependendo da sociedade. Numa sociedade como a nossa, na qual quase tudo é explicado pela ciência e pelo pensamento lógico e racional, o espaço do sobrenatural é bastante limitado. Já nas sociedades africanas, onde foram capturados os escravos trazidos para o Brasil, toda a vida na terra estava ligada ao além, a dimensões que só especialistas, ritos e objetos sacralizados podiam atingir.

Na costa da África que vai do Senegal a Moçambique, ou seja, aquela na qual portugueses e outros povos europeus negociavam escravos, e nas regiões do interior ligadas a esses litorais, quase tudo era explicado e resolvido por forças sobrenaturais, manipuladas por curandeiros, adivinhos, médiuns e sacerdotes, que foram chamados de feiticeiros pelos portugueses que primeiro chegaram à África. Estes, guiados pelo seu ponto de vista e usando seu vocabulário, chamaram de feitiço as práticas mágico-religiosas que viam os africanos fazer. Mas, para os diferentes grupos de africanos, assim como a linhagem da qual a pessoa fazia parte definia

CAPÍTULO 2 — O sobrenatural

o seu lugar no grupo, no que diz respeito ao conhecimento, à explicação das coisas e à possibilidade de interferir no rumo da vida, tudo girava em torno da relação entre o mundo natural e o sobrenatural.

A orientação de como agir diante de várias situações da vida era traçada valendo-se do além, dos antepassados, dos ancestrais, dos heróis fundadores, dos deuses, dos espíritos e da grande variedade de seres sobrenaturais que habitavam dimensões com as quais era possível fazer contato sob certas condições específicas. Geralmente os infortúnios eram considerados fruto de ações humanas impróprias, conscientes ou inconscientes, que desestabilizavam a harmonia. Esta podia ser rompida quando não se cumpria um preceito, como uma oferenda a um espírito ancestral, ou quando se manipulavam de maneira mal-intencionada forças sobrenaturais em benefício próprio e com prejuízo de alguém. Assim, se um filho ficasse doente, se uma seca arruinasse a plantação, se uma mulher não conseguisse engravidar ou se fosse preciso descobrir quem havia furtado algo, oráculos eram consultados para que as forças do além mostrassem as soluções, e ritos de possessão eram realizados para que os espíritos pudessem orientar os vivos.

As lideranças nessas comunidades também eram em grande parte sustentadas pelo sobrenatural. Depois de serem reconhecidos como líderes pelos membros dos seus grupos, os chefes tinham de ser confirmados pelos sacerdotes mais importantes, que trabalhavam pelo bem-estar de toda a comunidade. Esses sacerdotes consultavam as entidades sobrenaturais adequadas, fossem elas espíritos ancestrais, deuses locais, espíritos de chefes fundadores de comunidades ou espíritos responsáveis pelos recursos naturais da região. Por meio de ritos apropriados, os chefes eram confirmados pelas forças sobrenaturais e se tornavam os mais importantes intermediários entre elas e os membros da comunidade. Além de serem a autoridade máxima, eles eram também os mais importantes representantes do além entre os seres vivos.

Se considerarmos que a relação com o sobrenatural e todas as crenças e cerimônias necessárias para que ela se estabeleça são formas de religião, podemos dizer que esta era um elemento central em todas as sociedades africanas. A religião estava presente no exercício do poder, na aplicação das normas de convivência do grupo, na garantia da harmonia e do bem-estar da comunidade. O mundo era decifrado e controlado pela religião, que nessas sociedades tinha um papel equivalente ao que a ciência e a tecnologia têm para a nossa sociedade.

PRINCIPAIS ELEMENTOS DAS RELIGIÕES DA ÁFRICA CENTRAL

Nos sistemas de pensamento de povos da África central pertencentes ao tronco linguístico banto, o mundo se divide entre uma parte habitada pelos vivos e outra habitada pelos mortos, espíritos e entidades sobrenaturais. Era com essas forças que as pessoas buscavam orientação para lidar com os problemas. Separando os dois mundos, havia uma grande massa de água ou um mato fechado. Muitas vezes era no mato, ou por meio da água, que o especialista podia estabelecer a comunicação entre os dois mundos.

Na esfera do sobrenatural estavam os mortos, alguns elevados à condição de ancestrais, figuras em torno das quais alguns grupos familiares se organizavam. Eles podiam ser líderes que haviam comandado migrações e fundado novas aldeias; podiam ter introduzido um novo saber, como cultivar uma planta, processar um alimento, uma bebida; podiam ter tido acesso a um poder sobrenatural, como forjar o ferro, colocando-o à disposição das pessoas. Havia ainda uma infinidade de espíritos que habitavam as dimensões do além: espíritos das águas e das terras, das plantas e dos animais, das doenças e suas curas, das guerras, das alianças, das caçadas e das colheitas. Sobre todos esses seres sobrenaturais pairava inatingível uma força que era a fonte de todas as coisas, mas que não interferia na vida, natural ou sobrenatural.

Se a força criadora de tudo era inatingível, isto é, estava fora do alcance das pessoas e dos espíritos, o mesmo não acontecia com as outras forças sobrenaturais, que eram constantemente chamadas para resolver os mais diversos problemas. Mesmo quando não eram chamadas, para o que eram necessários conhecimentos e objetos apropriados, essas forças mantinham contato com as pessoas por meio de sonhos e de sinais que podiam ser facilmente reconhecidos por qualquer membro do grupo. Porém os contatos mais importantes precisavam da intermediação de um especialista — o sacerdote religioso que os portugueses chamavam de feiticeiro.

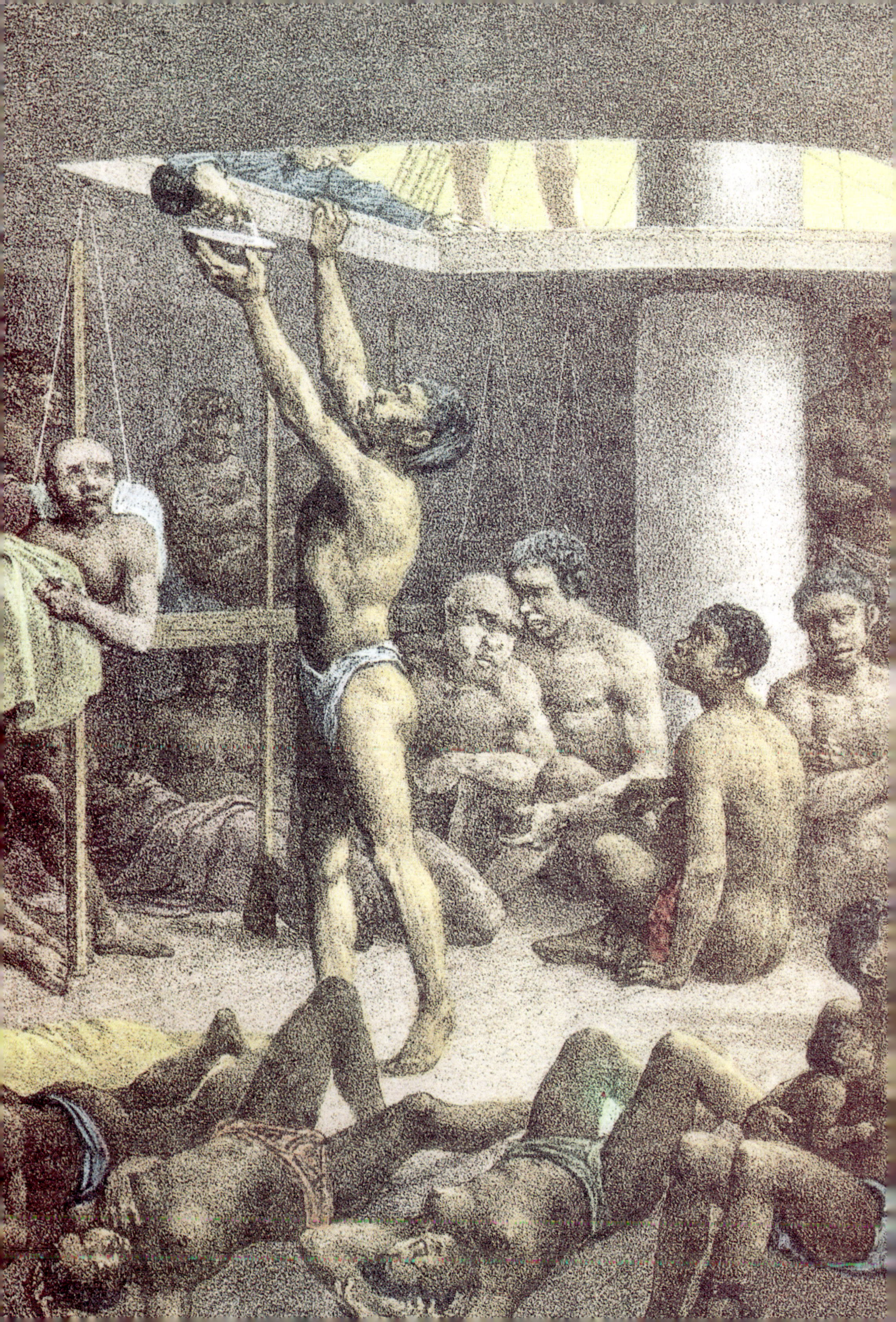

Marina de Mello e Souza
ÁFRICA E BRASIL AFRICANO
Suplemento de atividades

Caro aluno,

Você está sendo convidado a participar de uma viagem. A ideia é atravessar o Atlântico e chegar a um continente onde se podem encontrar geleiras, florestas, desertos, rios e uma infinidade de pessoas com hábitos, língua e cultura diferentes entre si. Mais que isso! O convite é para que você se desloque, mude seu olhar; que se volte para trás e vá ao encontro de algumas das peças que nos compõem como povo... A ideia é mergulhar, navegar pelo novo e descobrir o velho conhecido. É desvendar, passear pelo inusitado; é conhecer um outro, aquele que é diferente, mas também é se descobrir, reconhecer um pedaço de si na palavra, no gesto, na comida, no ritmo, no gosto. Nessa viagem tem beleza e tem poesia, mas também tem tristeza; tem a história de um povo que um dia, e à custa de muito sofrimento, ajudou a construir nosso Brasil.

Depois de abrir a primeira página do livro e nele mergulhar, o suplemento de atividades deverá ser seu grande companheiro de viagem! Ele ajudará você a organizar, registrar e refletir sobre tudo que viu.

Nome
Ano   Turma
Escola
Professor(a)

editora ática

CAPÍTULO **1**
A África e seus habitantes

Atividades

A diversidade do continente africano nos permite conhecê-lo a partir dos mais diferentes aspectos: étnicos, políticos, físicos, linguísticos, religiosos.

Considerando três grandes regiões do continente africano (África nilótica e saariana, África entre o Saara e o Atlântico e África central), responda:

1. África nilótica e saariana
a) Quais foram as principais civilizações e sociedades a se desenvolverem nessa região?

b) Podemos dizer que o rio Nilo, o mar Vermelho e o istmo de Suez constituíram-se em verdadeiras "portas de entrada" para essa região. Quais foram as consequências desse fato?

2. África entre o Saara e o Atlântico
a) A África ocidental era habitada por uma variedade de povos e, antes do século XVII, participava de uma atividade comercial diversificada. Que mercadorias eram exploradas pelos comerciantes dessa região?

b) Levando em consideração as grandes distâncias entre as regiões onde se fazia o comércio, explique de que forma as mercadorias eram transportadas.

3. África central

a) Durante 2500 anos os bantos fizeram uma movimentação humana provocando o povoamento de mais da metade do continente. Explique como foi esse processo e quais foram suas consequências para o povo africano.

b) Dê as características dos povos que habitavam as regiões da bacia dos rios Congo e Cuanza, ao sul e na costa oriental.

4. Leia atentamente:

"A disponibilidade de água doce para consumo humano e para uso na agricultura sempre ocupou um lugar privilegiado entre as prioridades a serem consideradas pelas sociedades antigas para a fixação em determinados locais. Mas foi nas origens das primeiras sociedades que as ofertas de água doce exerceram um papel muitas vezes determinante na dinâmica da vida humana e no desenvolvimento técnico e material."
(Fonte: http://www.comciencia.br/reportagens/aguas/aguas09.htm Acesso em: 9 out. 2005.)

Agora responda: como a situação apresentada no texto acima se expressou na África?

5.
Durante séculos, e das mais diversas formas, povos distantes fizeram contato com a África. Os mercadores foram os principais instrumentos de transmissão de conhecimento e de crenças, já que funcionavam como uma espécie de intermediários entre o que vinha de fora e o que já existia no continente. Destaque os povos de fora com os quais os africanos tiveram contato e apresente algumas das consequências desse contato.

CAPÍTULO **4**
Os africanos e seus descendentes no Brasil

Atividades

1. Você já sabe que uma das características mais marcantes do continente africano é a variedade de povos, a multiplicidade étnica. Ao chegarem ao Brasil, já escravizados, os africanos foram obrigados a conviver com outros africanos, vindos de diferentes lugares e formados em diferentes culturas. Explique como essas diferenças foram positivamente vivenciadas no Brasil.

2. Os escravizados movimentavam-se dentro das estruturas de opressão e controle da sociedade escravista, aprendendo a tornar sua vida menos difícil. Dê um exemplo de como isso acontecia.

3. Desterrados, os africanos que foram trazidos ao Brasil na condição de escravos tiveram que criar mecanismos de comunicação com seus senhores e com outros escravos como forma necessária de se inserir, ou resistir, à sociedade escravista. Explique como foi esse processo de adaptação à nova realidade.

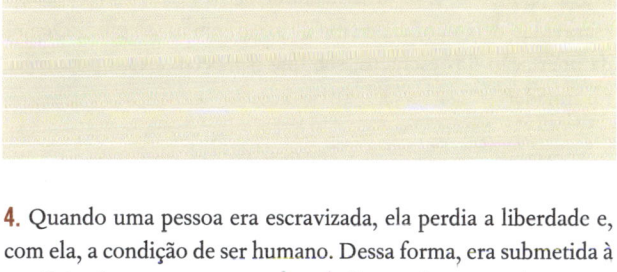

4. Quando uma pessoa era escravizada, ela perdia a liberdade e, com ela, a condição de ser humano. Dessa forma, era submetida à condição de um instrumento de trabalho. Embora completamente desprovidos de defesa, submetidos à condição de escravos, nem sempre os africanos ou crioulos aceitaram a escravidão. De que forma essas resistências se expressaram?

Rodolpho Lindemann/Acervo do fotógrafo

CAPÍTULO 5
O negro na sociedade brasileira contemporânea

Atividades

1. Por mais de trezentos anos, de Colônia a Império, o Brasil se construiu a partir de larga utilização de mão de obra escrava negra. Contudo, com a assinatura da Lei Áurea em 1888, a escravidão deixou oficialmente de existir em nosso país. Depois da libertação dos escravos, sob que perspectiva essa população foi tratada?

2. Leia o poema de Jorge de Lima e, em seguida, responda o que se pede:

"Os netos de teus mulatos e de teus cafuzos
e a quarta e a quinta gerações de teu sangue sofredor
tentarão apagar a tua cor!
E as gerações dessas gerações quando apagarem
a tua tatuagem execranda,
não apagarão de suas almas, a tua alma, negro!"
(Olá! Negro)

a) A que processo o autor se refere no poema?

b) Que motivos levaram os afro-brasileiros a assumirem o processo denunciado no poema?

c) Os resultados esperados por esse processo foram alcançados? Explique sua resposta.

3. A influência da cultura africana no Brasil é tão intensa que, muitas vezes, até sem perceber, utilizamos expressões, ouvimos músicas, dançamos sem saber que na origem do que fazemos estão os africanos mais antigos, homens e mulheres que ajudaram a construir o Brasil. Os africanos estão na base da maioria de nossas manifestações culturais populares, seja nas festividades tradicionais, na culinária, em alguns ritos religiosos e até em nosso modo de vestir. Pense em seu cotidiano e, a partir do que você aprendeu com a leitura do livro, apresente três exemplos da cultura africana presentes em sua vida.

4. Qual é a proposta dos grupos de afirmação dos direitos dos negros, existentes atualmente no Brasil?

5. Ao longo do século XX, com o samba, o carnaval e o futebol – ícones da identidade brasileira – passou-se a valorizar a chamada "mestiçagem cultural". Você acha que tal processo contribuiu para a valorização da mestiçagem física? Justifique sua resposta.

CAPÍTULO **6**
A África depois do tráfico transatlântico de escravos

Atividades

1. Com exceção dos portugueses, os europeus não se empenharam, até o final do século XIX, em adentrar os territórios africanos, pois preferiam as lucrativas atividades costeiras, temiam as doenças e também sabiam que a população local não facilitaria essa ocupação. Contudo, a partir de 1885, essa situação se modificou consideravelmente. Por quê?

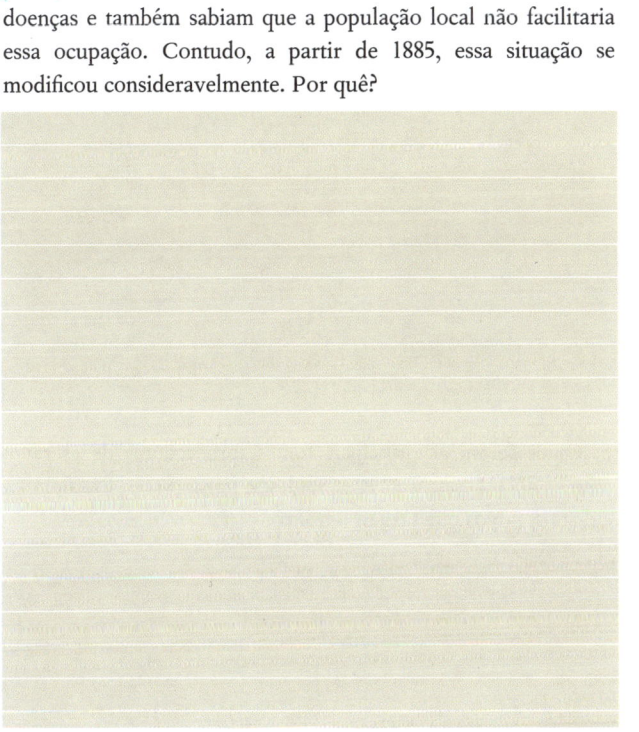

2. Explique como ocorreu a partilha do continente e quais foram suas implicações para a população.

3. Uma das justificativas para a colonização da África esteve baseada na ideia de que as sociedades iriam civilizar-se ao entrar em contato com os europeus. Contudo, "civilizar" os africanos, na realidade, significava dominar, oprimir, submeter, criar condições de explorar. Pense nisso e responda: quais foram os meios utilizados pelos europeus para "civilizar" os africanos?

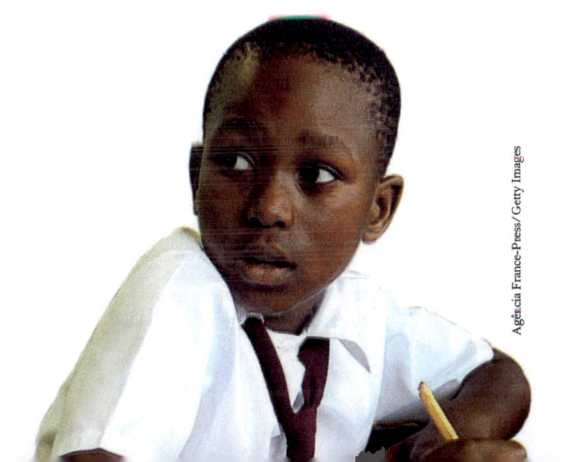

CAPÍTULO **3**
Comércio de escravos e escravidão

Atividades

1. A escravização é uma prática muito antiga entre os povos, existindo desde a Antiguidade. A exemplo disso, um filósofo grego chamado Aristóteles (384-322 a.C.) escreveu:

"Há, na espécie humana, indivíduos tão inferiores aos outros como (...) o animal em relação ao homem; são seres humanos dos quais o melhor que se pode obter é o emprego da força corporal. Esses indivíduos estão destinados pela própria natureza à escravidão, porque para eles não há nada melhor que obedecer."
(Aristóteles, *Política*, Lib. I, cap. I e II)

"A guerra é, de alguma maneira, um meio legítimo de adquirir escravos, porquanto implica a caça que se deve dar às feras e aos homens que, nascidos para obedecer, negam-se a fazê-lo."
(Aristóteles, *Política*, Lib. I)

a) Considerando os dois trechos do discurso de Aristóteles e o que você viu no terceiro capítulo do livro, responda: que argumentos da antiga lógica de Aristóteles podem ser usados para justificar a escravidão entre os povos africanos?

b) Que outros argumentos podem ser usados para demonstrar que a escravização na África também assumiu outras características, além das citadas no pensamento de Aristóteles?

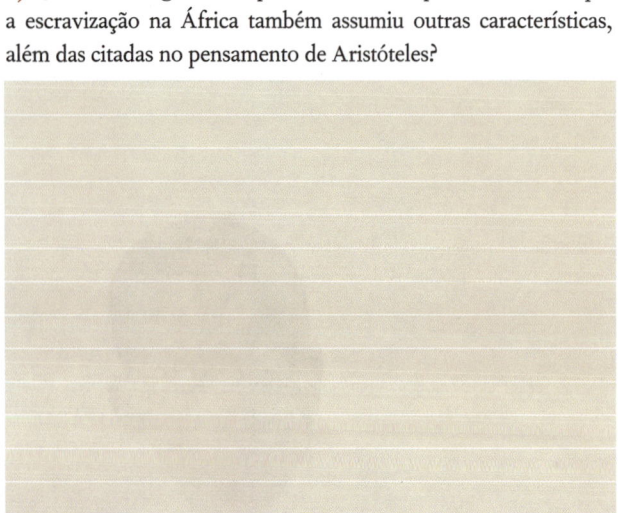

2. Quais foram as justificativas dos portugueses para escravizar populações africanas?

3. Dentre os diversos povos africanos, havia grupos que lutavam entre si. De que forma essa característica tornou-se um ponto fraco para os africanos e um ponto favorável para os portugueses ao empreenderem sua exploração?

4. As guerras e os ataques às aldeias feitos pelos chefes africanos desde o século XVI tornaram-se verdadeiras fontes de escravos até o final do século XIX. Levando em consideração que, nesse período, o tráfico de escravos no Atlântico já havia sido interrompido, explique por que os africanos continuaram a escravizar os povos de seu continente.

5. Quais foram as principais fontes fornecedoras de escravos para os holandeses, franceses, ingleses, portugueses, brasileiros e cubanos, povos que faziam o tráfico?

CAPÍTULO 2
Sociedades africanas

Atividades

1. Explique a forma de organização política dos reinos africanos levando em consideração suas características comuns.

2. Sobre o território governado pelo monomotapa, explique:
a) Que atividades exerciam?

b) Por que os portugueses se interessaram por essa região.

3. Considerando que o comércio entre as sociedades africanas foi marcado por trocas:
a) Relacione a região às mercadorias que ela poderia oferecer para troca no comércio.

1. Populações costeiras e ribeirinhas   ( ) grãos cultivados
2. Savanas   ( ) criação de animais
3. Florestas   ( ) ouro, cauris, noz-de-cola, marfim, escravos
4. Planalto   ( ) peixe seco, sal
5. África central   ( ) tubérculos
6. África ocidental   ( ) sal, tecido de ráfia, escravos

b) Explique por que o comércio pode ser considerado uma prática muito importante para o relacionamento entre as diversas sociedades africanas.

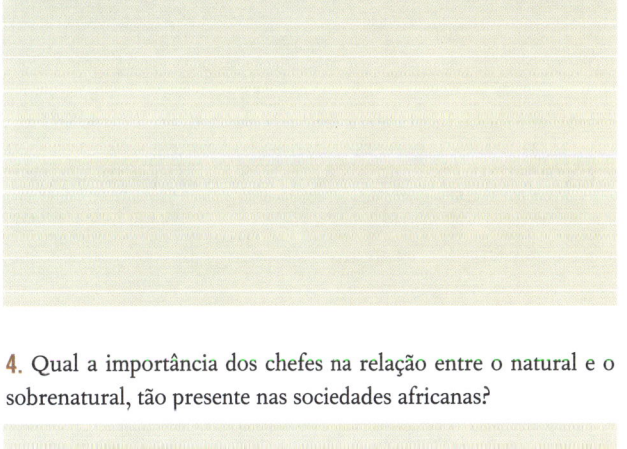

4. Qual a importância dos chefes na relação entre o natural e o sobrenatural, tão presente nas sociedades africanas?

4. Explique por que é importante estudar a África.

PROJETO ESPECIAL

Agora que você já conhece um pouco mais sobre o povo africano, suas origens, sua cultura e as influências que tiveram na formação de nossa história, chegou a hora de lidar com toda essa tradição dentro da sociedade em que vivemos atualmente.

Reúna-se em grupo com alguns colegas e, em seguida, leia atentamente as instruções abaixo:

1. Tema do trabalho
Campanha educativa para apresentar ao mercado brasileiro um produto tipicamente africano.

2. Desenvolvimento
Vocês devem elaborar uma campanha de divulgação de um produto africano no Brasil. Cada grupo deverá escolher algo diferente. Algumas sugestões: roupas, joias ou bijuterias, tecidos, instrumentos musicais, calçados, carros, obras de arte, dentre outros.

A campanha deve ter diferentes formas de apresentação: cartazes, confecção do produto, produção de matérias para divulgação do produto em revistas, jornais e televisão (comercial), pesquisa de opinião pública, *jingle* etc.

O(a) professor(a) irá orientá-los quanto às etapas de organização do trabalho e à divisão das atividades entre cada membro do grupo. Vocês também poderão contar com a participação de professores de outras disciplinas.

3. Conclusão
A campanha deve ser apresentada para a classe ou, se possível, em um evento no próprio colégio. Ao final, escrevam um relatório com as conclusões a que chegaram. Sugestão de algumas questões: qual foi a aceitação do produto pelo público? Vocês acham que o produto fará sucesso no Brasil? Por quê? Qual foi a maior dificuldade enfrentada durante a divulgação?

Bom trabalho!

CAPÍTULO 3

Comércio de escravos e escravidão

A escravidão na África

Desde os tempos mais antigos alguns homens escravizaram outros homens, que não eram vistos como seus semelhantes, mas sim como inimigos ou inferiores. A maior fonte de escravos sempre foram as guerras, com os prisioneiros sendo postos a trabalhar ou sendo vendidos pelos vencedores. Mas um homem podia perder seus direitos de membro da sociedade por outros motivos, como condenação por transgressões e crimes cometidos, impossibilidade de pagar dívidas ou mesmo de sobreviver independentemente por falta de recursos. Pelo menos assim era na África, onde acontecia de pessoas se entregarem como escravos a quem pudesse salvar a si e a sua família da morte por falta de alimento, caso a seca ou os gafanhotos tivessem arruinado a colheita.

Se considerarmos a escravidão como: situação na qual a pessoa não pode transitar livremente nem pode escolher o que vai fazer, tendo, pelo contrário, de fazer o que manda seu senhor; situação na qual a pessoa pode ser castigada fisicamente e vendida caso seu senhor assim ache necessário; situação na qual o escravo não é visto como membro completo da sociedade em que vive, mas como ser inferior e sem direitos, então a escravidão existiu em muitas sociedades africanas bem antes de os europeus começarem a traficar escravos pelo oceano Atlântico.

Nas sociedades organizadas em torno dos chefes de linhagens em aldeias ou federações de aldeias, podiam viver estrangeiros, capturados em guerras ou trocados por produtos como sal e cobre, que eram subordinados a um senhor e podiam ser chamados de escravos. Eles podiam ser castigados ou vendidos e tinham de fazer o que seu senhor determinasse. Dava-se preferência a mulheres, que cultivavam a terra, preparavam os alimentos e tinham filhos. Os filhos das escravas com homens livres da família do seu senhor ou com ele mesmo geralmente não eram escravos. A princípio não tinham os mesmos direitos dos filhos de mulheres livres, trazendo a marca da escravidão, mas a cada geração esta ia diminuindo, até desaparecer. Ter escravas que aumentassem a capacidade de trabalho e de reprodução da família era uma forma de uma linhagem se fortalecer diante das outras.

Nas sociedades que reuniam várias aldeias e federações de aldeias, e nas quais o chefe vivia numa capital, cercado de seu

Diferentes formas de os escravos carregarem membros da elite no Congo, conforme gravura do século XVII.

conselho, de suas mulheres e de seus soldados, era maior e mais frequente a presença de escravos. As guerras de expansão ou para sufocar rebeliões eram a principal maneira de adquiri-los, mas estes podiam ainda ser comprados ou condenados a pagar com a perda da liberdade o desrespeito às regras locais. As mulheres, além dos trabalhos rurais e domésticos, também eram recrutadas para serem esposas dos chefes; os homens, além de trabalhar no campo, engrossavam os exércitos e faziam parte das caravanas como carregadores ou remadores.

Entre os acãs os escravos eram encarregados de minerar ouro e entre os tuaregues eram encarregados de minerar sal. Em algumas sociedades, como a dos tuaregues, havia castas de escravos, que viviam à parte, embora o mais comum era que se integrassem gradualmente à descendência da família do seu senhor. Alguns poucos podiam se destacar pelos trabalhos prestados, como condutores de caravanas ou chefes militares, que podiam se tornar poderosos, conquistar privilégios, acumular riquezas e mesmo possuir escravos, sem no entanto deixar de ser considerados escravos também.

Essa situação era mais comum nas sociedades islamizadas, nas quais a escravidão se assemelhava à que existia no mundo árabe. Nas sociedades do Sudão ocidental e nas cidades-estado do Sael, governados por elites muçulmanas, os escravos trabalhavam em vastas plantações de grãos pertencentes aos grandes chefes, carregavam cargas, conduziam camelos e canoas, faziam parte dos exércitos, mas também podiam estar próximos aos centros de poder, como conselheiros dos chefes, como comandantes de exércitos, como eunucos[9] que tomavam conta dos haréns, formados em grande parte por escravas. Os filhos destas com os homens da família de seus senhores eram livres, e elas também eram libertadas depois de lhes darem filhos. Aliás, não era raro o senhor libertar seus escravos, principalmente se estes lhe prestassem bons serviços.

Havia, assim, uma hierarquia dentro da condição de escravo que ia desde o mais desprezado, como aquele

---

9 *eunuco* escravo castrado, que alcançava altos preços nos mercados muçulmanos. Valiosos como guardiães dos haréns dos sultões, governantes das cidades islâmicas, muitas vezes também eram conselheiros muito próximos dos chefes, que acreditavam na sua fidelidade excepcional. A maioria dos eunucos vinha do Sudão central, havendo povos que dominavam conhecimentos especiais relativos a técnicas de castração que minimizavam a porcentagem de mortos em decorrência da mutilação.

CAPÍTULO 3 — A escravidão na África

que fazia os serviços desagradáveis e extenuantes como trabalhar no campo e carregar cargas, até o que ocupava postos de responsabilidade e era admirado pelos seus talentos. O que fazia deste último um escravo, apesar de seu prestígio, era o fato de, por ser estrangeiro, não ter laços de parentesco ou solidariedade na sociedade em que vivia, na qual só era reconhecido como membro na qualidade de subordinado a um senhor. Não fossem a proteção deste e as oportunidades dadas por ele, o escravo não seria ninguém; por isso mantinha-se fiel a ele. Se o traísse e escapasse com vida, seria reduzido ao último nível da escala social.

A escravidão estava mais presente nas capitais dos Estados, nas cidades-estado e nos grandes centros de comércio, onde havia maior circulação de riquezas, maiores possibilidades de acumulação de bens e diferenças mais marcadas entre os grupos sociais. Além de os escravos serem integrados nessas sociedades, também eram uma mercadoria importante nas rotas do Saara. Parte dos cativos, obtidos geralmente por meio de guerras ou ataques a aldeias desprotegidas, era negociada com os comerciantes que os levariam para o norte da África. Os que não ficavam trabalhando ali podiam ser mandados para o outro lado do Mediterrâneo, mas iam principalmente para a península Arábica, sendo preferidas as mulheres. As escravas belas e jovens podiam alcançar preços bastante elevados, pagos pelos que as desejavam ter entre suas esposas e podiam arcar com o seu preço.

Além de serem comerciados entre as sociedades africanas não islamizadas e nas rotas do Sael e do Saara — estas sim islamizadas —, os escravos estavam entre as mercadorias exportadas para a península Arábica pelos portos da costa oriental, pelos quais podiam também ser levados para a Pérsia e a Índia, junto com mercadorias de luxo, como marfim, ouro, peles e essências naturais. Assim, quando os primeiros europeus chegaram à costa atlântica africana, e entre outras coisas se interessaram por escravos, abriu-se mais uma frente do comércio de gente, mas este já era velho conhecido de muitos povos africanos.

Caravana de escravos em momento de descanso na região do Sudão oriental, no século XIX.

Acima
Escravos sendo conduzidos pelas caravanas na região do Sudão oriental, no século XIX.

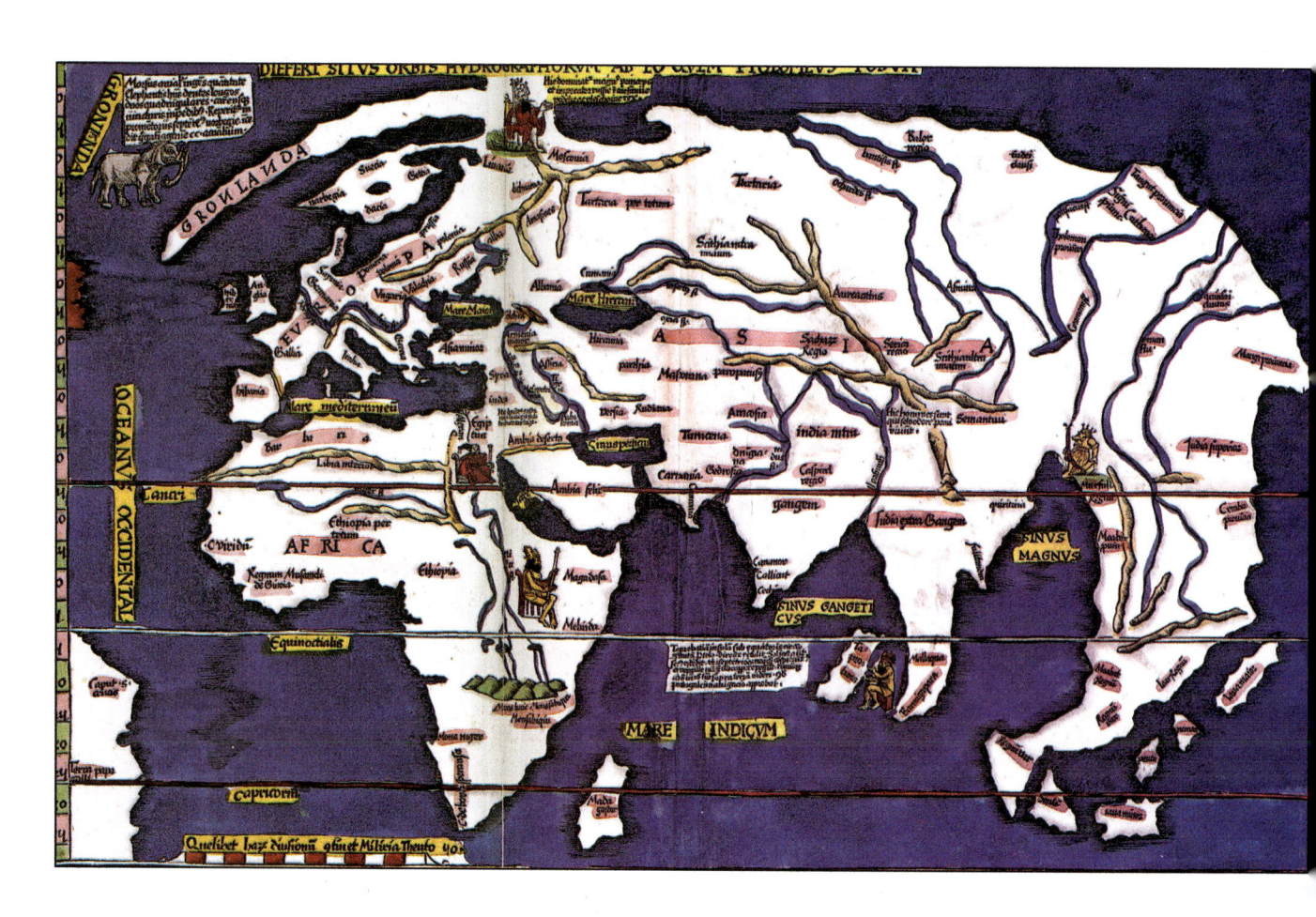

Mapa feito em 1529 por Gemma Frisius, astrônomo e matemático flamengo, que mostra o conhecimento que então se tinha sobre a Europa, a África e a Ásia.

Página ao lado, acima
Quadro de Domingos Sequeira, de 1793, que retrata a batalha de Ourique, evento a partir do qual foi formado o reino de Portugal.

Página ao lado, abaixo
A adoção de elementos do catolicismo pelos chefes da região do Congo e de Angola foi tomada como uma vitória do trabalho de catequese junto aos africanos.

O comércio de escravos pelo oceano Atlântico

O pioneirismo português

As expedições portuguesas de exploração da costa atlântica africana, na primeira metade do século XV, financiadas pelos reis associados a mercadores, tinham como principal objetivo chegar à fonte do ouro que era comerciado pelos tuaregues e berberes no norte da África. Além disso, buscavam um caminho para as Índias que permitisse quebrar o controle que alguns comerciantes, em sua maioria italianos, tinham sobre o Mediterrâneo. As mercadorias que vinham do Oriente, como tecidos e especiarias, eram as mais lucrativas, e o ouro, que Portugal não tinha, era fundamental nessas trocas.

Contornando lentamente a costa africana, aprendendo a navegar em mares onde nenhum homem havia estado antes, com novas embarcações, novos instrumentos de navegação e conhecimentos, os portugueses foram os pioneiros entre os europeus no contato com povos da África ocidental e central. Além de chegar ao ouro e encontrar outro caminho para as Índias, ainda queriam cumprir sua missão de propagadores do cristianismo. Naquela época, também na Europa era na religião que as pessoas buscavam a explicação das coisas, e os reis eram amados e respeitados acreditando todos que haviam sido escolhidos por Deus para ocuparem tal posição. Ao conquistar os mares e atingir um grande poder imperial em torno de 1500, o reino de Portugal justificou o seu direito de se apossar de terras e subordinar populações com o argumento de estar levando a mensagem de Cristo e a salvação eterna para todos.

As primeiras expedições na costa africana a partir da ocupação de Ceuta, em 1415, ainda na terra de povos berberes, foram registrando a geografia, as condições de navegação e de ancoragem. Nas paradas, os portugueses negociavam com as populações locais e sequestravam pessoas que chegavam às praias, levando-as para os navios para serem vendidas como escravas. Tal ato era justificado pelo fato de esses povos serem infiéis, seguidores das leis de Maomé, considerados inimigos, e portanto podiam ser escravizados, pois acreditavam ser justo guerrear com eles. Mais ao sul, além do rio Senegal, os povos encontrados não eram islamizados, portanto não eram inimigos, mas eram pagãos, ignorantes das leis de Deus, e no entender dos portugueses da época também podiam ser escravizados, pois ao se converterem ao cristianismo teriam uma chance de salvar suas almas na vida além desta. Dessa forma, os portugueses acreditavam estar fazendo um grande serviço aos africanos que escravizavam e levavam para Portugal ou lugares que começavam a colonizar.

O CRISTIANISMO COMO LEGITIMAÇÃO DO PODER

Quando, no século XII, Portugal se constituiu como unidade política, na qual os senhores locais passaram a aceitar a autoridade do rei, o cristianismo era a religião dos reis e nobres europeus. Para os reinos que começavam a se formar, era de máxima importância o apoio da Igreja Católica, com sede em Roma. Uma das mais fortes justificativas de que o poder de um determinado rei era legítimo era a religiosa, pois sendo ele aprovado pelo papa o seria por Deus. À medida que a monarquia portuguesa foi se fortalecendo, principalmente a partir de meados do século XV, quando as expedições oceânicas começaram a ir mais longe, os cronistas da corte elaboraram uma história que justificava o poder dos reis e do reino numa aliança direta com Deus, percebida em algumas situações particulares nas quais milagres teriam ocorrido. O ato fundador do reino português segundo esses textos escritos a partir de cerca de 1450 teria sido a vitória de dom Afonso Henriques (que depois se tornou Afonso I de Portugal) contra o exército muçulmano em Ourique, em 1139. Para os cronistas que narraram essa história, só um milagre explicaria a vitória sobre o exército numericamente superior dos mouros, que era como os portugueses chamavam os muçulmanos do norte da África e da península Ibérica.

A ideia de um reino fundado no cristianismo fazia que os governantes portugueses tomassem para si a tarefa de converter ao catolicismo os povos pagãos, isto é, que não conheciam a religião católica. À medida que o pequeno reino expandia suas fronteiras com a conquista dos mares e a exploração da costa africana e americana, ia justificando o domínio sobre os povos e as terras que encontrava por estar levando a eles a palavra de Deus e a possibilidade de salvação de suas almas. Assim, além de lucrar com o comércio e com a implantação de economias de exploração colonial, Portugal se fortalecia diante da Igreja e também diante de Deus. Apesar de o maior interesse ser o comércio, a política oficial nunca deixava de lado os deveres relativos à conversão dos "gentios", outro nome pelo qual eram chamados os povos que não seguiam nenhuma das religiões monoteístas, como o judaísmo, o islamismo e o cristianismo.

Essa aliança entre interesses materiais e espirituais não era artimanha de governantes espertos que assim justificavam seu poder. Segundo o espírito da época, que só mudaria depois do século XVIII, quando as transformações trazidas pela ilustração[10] começaram a se disseminar, Deus, além de confirmar o poder dos reis, regia a vida na terra, e o destino dos homens era determinado pelo além.

---

10 *ilustração* nome do movimento de transformação do pensamento ocidental, ocorrido a partir do fim do século XVII, no qual a valorização do racionalismo e do conhecimento científico buscou sepultar a influência da religião e do pensamento mágico característicos do momento anterior. Ele dá as bases para o desenvolvimento do humanismo, conforme o qual as melhores qualidades do homem poderiam construir uma sociedade justa e igualitária.

Comércio de escravos e escravidão

Nos portos de embarque de escravos, africanos de diferentes origens eram negociados por outros africanos, que os vendiam aos capitães dos navios negreiros.

Página ao lado, acima
O ouro negociado com os povos acãs no início do século XVI permitiu o luxo da corte portuguesa daquele período e a construção de edifícios monumentais como o Mosteiro dos Jerônimos. Este estilo arquitetônico ficou conhecido como manuelino, por causa de dom Manuel I, que reinou de 1495 a 1521.

Página ao lado, abaixo
Fortaleza de São Jorge da Mina, em gravura do século XVI.

Com a venda dessa mercadoria, os exploradores e comerciantes pagavam suas expedições e, quando possível, tiravam algum lucro. Mas logo começaram a encontrar a resistência das populações locais, que, prevenidas contra o perigo que aquelas embarcações desconhecidas traziam, passaram a receber os portugueses com flechas envenenadas e escaramuças. Com esse espírito de hostilidade ficava mais difícil capturar pessoas e não era possível comerciar mercadorias como ouro, peles, pimenta, corantes, papagaios, plumas e uma variedade de produtos de luxo. Assim, depois dos primeiros anos de exploração, por volta de 1450, os ataques já tinham sido abandonados, ou quase, e os capitães de navios tentavam sempre contatos amistosos com as populações dos lugares nos quais ancoravam.

O ouro que procuravam foi encontrado quando chegaram à costa da atual Gana, nas terras onde moravam os acãs, com os quais passaram a comerciar por volta de 1470. Ali foi construído o forte de São Jorge da Mina, em 1482.

Antes dele, um outro forte, em Arguim, na costa do atual Senegal, já havia sido feito em 1445. Eles eram centros de comércio e de armazenamento de mercadorias e tinham a proteção dos senhores locais, os principais parceiros comerciais dos portugueses. O ouro que os comerciantes europeus trocavam com os acãs por tecidos indianos, contas venezianas, utensílios de metal, barras de ferro e escravos que negociavam com outros povos, permitiu que a Coroa[11] portuguesa, que recolhia impostos de todos os que comerciavam naquela costa, pudesse continuar investindo nas expedições marítimas. Além disso, os lucros desse

---

[11] *Coroa* uma forma de se referir ao conjunto de governantes e regras de um reino, que é representado pela coroa que o rei usa, simbolizando que, mais do que um indivíduo, ele é o representante de um corpo social e político.

CAPÍTULO 3   **O comércio de escravos pelo oceano Atlântico**   **53**

omércio mantinham o luxo da corte e permitiam
ue fosse gasto muito dinheiro na construção de igrejas
 palácios em Portugal.

   Os três principais objetivos que levaram às explorações
narítimas: comerciar ouro, encontrar o caminho alternativo
ara as Índias e converter ao catolicismo os povos encontrados,
onheceram sucessos e fracassos. O ouro africano trouxe
nuita riqueza para Portugal no início do século XVI, mas logo
scasseou. No século XVII outros países, como Holanda,
nglaterra e França, passaram a navegar no Atlântico e no
ndico e a contestar os monopólios[12] portugueses, assim como
os espanhóis. Quanto à conversão dos pagãos, foi o objetivo
nenos realizado, mesmo que alguns povos tenham se
convertido, em situações muito particulares, nas quais foi
mportante a persistência de alguns missionários.

   No século XVI, enquanto os espanhóis se dedicaram a

---

[12] *monopólio* um dos eixos do sistema colonial que floresceu entre os
éculos XVI e XVIII, segundo o qual o país colonizador é o único com
 qual as terras colonizadas podem comerciar.

O CONGO CRISTÃO

Quando a expedição portuguesa capitaneada por Diogo Cão chegou à foz do rio Congo em 1483, entrou em contato com o *mani* Soio, que chefiava a região, mas prestava obediência ao *mani* Congo. Este era o chefe de uma confederação de aldeias que lhe pagavam tributos, mandavam homens para seus exércitos quando era preciso fazer guerra e em troca recebiam proteção e apoio. O Congo foi considerado um reino pelos primeiros portugueses que o conheceram, e em 1491 a Coroa portuguesa mandou uma embaixada para sua capital, Banza Congo, a alguns dias de marcha do litoral. Nessa ocasião o *mani* Congo, Nzinga Kuwu, recebeu o batismo cristão e adotou o mesmo nome do rei português: dom João. Mas, se ele aceitou a aliança com os portugueses, aqueles seres brancos vindos do mar dentro de grandes embarcações, selando-a com o batismo, quando estes foram embora, deixando quatro missionários que logo morreram das febres locais, o *mani* Congo voltou ao seu modo normal de vida e deixou de lado o pouco que tinha adotado da religião católica, como ouvir missas e rezar.

A conversão do *mani* Congo ao catolicismo teve grande efeito na Corte portuguesa, que estava empenhada em contornar a África não só para chegar às Índias e suas mercadorias, mas também para cercar o mundo muçulmano, neutralizá-lo e espalhar o cristianismo por todo o mundo. Mas, se Nzinga Kuwu logo se afastou dos portugueses, um filho seu, que também havia sido batizado em 1491, conquistou por meio de armas a sucessão ao pai na chefia do Congo, vencendo um irmão que tinha o apoio dos sacerdotes tradicionais. Estes queriam distância dos estrangeiros brancos e da nova religião que eles traziam. Mas a facção vitoriosa, liderada por dom Afonso I do Congo, estabeleceu uma política de proximidade com os portugueses, com os quais passou a comerciar cobre e escravos e dos quais adotou muitos hábitos ligados ao catolicismo e à maneira de vestir.

No governo de dom Afonso I, que durou de 1507 a 1542, o Congo adotou o catolicismo como religião oficial. Os grandes chefes passaram a usar títulos da nobreza europeia, como príncipe, conde e duque, e adotaram nomes portugueses, como Pedro Constantino da Silva, que disputava o trono do Congo no fim do século XVII, ou nomes de família mais peculiares, como Água Rosada, Vale de Lágrimas, existindo um conselheiro do rei, em meados do século XVII, que se chamava Calisto Sebastião Castelo Branco Lágrimas da Madalena ao Pé da Cruz do Monte Calvário. Essas novidades foram adotadas principalmente pelos chefes e conviviam com as tradições locais, tanto religiosas como de formas de tratamento.

Os missionários católicos que pregavam no Congo e deixaram relatos escritos sobre suas experiências estavam sempre denunciando os desvios de fé dos nativos, mas o Estado era reconhecido como cristão por Portugal e por Roma. Sua capital passou a se chamar São Salvador, e nela foram construídas igrejas, com a ajuda de construtores e materiais portugueses. Este foi o apogeu do que ficou conhecido como reino cristão do Congo, que depois de guerras internas e ataques externos se fragmentou em partes autônomas, cujos chefes praticavam um catolicismo cada vez mais próximo das religiões centro-africanas tradicionais.

explorar a América, Portugal investiu nas relações com a África e o Oriente, estando presente na Índia, no Japão e na China, além de na África e na América. A colonização do Brasil, que desde sua descoberta era assediado por comerciantes franceses, foi entregue a nobres escolhidos pelo rei (os donatários das capitanias), que implantaram nas novas terras o sistema de produção de açúcar desenvolvido pelos portugueses na colonização das ilhas do Cabo Verde, a cerca de 600 quilômetros da costa africana na altura da foz do rio Senegal, e de São Tomé, na altura do Equador. Nesse sistema, que combinava a plantação de cana com o engenho que a transformava em açúcar, o trabalho de escravos era peça-chave.

Na exploração da costa africana, os portugueses se enraizaram em alguns lugares, como as ilhas do Cabo Verde e de São Tomé, criando sociedades onde antes ninguém morava. Nessas ilhas reproduziram a experiência com o plantio da cana sacarina e a montagem do engenho de açúcar que já haviam realizado nas ilhas dos Açores e da Madeira, arquipélagos colonizados por portugueses que para lá migraram. Mas, se nessas ilhas a população foi formada por portugueses, nas ilhas africanas a população foi constituída basicamente por africanos de procedências diversas, que eram subordinados pelos portugueses e mestiços que nelas nasciam.

Essas ilhas, assim como Luanda, foram os pontos estratégicos dos quais os portugueses atuaram no comércio de escravos com as sociedades africanas. Do arquipélago do Cabo Verde agiam na região dos rios da Guiné, onde tinham em Cacheu e Bissau fortalezas em terra. De São Tomé davam apoio aos que comerciavam no golfo do Benin, onde perderam o forte de São Jorge da Mina para os holandeses, e ao comércio na região de Cabinda, ao norte da foz do rio Congo, e mesmo em Angola.

O comércio de escravos pelo oceano Atlântico

A presença portuguesa na ilha de São Tomé, em gravura de Theodore de Bry.

Página ao lado
Batismo do *mani* Congo na percepção de Theodore de Bry (fim do século XVI), que também mostra a igreja em construção e a boa recepção que os congoleses deram aos portugueses.

Trazida da Índia, a cana sacarina se adaptou muito bem aos Açores e à Madeira. No Cabo Verde a planta não vingou, pois o solo pobre e a escassez de água não lhe eram favoráveis. Mas em São Tomé se adaptou perfeitamente, apreciando a umidade do Equador e alimentada pelo solo fértil. No fim do século XV, já havia plantações de cana e engenhos de açúcar nessa ilha e na do Príncipe, ambas ocupadas por portugueses. Antes da chegada destes, elas eram despovoadas, abrigando uma exuberante vegetação equatorial.

Foi ali, com plantas importadas e tecnologias adaptadas às possibilidades do novo meio ambiente, que os empresários portugueses elaboraram o modelo de produção econômica do engenho produtor de açúcar, que estaria na base da exploração colonial dos territórios americanos ocupados a partir de meados do século XVI. Os portugueses foram pioneiros não só na exploração da costa africana e no estabelecimento de certos tipos de relação com as populações locais, sendo depois seguidos por ingleses, franceses e holandeses, mas também na montagem de um sistema de

Comércio de escravos e escravidão

produção de açúcar baseado no trabalho escravo que se espalhou por toda a América.

Formas de comerciar escravos

De cerca de 1520 até 1870, isto é, durante 350 anos, várias regiões da África forneceram escravos para a América. Os primeiros foram trabalhar nas minas de prata descobertas pelos espanhóis, sobretudo no Peru, e o metal era escoado pelo rio que lhe tomou o nome, passando a se chamar rio da Prata. Depois a produção de açúcar passou a exigir trabalhadores que a fizessem funcionar: primeiro no Brasil, depois no Caribe. O tabaco da Bahia, o algodão e o tabaco das colônias inglesas na América do Norte, depois o ouro e diamante das minas do Brasil e mais tarde o café foram todos produzidos pelo trabalho de escravos africanos, permitindo a exploração colonial[13] do continente. Assim, o uso da força de trabalho de escravos africanos esteve na base da construção da maior parte da América. O que permitiu a existência de regimes escravistas[14] na América foi o comércio de escravos, que se instalou em partes da África valendo-se do interesse de comerciantes europeus por essa mercadoria tão especial.

Logo nas primeiras décadas de contato entre europeus e africanos ficou claro que o escravo era, ao lado do ouro, cujo comércio não durou muito, a mercadoria mais valiosa. Navios percorriam a costa africana e, em alguns lugares, havia um comércio constante, cada vez mais sólido, entre europeus e populações locais. Os portugueses foram os primeiros parceiros do comércio atlântico de povos da região da Senegâmbia, da Guiné, do golfo do Benin, da foz do rio Congo, da baía da ilha de Luanda e em Benguela. Na costa oriental disputavam com árabes e indianos o comércio em alguns portos, perto da ilha de Moçambique e na região do rio Zambeze, mas aí o comércio de escravos

Além da plantação, o engenho de açúcar era formado por várias construções destinadas à transformação do caldo de cana.

Acima
Construções em fazendas de São Tomé. Ao fundo, a exuberante vegetação equatorial da ilha.

---

13 *exploração colonial* parte central do sistema colonial desenvolvido na América, realizada por uma metrópole que tinha o controle sobre uma colônia, como Portugal sobre o Brasil. A monocultura para exportação (açúcar, tabaco, algodão, café) foi a forma mais comum de exploração colonial, mas a mineração também forneceu muita riqueza às metrópoles, sedes dos governos coloniais. O controle sobre os territórios ocupados e a utilização do trabalho escravo permitiram a realização da exploração colonial.
14 *regimes escravistas (ou escravismo)* sistemas econômicos nos quais as áreas mais dinâmicas são movidas pelo trabalho forçado, realizado por escravos. A utilização do trabalho escravo de forma secundária, como acontecia em muitas sociedades africanas da época do tráfico atlântico de escravos, não faz que tal sociedade seja considerada escravista.

CAPÍTULO 3   O comércio de escravos pelo oceano Atlântico   57

Principais portos de embarque de escravos na costa atlântica.

para o Brasil só se tornou significativo no século XIX. Também na costa ocidental os portugueses logo perderam a primazia sobre a região e o direito de cobrar impostos de todos os que por ali navegavam. Ingleses e franceses, no fim do século XVI, já disputavam entre si e com os portugueses os melhores portos da costa e faziam alianças com um ou outro chefe, começando a participar das rivalidades entre sociedades e linhagens locais.

Do século XVII ao XIX a Costa da Mina, ou golfo do Benin, foi uma das principais regiões fornecedoras de escravos para os mercadores atlânticos. Ali algumas cidades-estado, muitas delas controladas pelo Daomé e por Oió, eram as bases nas quais se davam as trocas entre comerciantes africanos e europeus, cada um interessado nas mercadorias que o outro oferecia. Fortalezas eram construídas com o consentimento de chefes locais, cujas filhas muitas vezes se tornavam mulheres de comerciantes e administradores, que assim faziam

Comércio de escravos e escravidão — CAPÍTULO 3

Mapa da costa da África ocidental, ou Costa da Mina, do fim do século XVI, que mostra o conhecimento precário que os europeus tinham sobre o interior do continente e sobre o curso do rio Níger.

Página ao lado
Manilhas e zimbos.

alianças e conseguiam privilégios de comércio. Europeus e africanos aprendiam a língua e a maneira de comerciar um do outro, e regras iam sendo estabelecidas. Os navios chegavam da Europa, ou da América, carregados das mercadorias que tinham boa aceitação entre os comerciantes locais e ancoravam nos portos nos quais já tinham parceiros, cujas regras e línguas eram conhecidas. A primazia dos portugueses no comércio com essa região fez que por muito tempo a sua língua fosse a usada nos negócios, mesmo com comerciantes de outras nacionalidades.

As negociações envolviam várias etapas, eram lentas e com gestos cheios de significados simbólicos. Os navios tinham de pagar taxas de ancoragem, e os capitães ofereciam presentes para os chefes locais ou para os representantes dos grandes chefes, que moravam no interior do continente. Estes geralmente eram presenteados com tecidos finos, como brocados, veludos e sedas, com botas de couro, chapéus emplumados, casacos agaloados, punhais e espadas trabalhadas, pipas de bebidas destiladas, cavalos e uma variedade de produtos que indicavam prestígio. As trocas eram feitas aos poucos. Cada dia pequenas quantidades de escravos eram trocadas por tonéis de bebidas destiladas, tecidos da Índia e da Inglaterra, contas de vidro venezianas, utensílios de metal, armas, pólvora, cavalos, barras de ferro, conchas trazidas de ilhas do Índico, que cumpriam funções de moeda em sociedades da África ocidental. Em razão desse processo lento, um navio podia levar até seis meses para completar sua carga e voltar ao porto de origem.

Os navios que frequentavam os portos nos quais os governos europeus haviam construído fortalezas de pedra, ou mesmo barracões de barro e palha, pagavam taxas de ancoragem e comércio às nações europeias que os controlavam assim como aos chefes africanos que dominavam os territórios nos quais estavam os fortes e barracões. A região em torno da foz do rio Senegal era domínio de franceses e holandeses, mas os territórios eram controlados por jalofos, sereres e fulas. Os portugueses mantinham a predominância na região da Guiné na altura do arquipélago do Cabo Verde, negociando com beafadas, pepéis, bijagós e bambaras. Os holandeses tomaram dos portugueses o forte de São Jorge da Mina em 1637 e dali exerceram algum controle na região da foz do rio Volta, terra de acãs e daomeanos, falantes de fon, que na Bahia ficaram conhecidos como jejes. Nas regiões de Ajudá e Lagos os portugueses e brasileiros levavam a melhor entre os diversos

CONCHAS COMO MOEDAS DE TROCA

Várias sociedades africanas usavam moedas, portadoras de valores que serviam de padrão de medida e que podiam ser trocadas por qualquer mercadoria. Em algumas o sal tinha função de moeda, em outras eram as manilhas de cobre, ou pedaços de tecidos de fibras naturais, e em outras ainda determinadas espécies de búzios ou cauris.

Na África ocidental usavam-se cauris, conchas de uma determinada espécie que, depois do comércio com os europeus, passaram a ser trazidas das ilhas Maldivas, no oceano Índico, onde eram comuns. A partir do fim do século XVII era tão grande a quantidade de cauris trazidos pelos comerciantes europeus para a costa africana ocidental que houve uma enorme depreciação no valor dessa moeda, que pouco a pouco deixou de ser significativa nas transações comerciais. Em algumas regiões os cavalos, em outras as armas de fogo e a pólvora, substituíram os cauris como principal moeda de troca.

Também no Congo era usado um certo tipo de concha como moeda, principalmente para fins de entesouramento dos grandes chefes. Essas conchas eram colhidas na ilha de Luanda, área sob o controle do *mani* Congo, que assim tinha o monopólio sobre o que era chamado de *zimbo* nas línguas locais. Da mesma forma que os cauris na costa ocidental, no Congo os búzios eram uma moeda de troca sempre aceita, uma medida de valor e de atribuição de riqueza aos que os possuíssem em grande quantidade. Os *zimbos*, além de representarem riqueza acumulada, eram sinal de diferenciação social, de privilégio, pois não estava ao alcance de qualquer um guardar grandes quantidades de búzios.

Desde o século XVI conchas semelhantes aos *zimbos* eram colhidas em Caravelas, no sul da Bahia, e Piranji, no Rio Grande do Norte, e levadas para Pinda, na foz do rio Congo, e Luanda, onde serviam de moeda. No século XVII, com a intensificação do comércio entre as duas costas, os navios passaram a transportar grandes quantidades de búzios, principalmente de Caravelas, o que provocou uma enorme desvalorização e popularização do *zimbo*, que perdeu o valor e as funções que tinha na região do rio Congo.

Comércio de escravos e escravidão CAPÍTULO **3**

Nos entrepostos costeiros, os comerciantes presenteavam os representantes dos chefes, principalmente com bebidas destiladas e tecidos finos, antes de começar as negociações.

comerciantes que ali atuavam, comprando escravos originários de diferentes povos, entre os quais os iorubás, na Bahia chamados de nagôs. Os ingleses eram a nação estrangeira dominante na foz do rio Níger, terra de itsequíris, ibos, ibíbios e ijós, no Brasil também chamados de calabares. De São Tomé e de Luanda os portugueses dominavam a costa da África central, da foz do rio Congo à foz do Cunene, ao sul da baía de Benguela, relacionando-se com povos ambundos, congos, imbangalas, ovimbundos, jingas, quiocos, lubas, lundas e muitos outros, agrupados no Brasil sob o nome geral de angolas. (Ver mapa da p. 20)

Do século XVI ao XIX o comércio de escravos na costa atlântica da África foi negócio entre comerciantes europeus e africanos, ou representantes dos chefes africanos, pois na maioria das vezes eram estes os grandes fornecedores de escravos para os navios negreiros. As trocas eram feitas em alguns pontos da costa, seguindo regras estabelecidas principalmente pelas sociedades africanas. Os comerciantes europeus agiam conforme era determinado nos locais de comércio; apesar disso, conseguiam ter alguma influência sobre os chefes locais, que passaram a depender cada vez mais das mercadorias estrangeiras. A ajuda militar que soldados europeus algumas vezes deram nas disputas entre diferentes povos africanos, o acesso a mercadorias que aumentavam o prestígio de quem as possuísse e principalmente o acesso a armas de fogo, mesmo bastante rudimentares, foram fatores que tornaram as sociedades africanas mais vulneráveis às pressões de fora, exercidas a partir do tráfico de escravos.

Principais regiões fornecedoras de escravos

Para o Brasil, vieram africanos principalmente da chamada Costa da Mina e de Angola. A Costa da Mina ficou conhecida por este nome por causa da fortaleza ou castelo de São Jorge da Mina. Nessa região, localizada entre as embocaduras dos rios Volta e Níger, atuavam todos os povos que traficavam escravos: holandeses, franceses, ingleses, portugueses, brasileiros e cubanos. Para o Brasil vinham escravos comerciados principalmente no golfo do Benin, com destaque para o porto de Ajudá. Mas era de Angola que vinha a maioria. Ali os chefes ambundos tinham o título de *ngola* a *kiluanji* e por isso as terras que dominavam foram chamadas de reino de Angola pelos portugueses. Além de povos ambundos, lá viviam muitos outros povos, todos do grupo linguístico banto.

Além de iorubás e outros grupos da costa ocidental, e de bantos da África central, mais para o fim do período do tráfico, no século XIX, também vieram para o Brasil africanos comerciados pelos portos da costa oriental. Eram grupos bantos, mas bastante diferentes daqueles traficados pela costa atlântica, e no Brasil ficaram conhecidos de forma genérica como moçambiques.

Na Costa da Mina, o transporte dos escravos dos barracões para os barcos era feito em canoas, o que exigia habilidade dos remadores para vencer as altas ondas que arrebentavam na praia.

NAÇÕES E ETNIAS ATRIBUÍDAS AOS AFRICANOS ESCRAVIZADOS

Agrupadas no que os colonizadores portugueses chamaram de minas, cabindas, congos, cassanjes, angolas, benguelas e moçambiques, entre outras designações, estavam pessoas vindas de várias sociedades, e falantes de línguas diferentes, apesar de terem alguma semelhança entre si. Mas os comerciantes, administradores coloniais e senhores que punham os escravos para trabalhar não percebiam as diferenças entre os africanos, identificando-os principalmente a partir do porto em que foram embarcados (como Cabinda), da principal feira em que foram comprados (como Cassanje) ou do nome da região onde esses pontos de comércio se encontravam (como Angola).

Mas ao lado desses nomes que identificavam nações, juntando num mesmo grupo pessoas vindas de sociedades diferentes, também apareciam nomes referentes a grupos culturais particulares, como ambundos (habitantes do Dongo), anjicos (como eram chamados pelos portugueses os habitantes de Tio), ardas (de Alada) ou hauçás (das cidades-estado do Sudão central). Além dos nomes de nação[15], atribuídos pelos colonizadores e geralmente adotados pelos africanos, e dos nomes de etnias, que sobreviveram à travessia do Atlântico e continuaram sendo usados na América, havia ainda os nomes criados no Brasil para designar povos com língua, religião ou costumes semelhantes. Assim, malês era o nome dado aos africanos islamizados do Sudão central e ocidental, nagôs eram os iorubás da região de Oió e das cidades-estado costeiras, e jejes os que habitavam mais a ocidente, na região do Daomé.

Nomes de nações ou de etnias são sempre formas de atribuir uma identidade particular a um grupo, indicando que ele tem tradições, maneiras de se comportar, de pensar e de falar que lhe são próprias e o distinguem dos outros. Aos poucos diminuíram as diferenças entre os vários africanos escravizados trazidos para o Brasil, onde passaram a conviver entre si e com os senhores de ascendência portuguesa, surgindo então uma cultura afro-brasileira, em que as diferenças étnicas ficaram em segundo plano.

---

15 *nação* termo que, do século XV ao XIX, designava um grupo com características culturais que o distinguiam e tornavam diferente daqueles que a ele se referiam. Judeus e ciganos, tupinambás e carijós, minas e angolas eram grupos "de nação" conforme o linguajar de todo esse período.

O comércio de escravos concentrou-se nas áreas frequentadas pelos comerciantes europeus, pois eram eles que estavam interessados em comprar trabalhadores que pusessem em movimento as colônias formadas a partir da ocupação das Américas e das ilhas do Caribe. Dessa forma, existiu principalmente nas regiões que se ligavam aos portos dos rios Senegal, Gâmbia, Cuanza, Cunene, de todos na costa atlântica e do rio Zambeze, na costa índica. As ilhas do arquipélago de Cabo Verde e de São Tomé e Príncipe também eram importantes pontos de apoio para esse comércio que, na África ocidental, era feito principalmente a partir das fortalezas construídas na costa.

Era em Luanda que os portugueses estavam instalados com mais tenacidade em terras africanas. Nas outras localidades, como Cabo Verde, Guiné-Bissau, São Tomé, Príncipe e Cabinda, sua presença estava limitada às ilhas e a alguns pontos da costa. Na região de Luanda era diferente. Acompanhando o rio Cuanza, os portugueses conseguiram, nos séculos XVI e XVII, ocupar alguns pontos estratégicos de confluência de rios e caminhos, onde instalaram aldeias fortificadas que chamavam de presídios e abrigavam um destacamento militar, geralmente bastante modesto, de alguns homens. Nos presídios também moravam alguns comerciantes – portugueses, africanos e mestiços –, que faziam a intermediação entre os nativos e os agentes dos comerciantes portugueses e brasileiros estabelecidos em Luanda, que por sua vez eram representantes ou sócios de comerciantes de Lisboa ou do Rio de Janeiro. Os presídios ainda abrigavam africanos que estavam na região antes de os portugueses chegarem, ou que para lá foram depois que estes chegaram, negociando produtos da agricultura e da criação, alimentos e serviços em troca de mercadorias que lhes interessassem. Neles também

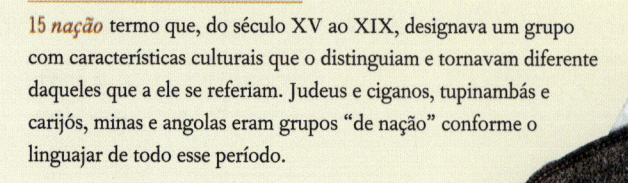

As escarificações mostravam o povo a que a pessoa pertencia e, no Brasil, identificavam os africanos.

O comércio de escravos pelo oceano Atlântico

havia alguns escravos, pertencentes tanto a portugueses como a mestiços e africanos, cuja posição social permitia que tivessem cativos.

A entrada dos portugueses no interior da região de Luanda, do rio Cuanza e de alguns de seus afluentes, se deu pela conquista militar, pela guerra e com a ajuda do terror que o mais forte sabe impor sobre os povos que vai vencendo. O mesmo vale para a região de Benguela, mais ao sul. De cerca de 1580 a 1680, período que ficou conhecido como das guerras angolanas, foram travadas guerras entre exércitos africanos capitaneados por portugueses contra exércitos africanos capitaneados por chefes locais que se opunham à presença dos portugueses em seus territórios. Além dos enfrentamentos entre os guerreiros, o resultado dessas guerras eram aldeias queimadas e saqueadas, populações mortas ou escravizadas.

Logo de início algumas tribos se aliaram aos portugueses, esses homens diferentes, de outra cor, com outro comportamento, falando uma língua incompreensível, mas que ofereciam coisas interessantes, como mercadorias e tecidos desconhecidos, belas contas de vidro, objetos curiosos, que serviriam para distinguir seu possuidor dos outros, atestando sua posição de destaque. E, mais importante do que tudo, esses estrangeiros tinham armas poderosas, que poderiam ajudar muito na vitória sobre vizinhos inimigos. Diante desses atrativos, alguns grupos, como os que ficaram conhecidos como imbangalas, se aliaram aos portugueses nos primeiros anos de contato e constituíram seus exércitos, que aos poucos venceram a resistência nativa em algumas áreas, onde foram instalados os presídios.

Em todos os lugares que os europeus passaram a frequentar se tornou comum o comércio de gente. Prisioneiros de guerra, condenados por infrações, pessoas sequestradas de suas aldeias quando caminhavam distraídas, apanhadas em tocaias, eram vendidas em troca de armas, pólvora, tecidos, tabaco baiano no golfo do Benin, aguardente carioca em Angola e uma diversidade de mercadorias que variava daqui para ali. Essas pessoas vinham de lugares diferentes, negociadas de mercado em mercado, do interior em direção ao litoral, onde as embarcações europeias esperavam pacientemente completar suas cargas humanas. Estas seriam vendidas na América e nas ilhas do Caribe e tornariam possível o desenvolvimento das economias coloniais, fundadas na exploração da mão de obra escrava e na produção de mercadorias, como açúcar, algodão, tabaco, ouro, prata e diamantes, comercializadas pelas metrópoles: Lisboa, Madri, Paris, Londres e Amsterdã.

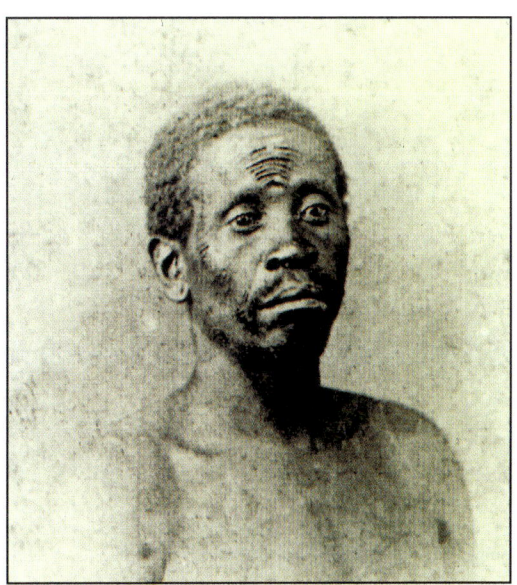

Este homem era tido como de nação monjolo no Rio de Janeiro, em 1865.

Acima
Chamada de negra mina no Brasil, os sulcos e protuberâncias na face dessa mulher eram sinais da sua origem étnica específica.

Tegbesu, o *dada* do Daomé no fim do século XVIII, cercado de suas mulheres e com visitantes britânicos, provavelmente fazendo acordo referente ao comércio de escravos.

Transformações provocadas pelo tráfico de escravos

A Costa da Mina

As duas regiões da África que mais se envolveram com o tráfico atlântico de escravos, principalmente os que vieram para o Brasil, foram a chamada Costa da Mina e a costa de Angola, ambas comerciando pessoas trazidas de áreas que ficavam mais ao interior do continente. A Costa da Mina equivale, mais ou menos, aos atuais Gana, Togo, Benin e Nigéria.

Entre as embocaduras dos rios Volta e Níger (esta se estendendo num enorme delta), havia uma cadeia de lagoas e canais que acompanhavam a costa, permitindo uma navegação protegida dos rigores do mar aberto. Aí o comércio de escravos foi muito ativo, principalmente entre os séculos XVII e XIX, e por isso essa região ficou conhecida como Costa dos Escravos. Para o sucesso desse comércio foram importantes vários fatores, que podem ser percebidos ao olharmos não só para os ambientes naturais, mas também para a história das sociedades que ali existiram.

Essa era a região das sociedades de povos acãs, fantes, axantes, daomeanos, benis, oiós e iorubanos em geral, que se relacionavam com os baribas, nupes, hauçás e mandingas, que viviam mais ao interior. Enquanto esses dois últimos povos haviam se islamizado, ou pelo menos seguiam um islamismo africano, todos os outros seguiam religiões nas quais espíritos de heróis fundadores, de ancestrais e ligados a determinados lugares eram os guias dos homens na terra.

Os acãs controlavam o comércio do ouro e, portanto, eram os parceiros preferenciais dos portugueses que frequentavam a costa da Guiné no século XVI. No século XVII os axantes, um dos vários grupos acãs, começam a se fortalecer e dominar seus vizinhos, cobrando tributos. No século XVIII o Estado mais forte da região era o Daomé, que havia sido construído pela expansão axante. Todas as sociedades dessa região se organizavam conforme os mesmos padrões de tradições políticas, sociais e religiosas. Os chefes mais ambiciosos ampliavam as fronteiras de seus domínios fazendo alianças e, principalmente, se impondo por meio da força dos seus exércitos. Os rebeldes ou inimigos eram atacados, saqueados, assassinados ou aprisionados. Estes passavam a trabalhar como escravos para os vencedores ou eram vendidos para os comerciantes europeus que transitavam cada vez mais na costa.

Desde que os homens brancos apareceram ali, em suas embarcações, trazendo consigo várias mercadorias apreciadas pelos africanos, os chefes das diversas sociedades tiveram acesso a riquezas e a um poder muito maiores do que os que existiam até então. A vontade de se aproximar desses comerciantes brancos, de receber seus presentes e de trocar mercadorias com eles fez com que alguns grandes chefes, que viviam em suas capitais mais ao interior, até então interessados no comércio com o Sael, voltassem os olhos para o litoral.

Foi assim que aconteceu com o Daomé e com o Oió. O primeiro, depois de expandir seu domínio sobre as cidades costeiras a partir de sua capital, Abomé, no interior, se tornou o maior fornecedor de escravos dessa costa, desde as primeiras décadas do século XVIII até a suspensão total do tráfico com os europeus, na metade do século XIX. O Oió estava ligado às rotas do Sael, mas seus chefes, ou *alafins*, se interessaram pelo comércio costeiro, que trazia prosperidade para os chefes das cidades que o controlavam. Por volta de 1730, quando também o Daomé estava se expandindo, o Oió dominou algumas das principais cidades costeiras.

Na fase áurea do tráfico de escravos na Costa da Mina, no século XVIII e início do XIX, Daomé e Oió foram os Estados mais fortes da região, mas algumas cidades da costa

Saleiro de marfim feito no Benin no século XVI para ser vendido aos portugueses, que nele são retratados, com sua embarcação, pelos artistas locais.

Comércio de escravos e escravidão

John Blount fez sua fortuna transportando escravos africanos para a América espanhola.

Abaixo
Com a intensificação do tráfico de escravos aumentaram, além das guerras, os ataques a aldeias e os raptos em aldeias africanas.

conseguiam manter certa autonomia com relação a eles, negociando com os brancos sem a interferência dos *alafins* e dos chefes daomeanos, chamados *dada*. Havia alianças, mas também eram frequentes as disputas entre chefes locais, e nelas os comerciantes europeus se envolviam, algumas vezes dando apoio, inclusive militar, a um ou outro chefe africano, dependendo dos interesses que estivessem em jogo. Para haver comércio precisava haver paz, e para haver escravos era preciso haver guerra. O equilíbrio entre essas duas necessidades contraditórias favoreceria o vigor do comércio.

Os traficantes europeus e americanos tinham uma fome crescente de escravos, que iam movimentar as economias coloniais da América. A mão de obra escrava, além de ser barata para o produtor, dava bons lucros aos traficantes. Os ganhos com o comércio de gente eram altos e serviram para enriquecer muitas pessoas que se dedicaram a ele. Tanto europeus como africanos, pois o fornecimento de escravos era garantido principalmente pela ação dos chefes africanos. Estes promoviam guerras e ataques às aldeias, ditavam as regras do comércio, reservavam para si os melhores negócios e ainda cobravam taxas e presentes para quem quisesse ancorar, transitar e comerciar em suas terras.

Com atrativos consideráveis tanto para comerciantes europeus como para africanos, o tráfico atlântico de escravos cresceu continuamente até a metade do século XIX. É claro que o crescimento da procura por escravos fazia que também crescesse a necessidade de capturar pessoas para escravizá-las, o que acontecia principalmente por meio de guerras e de ataques a aldeias desprotegidas. Assim, as guerras entre povos vizinhos, que lutavam por territórios, por soberania sobre outros povos, por controle de rotas de comércio, passaram a buscar antes de mais nada prisioneiros a serem escravizados.

A presença de traficantes brasileiros, principalmente baianos, era grande na Costa da Mina, pois o tabaco que negociavam era uma das mercadorias mais procuradas pelos comerciantes africanos. Os laços que então uniam a Bahia às cidades à beira das lagoas e canais costeiros na África ocidental eram fortes e não se limitavam ao fato de os trabalhadores escravos, que moviam a economia baiana, terem vindo quase todos daí e de regiões mais ao interior. Também os comerciantes dos dois lados da costa estavam estreitamente ligados. Brasileiros adiantavam mercadorias para africanos irem buscar escravos nos mercados do interior, isto é, davam-lhes crédito. Os comerciantes daomeanos e de outras etnias, por sua vez, davam preferência a esses parceiros baianos, com os quais mantinham uma relação de confiança.

Houve casos de filhos de chefes africanos que foram mandados para Salvador sob os cuidados dos parceiros comerciais de seus pais para serem educados nas habilidades dos brancos, como a leitura e a escrita.

O comércio atlântico introduziu novas mercadorias na Costa da Mina, que algumas vezes complementavam o comércio local com outras variedades de produtos já existentes, como tecidos e utensílios de ferro, mas também com produtos desconhecidos, como certas contas de vidro e bacias de latão (que geralmente eram derretidas e transformadas em outros objetos). Para que os chefes permitissem esse comércio, recebiam presentes, como chapéus emplumados, botas finas, brocados, veludos, tapetes, bebidas, cavalos e uma variedade de objetos de luxo, que usavam para ostentar seu poder, principalmente nas cerimônias públicas. Os bens de luxo que ganhavam e as mercadorias que trocavam com os brancos, principalmente escravos e marfim, aos quais se somava uma variedade de produtos nativos, como tinturas, essências, resinas, óleos e peles, abriram caminho para uma crescente dependência dos chefes africanos com relação ao comércio com os brancos.

Quando o tráfico atlântico de escravos foi definitivamente interrompido, nas últimas décadas do século XIX, os interesses europeus na região já eram outros: diziam respeito à comercialização de matérias-primas usadas na indústria

Francisco Félix de Souza, o Chachá I.

OS BAIANOS NO BENIN

Desde o início do século XVIII era forte a presença de comerciantes baianos e seus intermediários na costa do golfo do Benin. Muitos, apesar de portugueses de nascimento, eram baianos de fato, com suas vidas estabelecidas em Salvador, onde negociavam com tabaco, açúcar, cachaça, tecidos, miudezas diversas e às vezes até algum ouro, que conseguiam contrabandear burlando as exigências da administração colonial. Essas mercadorias eram mandadas, em barcos de sua propriedade ou de capitães que a eles se associavam, para os portos da Costa da Mina, onde eram trocadas por escravos e por panos da costa e outros produtos apreciados pelos africanos que viviam no Brasil. A intensidade desse comércio aproximava Salvador de portos como Ajudá, Badagry, Porto Novo e Lagos, estes dois últimos abertos na década de 1730 por João de Oliveira, comerciante baiano e grande aliado de Ardra (ou Alada), que começava a ser assediado pela expansão do Daomé.

Em vários portos dessa costa formaram-se comunidades mestiças, nem tanto racialmente, mas culturalmente, de africanos e baianos. Além dos comerciantes baianos e seus representantes, ex-escravos que voltaram para a África depois de reconquistada a liberdade também trouxeram os conhecimentos e os hábitos que adquiriram durante o cativeiro e que incorporaram em sua vida. Assentando moradia uns perto dos outros, esses baianos e africanos abrasileirados se agruparam em torno dos mais poderosos: os grandes traficantes, amigos de grandes chefes africanos, de quem obtinham os escravos. Assim se formaram algumas comunidades de "brasileiros" em cidades do golfo do Benin, como Lagos, Badagry e Cotonu.

Uma família que se orgulha de sua ascendência brasileira é a Souza, de Cotonu, no atual Benin. Originada em Francisco Félix de Souza, traficante de escravos que ali se estabeleceu em cerca de 1800, vindo da Bahia, é a mais importante entre várias famílias de "brasileiros" ou *agudás*, como essas pessoas são conhecidas na região. Na primeira metade do século XIX Francisco Félix foi o principal aliado do *dada* do Daomé, o Estado mais poderoso da região, e assim pôde vender grande quantidade de escravos, numa época em que se pagava bem por eles no Brasil e em Cuba, onde estavam seus principais fregueses. Recebeu do *dada* do Daomé (Guezô, com quem havia feito um pacto de sangue que os tornou irmãos) o título de Chachá, que ainda pertence a seus descendentes. Ao morrer, em 1849, já sem a fortuna que o colocou entre os mais ricos de seu tempo, vivia tanto como um grande chefe daomeano, cercado de suas dezenas de mulheres e filhos e recebendo impostos, quanto como um grande comerciante português, entre móveis lavrados, tecidos finos, baixelas de prata, porcelanas chinesas e talheres de ouro.

O Chachá foi um dos muitos exemplos de pessoas que serviram de intermediárias entre mundos diferentes — o europeu, o africano e o luso-americano —, ajudando um grupo a entender o outro. Essas pessoas que transitavam pelos diferentes mundos permitiam, ou pelo menos facilitavam, as relações econômicas e sociais entre africanos, portugueses e luso-americanos.

O preparo do óleo de palma
(ou azeite de dendê),
na Costa da Mina.

Abaixo
Preparação do unguento que
protegia os guerreiros imbangalas.

nascente, principalmente inglesa. Os escravos que os chefes africanos faziam em suas guerras e ataques a aldeias desprotegidas não podiam mais ser vendidos a comerciantes brancos e passaram a trabalhar em seus campos de amendoim, de coleta de goma, de extração do óleo de dendê. Nativa e abundante na região, essa palmeira passou a ser cultivada para que o óleo extraído de seu fruto atendesse à demanda inglesa, em cuja indústria tinha diversas utilidades, até mesmo de lubrificante das máquinas. Foi nesse momento que começou a ocupação colonial da África por algumas nações europeias, mas esse é um assunto que vamos deixar para tratar mais adiante.

A costa de Angola

Ao norte da atual Angola, no Congo, os portugueses e nativos interagiram de forma extremamente original, resultando dessa relação um Estado afrocatólico, que durou do século XVI ao XX. Porém, foi mais ao sul, a partir da ilha de Luanda, que os portugueses conseguiram se enraizar, penetrando em território africano, a princípio com dificuldade, estabelecendo uma fortaleza aqui e outra ali, não muito longe da costa, pois as febres mortais e a resistência dos povos mais ao interior barravam a sua passagem.

Como já foi dito, nessa região os portugueses logo conseguiram o apoio de grupos imbangalas. Estes eram formados por pessoas de diferentes origens, que passaram por ritos de iniciação que as ligavam para sempre. Esses ritos remetiam aos mitos fundadores dessa sociedade e envolviam o sacrifício de crianças de cujo sangue eram feitos unguentos mágicos que protegiam os guerreiros. As sociedades imbangala eram formadas de guerreiros que viviam de saquear os pastores e agricultores, de quem roubavam as mulheres e as crianças em idade de receber treinamento militar. Construíam aldeias fortificadas, mas não se fixavam por muito tempo num mesmo lugar. O quilombo, nome pelo qual ficaram conhecidos seus acampamentos, a princípio designava o rito de iniciação que marcava o ingresso de um novo guerreiro no grupo. Esse também era o nome, tanto na África central como no Brasil, dos agrupamentos de escravos fugidos.

Entre contatos amistosos e belicosos, querendo comerciar escravos e encontrar metais preciosos, como a prata e o cobre, os portugueses, que já frequentavam a costa da África central desde o início do século XVI, estabeleceram um foco de colonização a partir de Luanda. Em 1575 Paulo Dias de Novaes, escolhido donatário pelo rei de Portugal, que entendeu poder dispor daquelas terras distantes onde reinavam outros chefes,

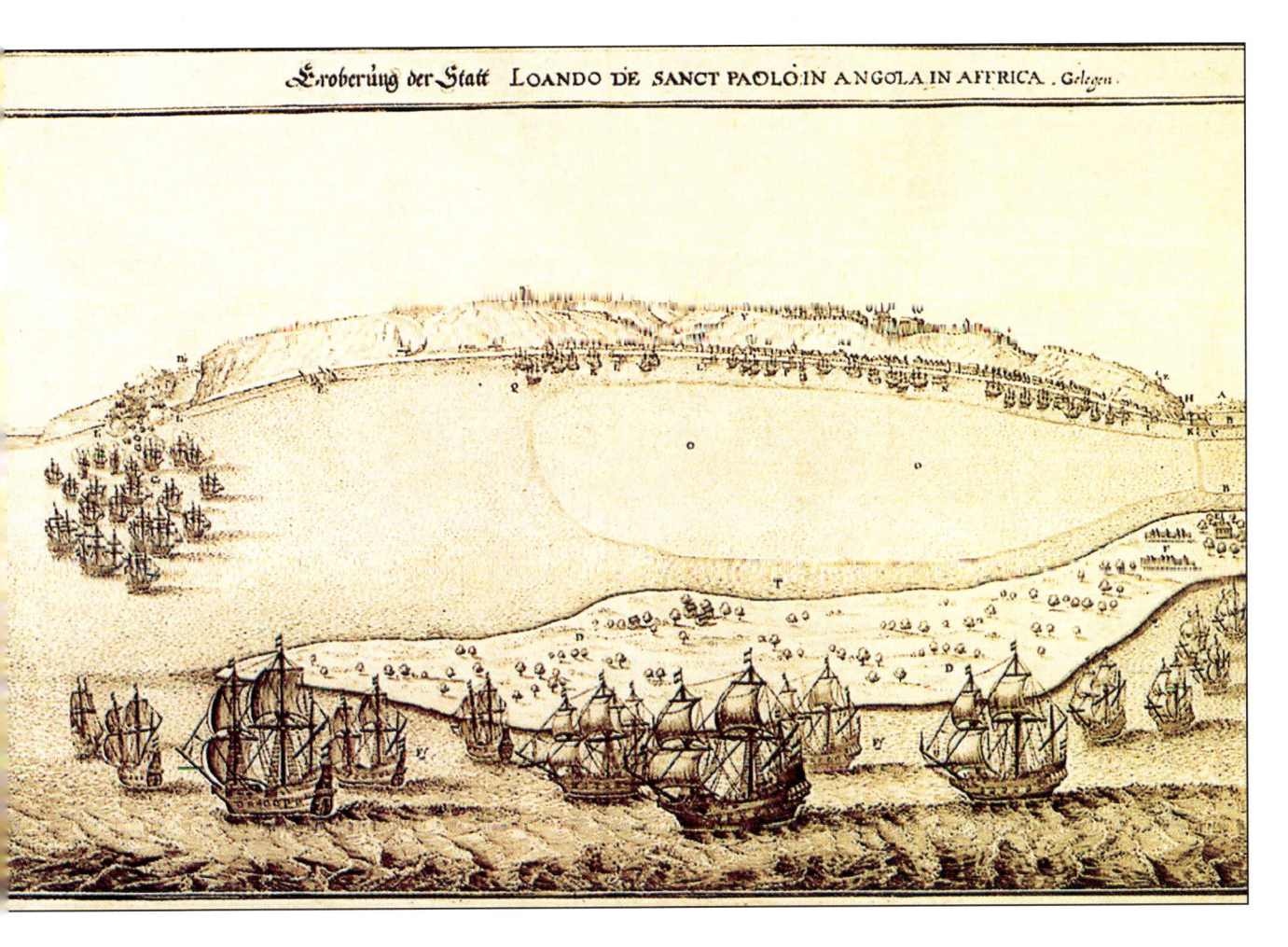

Transformações provocadas pelo tráfico de escravos

Eroberung der Statt LOANDO DE SANCT PAOLO IN ANGOLA IN AFFRICA. *Gelegen*.

O porto de Luanda no século XVIII, provavelmente com uma quantidade exagerada de navios, vendo-se a ilha de Luanda em primeiro plano.

nelas desembarcou como colono[16]. Trazia construtores e material para construir uma fortaleza e uma igreja; agricultores e sementes; pastores e animais; soldados e armas de fogo; cavalos e novas técnicas. Vinha com a autoridade do rei de Portugal, em nome do qual oferecia aliança política e uma série de novidades para os chefes locais, dos quais queria cumplicidade, fidelidade e diversas formas de retribuição da parceria.

Alguns chefes acolheram com curiosidade e interesse esses homens diferentes que chegavam pelo mar dentro de embarcações fabulosas, outros repeliram com flechas e lanças as tentativas de aproximação dos brancos. Mas aos poucos, por meio da troca de favores ou pela guerra, os portugueses foram ampliando sua atuação em terras centro-africanas. As guerras predominaram de 1580 a 1680 aproximadamente. Os portugueses forçavam a penetração no território, movidos

---

16 *colono* agente da colonização; aquele que assume a tarefa de colonizar a terra ocupada pelo reino colonizador, assumindo características diferentes conforme as especificidades da ação colonizadora de uma ou outra metrópole, em um ou outro lugar. No caso de Portugal, os primeiros colonos foram os nobres que receberam grandes extensões de terra, que deveriam tornar produtivas, de forma a cobrir o investimento feito, movimentar a economia colonial e pagar as taxas devidas à Coroa.

AS GUERRAS ANGOLANAS

Durante o primeiro século da presença dos portugueses em terras da África centro-ocidental, a Coroa portuguesa investiu em alianças com alguns chefes, principalmente imbangalas, assim como mandou exércitos e armamentos para enfrentar a resistência local. O Dongo, chefatura que estava em processo de centralização e expansão no século XVI, quando os portugueses passaram a transitar pela região da baía de Luanda, lutou contra os portugueses por cerca de um século a partir de 1580.

No século XVII a rainha Jinga, que chefiava o Dongo e também Matamba, um Estado vizinho, foi a maior líder da resistência local e entrou para a história de Angola como um de seus mitos fundadores. Jinga governou de 1626 a 1663, quando morreu com mais de 80 anos. Aproximou-se e afastou-se dos portugueses variando sua posição de um momento para outro, aceitou o batismo e depois voltou a praticar as religiões tradicionais, misturando as tradições ambundas com as tradições imbangalas. Durante a maior parte do seu governo fez forte oposição aos portugueses, apesar de em muitos momentos fornecer escravos para os mercados nos quais eles se abasteciam. No final da vida adotou hábitos cristãos e chamou missionários para atuar ao seu lado. A variedade de povos bantos que se reuniram sob seu comando, seguindo as normas do quilombo, acabou dando origem a uma nova etnia, que adotou o nome da líder que os guiou na paz e, principalmente, na guerra, ficando conhecida como jinga.

A presença de brasileiros em Angola era grande desde o século XVII, quando o então governador do Rio de Janeiro, Salvador Correia de Sá e Benevides, capitaneou a expedição que retomou Luanda, ocupada pelos holandeses de 1641 a 1648. A partir de então índios e mestiços brasileiros lutaram ao lado de africanos e de uns poucos portugueses nas guerras que se estenderam até cerca de 1680, arrasando aldeias, destruindo exércitos inimigos e escravizando os prisioneiros, que eram vendidos para os traficantes atlânticos.

Em 1665, na localidade de Ambuíla, houve um grande enfrentamento militar entre tropas luso-africanas, que contavam com brasileiros, e tropas do Congo, que foram completamente destruídas apesar de se estimar que contassem com mais de cem mil homens. Nessa batalha morreram o *mani* Congo, dom Antonio I, 95 importantes chefes, entre eles os que poderiam substituí-lo, cerca de quatrocentos *muchicongos*, que era o grupo dominante, e grande quantidade de soldados. Entre os portugueses morreram 25 soldados, sendo um deles branco. Outras 161 pessoas se feriram, 11 das quais portuguesas. A partir da batalha de Ambuíla o Congo entrou num processo de desagregação e de guerras entre suas diferentes províncias. O poderoso Estado, que foi reconhecido como cristão na Europa do século XVI, quando fornecia escravos e cobre aos portugueses, nunca mais voltou a ter a força de antes. Depois desse período conturbado, os portugueses foram aprofundando suas raízes em Angola, passando a privilegiar as alianças e formas mais sutis de dominação, deixando que as guerras fossem travadas entre os africanos apenas.

pela esperança de encontrar prata, ou mesmo ouro, mas principalmente fazendo prisioneiros, que eram vendidos como escravos aos traficantes que frequentavam cada vez mais os portos de Luanda e Benguela. Quando não arrasavam as aldeias, saqueavam os celeiros, capturavam as pessoas e exigiam que os chefes se tornassem seus súditos, pagando tributos na forma de alimentos e escravos.

No final do século XVII, Luanda era uma típica cidade colonial portuguesa, com o forte, o colégio dos jesuítas, o quartel que abrigava a guarnição militar, a casa do governador e outros edifícios da administração. No porto, tabernas serviam aos marujos em constante trânsito e carregadores se curvavam sob os sacos de trigo, os barris de vinho, azeite, aguardente, os fardos de tecido, as caixas cheias de utensílios, instrumentos, enfeites e uma variedade de mercadorias usadas no comércio de escravos e que abasteciam a população urbana. Nos armazéns os comerciantes estocavam seus produtos e faziam seus negócios. Nos arredores da cidade, nos arimos[17], os colonos e seus escravos cultivavam alimentos e criavam

---

[17] *arimos* palavra de origem quimbundo (a língua mais comum na região de Luanda) que designava as plantações que havia nos arredores da cidade, nas quais portugueses e mestiços, geralmente usando o trabalho escravo, produziam os víveres consumidos na cidade e que abasteciam os navios que frequentavam o porto.

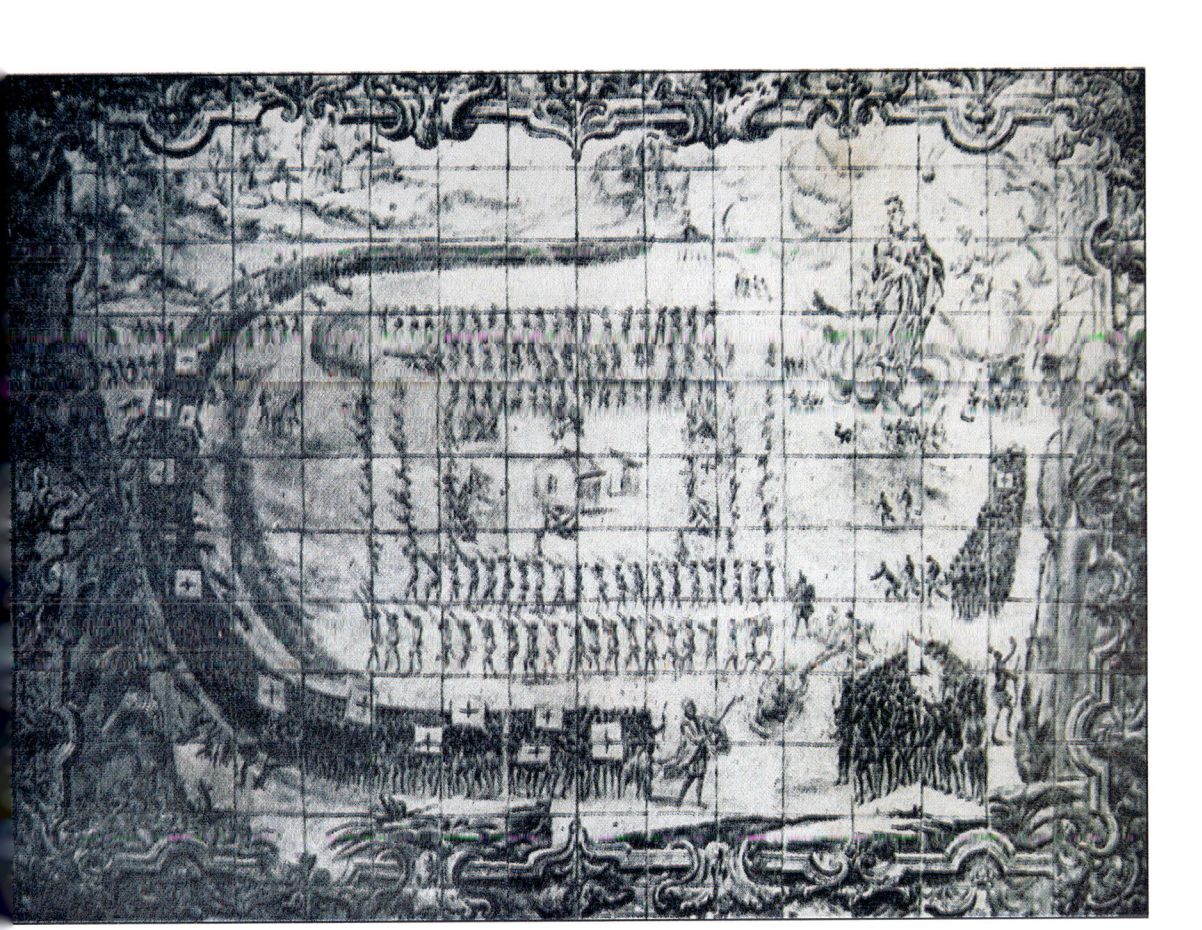

Transformações provocadas pelo tráfico de escravos

Azulejos da Ermida de Nazaré em Luanda, século XVII, mostrando a batalha de Ambuíla.

Página ao lado

Njinga, chefe de Matamba, em aquarela do final do século XVII, tendo ao fundo um altar com as relíquias dos ancestrais.

animais domésticos, que alimentavam os moradores da cidade e abasteciam os navios que atravessavam os oceanos. Escravos eram utilizados nos transportes, nos serviços domésticos e na agricultura, servindo a portugueses e mestiços.

Assim ia se formando uma nova sociedade angolana, fruto da presença colonial portuguesa e das tradições africanas, da mistura de ambundos, imbangalas, congos, ovimbundos, lundas, lubas, quiocos, cassanjes, entre si e com os portugueses. E, à medida que se consolidava uma sociedade de dominação colonial, aumentava o volume de pessoas escravizadas, vendidas para os traficantes que abasteciam as sociedades americanas de mão de obra. Enquanto na América os portugueses mantinham uma colônia de exploração agrícola e mineral (durante o período de exploração do ouro e de diamantes), em Angola eles mantinham uma colônia dedicada principalmente à produção e comercialização de escravos.

Se até o fim do século XVII os portugueses se envolveram diretamente nas guerras que produziam escravos, depois disso foram alguns grupos africanos que se dedicaram a buscá-los, cada vez mais no interior do continente, para abastecer o tráfico atlântico. Algumas sociedades se fortaleceram com o comércio e as alianças com os brancos e se especializaram em guerrear com seus vizinhos, que ao serem vencidos eram escravizados ou subordinados e tinham de pagar tributos sob a forma de escravos. Matamba e Cassanje são exemplos de sociedades assim estruturadas. Estiveram por muito tempo entre os principais fornecedores de escravos para o comércio atlântico, obtidos a partir de ataques a aldeias que não tinham como vencer a superioridade militar daqueles que as atacavam. Nos territórios que esses Estados controlavam existiam feiras nas quais escravos eram comerciados ao lado de sal, cobre, tecidos de ráfia, conchas, marfim, trocados por tecidos em geral, aguardente, contas, utensílios diversos, armas e munição.

Chamavam-se "pombeiros" os que iam buscar escravos nessas feiras do interior, representando comerciantes estabelecidos em Luanda, ou mesmo além-mar, como no Rio de Janeiro, Lisboa ou Cabo Verde. Geralmente eles eram africanos que se aportuguesaram na convivência com os estrangeiros ou mestiços, filhos de pais brancos e mães africanas, conhecedores dos códigos desses dois mundos, dos quais eram pontos de contato. Nem sempre esses pombeiros eram pessoas livres, havendo muitos deles que eram escravos a serviço de seus senhores, aos quais se mantinham fiéis para que pudessem preservar as vantagens que a sua posição lhes garantia. Podia acontecer de um pombeiro não voltar com os escravos trocados pelas mercadorias de seus senhores, indo transitar por regiões nas quais não pudesse ser encontrado.
Mas a norma era a retribuição da confiança neles depositada. Com a intensificação dos ataques aos povos que viviam mais no interior do continente, em aldeias ou confederações de aldeias, estes tenderam a se organizar em torno de um poder central, para assim se fortalecerem perante seus vizinhos a oeste, que buscavam homens para escravizar. Exércitos permanentes foram formados por chefes enérgicos para garantir a segurança dos agrupamentos de agricultores, artesãos, sacerdotes, pescadores, caçadores e famílias organizados em aldeias.

A centralização do poder desses chefes aconteceu junto com um maior movimento nas feiras, onde mercadorias variadas vindas de longe eram trocadas. Foi isso o que aconteceu com os lundas e os quiocos, que no século XVIII eram presas do tráfico de escravos controlado pelos seus vizinhos jingas e cassanjes, e que no início do século XIX se tornaram fornecedores para as feiras de Cassanje, nas quais os agentes dos traficantes de escravos vinham se abastecer. Fazendo com os outros povos o mesmo que tinham feito com eles no passado, passaram a pressionar seus vizinhos ao sul e a leste, já na bacia do rio Zambeze, subjugando-os e exigindo tributos na forma de escravos. Estes eram os condenados, os sequestrados em momentos de distração, os endividados, além dos capturados em ataques a aldeias.

Em Cazembe e Lozi, na bacia do rio Zambeze, eram comerciados escravos que seguiam tanto para feiras do oeste

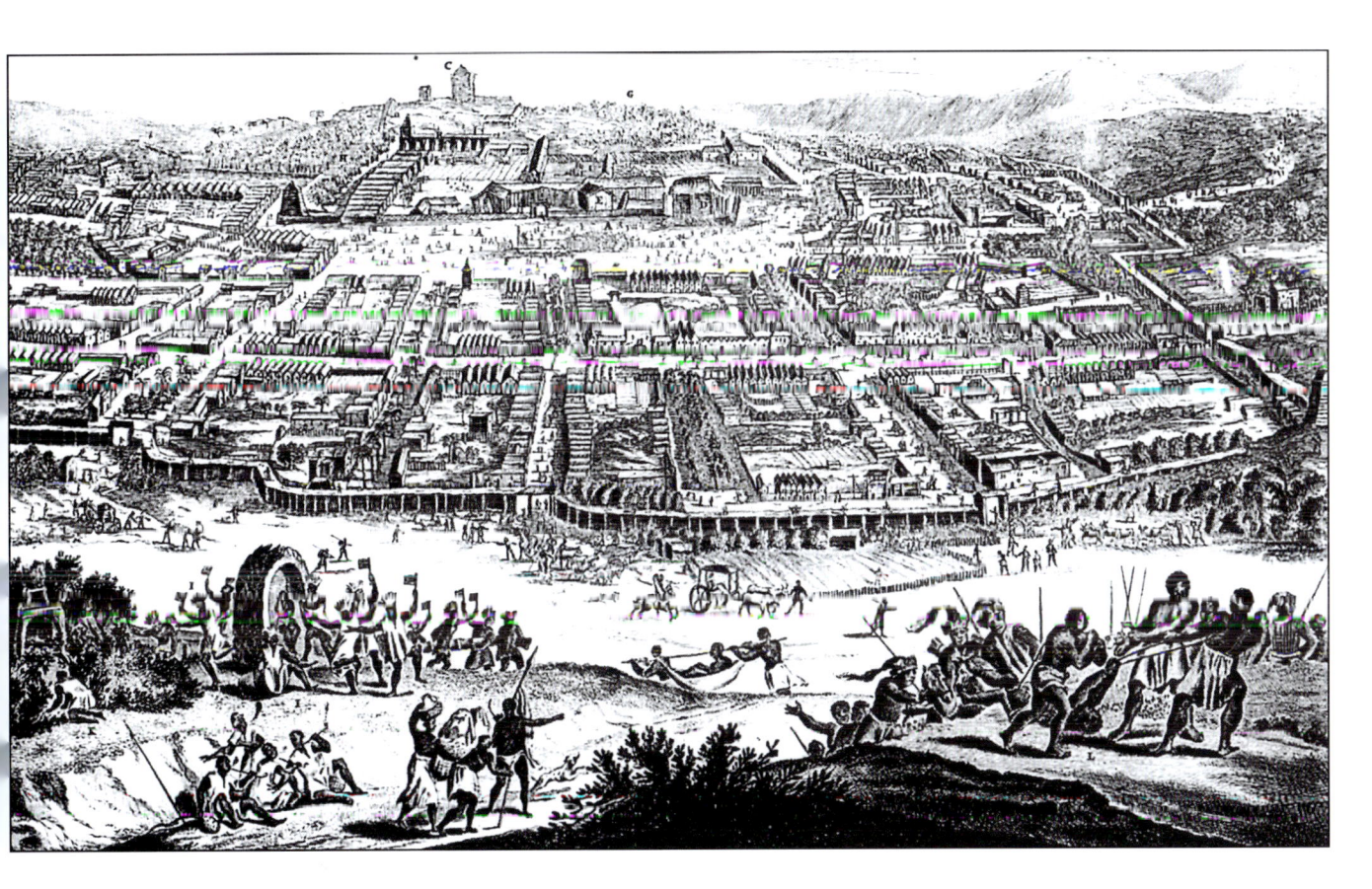

Loango, ao norte da foz do rio Congo, em gravura de meados do século XVII que, além da cidade, retrata cenas da vida local conforme a visão europeia.

quanto do leste, tanto em direção ao Atlântico quanto em direção ao Índico. Nesta costa, eram embarcados nos portos de Inhambane, Quelimane, Sofala, Moçambique e Quíloa para a península Arábica e depois principalmente para as ilhas dominadas pelos franceses: Reunião, Comores, Madagascar e Seycheles. Nesses circuitos do Índico, além de alguns escravos comerciados por Lunda, muitos eram capturados na região do lago Malauí, inseridos em outros circuitos comerciais, nos quais os iaôs tinham papel central. Havia também os que eram capturados não muito longe da costa oriental, onde à medida que crescia a procura por escravos também aumentavam as guerras e escaramuças. (Ver mapa p. 15)

No século XIX o comércio de escravos tornou-se mais intenso na costa atlântica, ao norte de Luanda, onde escravos eram trocados por manufaturados[18], aguardente, armas e pólvora, nos portos de Loango, Cabinda, Pinda e Ambriz,

---

18 *manufaturados* produtos produzidos pelo trabalho seriado, sendo as mercadorias industrializadas seu exemplo mais completo. São o resultado de um processo de produção no qual as matérias-primas e os instrumentos de produção, entre os quais se destacam as máquinas (cujo grau de complexidade varia conforme a época), pertencem a um empresário, que contrata trabalhadores para realizar as operações da produção. Diferencia-se do trabalho artesanal, no qual o produtor tem acesso às matérias-primas, sabe processá-las, é dono dos instrumentos de produção e domina todas as etapas da sua realização.

Uma família africana da região do rio Congo vestida à moda ocidental em fotografia de 1904.

Página ao lado, acima
Cenas da vida cotidiana de uma aldeia.

Página ao lado, abaixo
Comércio de escravos na costa oriental da África.

e eram levados principalmente para o Brasil e para Cuba. Havia mais de três séculos a região do rio Congo estava envolvida com o comércio de escravos. Mas aqui os portugueses não tinham penetrado no continente, como aconteceu em algumas regiões de Angola. Os chefes locais mantinham o controle sobre o comércio, tal como acontecia na Costa da Mina. Apesar de as sociedades terem sido transformadas pelo tráfico, com os grandes chefes estabelecendo normas que garantiam o seu controle sobre o comércio, e as aldeias desprotegidas serem atacadas para a captura de prisioneiros destinados à venda, as mudanças se davam com base nas tradições de cada povo. Eram as regras sociais e culturais locais que determinavam a maneira como as novidades eram incorporadas.

Já em Angola, nas regiões das baías de Benguela e Luanda, e dos rios Cuanza, Bengo e Dande, a penetração portuguesa deu origem a uma sociedade mestiça, principalmente com relação aos hábitos, às crenças, às maneiras de viver e de pensar. Em torno das fortalezas e presídios, e também das feiras africanas, portugueses e seus descendentes se africanizaram, e africanos se aportuguesaram. Cresceu o número de pessoas, fossem africanas ou mestiças, que falavam português, liam, escreviam, eram cristãs e se vestiam à maneira ocidental. Mas muitos hábitos locais também foram adotados pelos portugueses, principalmente porque estes se casavam com as mulheres nativas, devido ao número reduzidíssimo de portuguesas que migravam para Angola. Esta, para os portugueses que não eram grandes comerciantes, funcionários coloniais ou chefes de guarnição militar, era terra de dificuldades, de degredados e aventureiros, de pobres-coitados que nada tinham a perder quando deixaram Portugal. Que mulheres acompanhariam esses homens? Então formavam famílias com as africanas, que assim lhes iam ensinando a viver conforme as possibilidades da terra, seguindo os hábitos locais, aproveitando as oportunidades que as sociedades nativas ofereciam.

Mas, mesmo se africanizando, os portugueses e seus descendentes mantinham os vínculos com o mundo colonial que para lá os tinha mandado. Usavam as relações que iam construindo com as sociedades africanas, principalmente pelos laços do casamento, para aumentar sua fortuna e seu prestígio. Assim, garantiam uma intromissão dos interesses coloniais nos assuntos das aldeias, tornando-se parentes, intérpretes e conselheiros dos *sobas*[19]. Estes, por sua vez, também queriam aumentar sua

---

[19] *sobas* nome pelo qual são chamados, nos escritos deixados por missionários e administradores, os chefes de aldeias e confederações de aldeias, na região da atual Angola. O termo é usado ainda hoje, tendo um caráter geral, ao contrário dos títulos que cada povo dá ao chefe em sua própria língua.

Transformações provocadas pelo tráfico de escravos

riqueza e seu prestígio, tendo acesso às mercadorias que chegavam pelo Atlântico e se tornando parceiros preferenciais desse comércio. Melhor isto, apesar da dependência que criava, do que serem subjugados pela força e obrigados a pagar tributos aos agentes da Coroa portuguesa – o que acontecia aos sobas com menos poder de barganha. No século XIX já havia uma sociedade mestiça em algumas regiões de Angola, vivendo ao lado de populações que mantinham suas formas tradicionais de vida.

O tráfico de escravos aumentou o número de guerras, os atos de violência contra aldeias e pessoas desprotegidas e fortaleceu os chefes guerreiros, influindo na história das sociedades que com ele se envolveram, umas sendo superadas por outras conforme mudavam as zonas de apresamento e as rotas de comércio. Além disso, o tráfico e a presença de portugueses em algumas regiões de Angola (e também de Moçambique) promoveram a criação de uma sociedade mestiça, na cor da pele e nos hábitos, misturando formas de ser africanas e portuguesas.

O TRÁFICO DE ESCRAVOS EM MOÇAMBIQUE

Antes da circum-navegação do continente africano pelos portugueses, cidades-estado da costa oriental eram bases avançadas de comerciantes árabes, persas e indianos, que lá iam buscar cascos de tartaruga, chifres de rinoceronte, madeira, peles, âmbar, cobre, ferro, escravos, ouro e marfim. A chegada dos portugueses, no início do século XVI, modificou essa situação, pois eles não só construíram fortalezas na costa como adentraram o continente, onde teceram laços com as sociedades locais, casaram com as filhas dos chefes, dos seus parceiros comerciais, dos que lhes deixavam se instalar nos territórios que controlavam. Ponto de apoio para as expedições que iam para a Índia, as fortalezas não eram a única marca da presença portuguesa nessa costa. No interior, os portugueses e seus descendentes iam se africanizando cada vez mais e serviam de elo entre as sociedades locais e os interesses da Coroa e dos comerciantes, ao mesmo tempo em que defendiam seus próprios interesses, nem sempre coincidentes com os da política lusitana.

Os afro-portugueses que se instalaram na Zambézia usavam escravos nos exércitos, nos trabalhos agrícolas e domésticos, mas o seu comércio nos portos do litoral só se tornou significativo a partir do fim do século XVIII. Se até o século XIX tinham sido poucos os africanos da África oriental traficados para o Brasil, na fase final do comércio de pessoas eles foram muitos. Em 1830 eram embarcados cerca de 30 mil escravos por ano naqueles portos.

O aumento da vigilância britânica sobre os navios negreiros que navegavam pelo golfo do Benin e a crescente procura por escravos por parte de algumas economias americanas coincidiram com fatores internos ao continente africano que facilitaram a captura de pessoas para serem vendidas como escravos. No início do século XIX grandes secas, seguidas de invasões de gafanhotos, afetaram por décadas a economia de povos que habitavam ao sul do rio Limpopo, fundada na agricultura e no pastoreio, atividades que foram praticamente extintas pelas catástrofes naturais. Nesse quadro o banditismo ganhou força, com grupos armados atacando os mais fracos, que eram saqueados e escravizados; houve uma intensificação das migrações e dos conflitos, com diferentes grupos disputando as terras menos áridas; houve uma proliferação dos senhores da guerra, à frente de exércitos que podiam proteger os fracos que se juntassem a eles ou saquear os que lhes resistissem.

As antigas chefaturas xonas, tongas, carangas e maraves, que habitavam os férteis planaltos do interior do Zambeze, a região dos grandes *zimbabués* e do antigo reino do Monomotapa, tiveram de ceder espaço aos angúnis que partiram do sul em direção ao norte fugindo das secas e dos gafanhotos, promovendo guerras, ocupando novos territórios e capturando pessoas que, muitas vezes, acabavam sendo vendidas como escravas para o tráfico dirigido tanto para a América como para as colônias francesas do Índico, as plantações de cravo em Zanzibar e outras zonas de influência muçulmana.

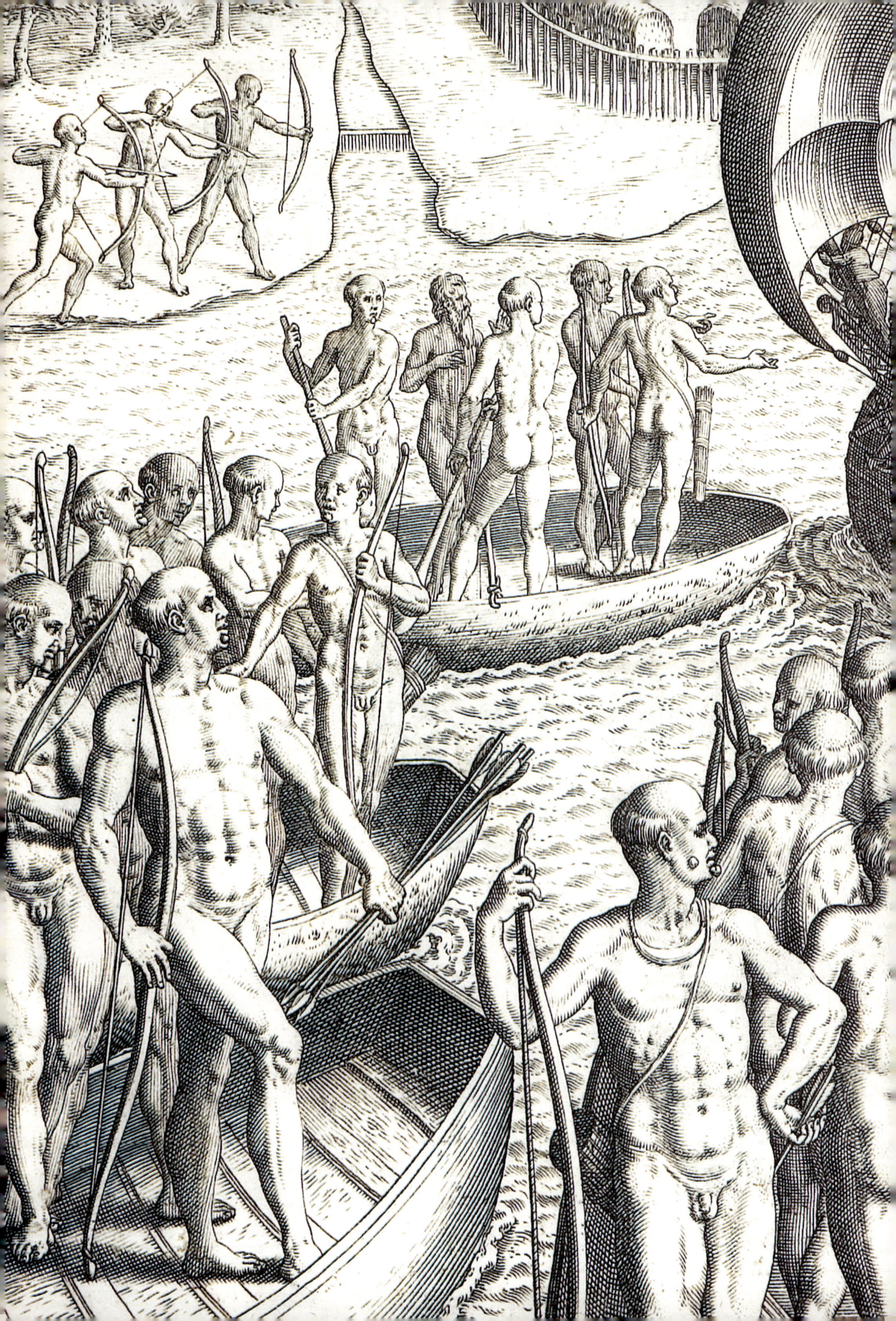

CAPÍTULO 4

Os africanos e seus descendentes no Brasil

O escravismo colonial

Nos primeiros anos depois da descoberta do Brasil pela expedição de Pedro Álvares Cabral, a presença portuguesa na costa atlântica da América era muito pequena, limitando-se a alguns pontos como as baías de Salvador e São Vicente. Nesses lugares, bons para a ancoragem dos barcos e habitados por nativos amistosos, mercadores trocavam facas, machados, anzóis, contas e peças de vestuário por pau-brasil, papagaios, macacos e peles, que alcançavam preços vantajosos nos mercados europeus. Como antes havia acontecido na África, alguns portugueses eram deixados ou preferiam ficar na costa brasileira, onde aprendiam as línguas e os costumes locais e se tornavam importantes intermediários nas trocas entre os nativos e os europeus. Além dos portugueses, franceses também visitavam essa costa e se envolviam nesse comércio. Em 1555 Villegaignon, um nobre cavaleiro, que já havia prestado muitos serviços ao rei da França, fundou uma cidadela habitada por franceses, construída numa ilha da baía de Guanabara, de onde foram desalojados em 1567 por Mem de Sá, representante da Coroa portuguesa nas terras que começavam a ser ocupadas por colonos e administradores coloniais[20].

Nessa época, a Coroa e os comerciantes portugueses estavam mais interessados nas relações com os povos africanos (com os quais comerciavam ouro e marfim) e com os povos do Oriente, principalmente da Índia, de onde traziam seda, pedras preciosas e especiarias, que eram fonte de altos lucros. Mas, diante da ameaça dos franceses, a Coroa portuguesa elaborou uma política de ocupação e colonização do Brasil, concedendo grandes extensões de terras a nobres lusitanos que deveriam, como contrapartida, se dedicar à proteção das terras sob sua responsabilidade e à produção do açúcar, seguindo a experiência bem-sucedida das ilhas atlânticas dos Açores e da Madeira e de São Tomé, na altura do Equador, próxima à costa africana. Assim, foi a partir da década de 1530 que começou de fato a colonização do Brasil pela Coroa portuguesa.

---

20 *administradores coloniais* forma como eram chamados os agentes da colonização, os funcionários da Coroa, que cuidavam dos interesses do reino, do cumprimento das leis, da coleta de impostos e da administração das Câmaras.

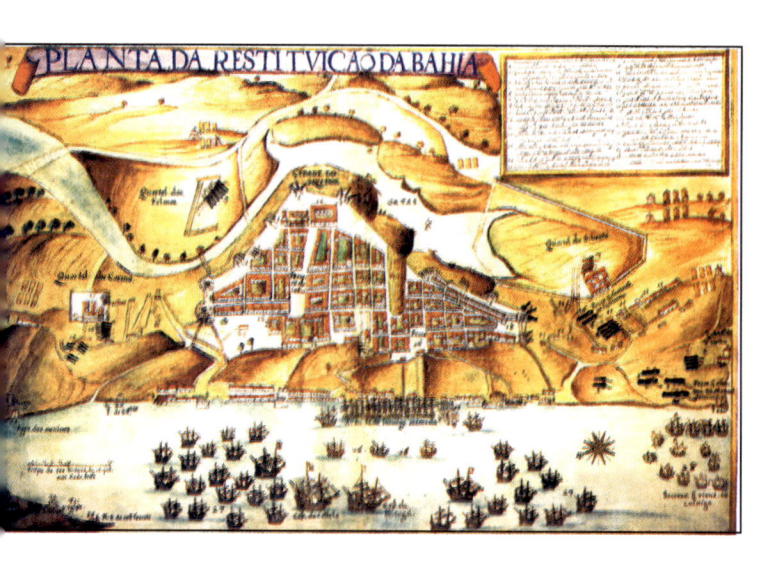

Salvador, importante porto de embarque de açúcar e sede do governo colonial na América até 1763.

A base dessa colonização, que se estendeu por cerca de trezentos anos, era a exportação de mercadorias produzidas pelo trabalho escravo. O açúcar foi a primeira delas, mantendo-se importante na economia brasileira do século XVI até o século XIX. O engenho de açúcar era uma unidade de produção que envolvia a plantação de cana e todo o trabalho de plantio, sua colheita e transporte; as moendas nas quais as canas eram trituradas, movidas a água, força animal ou escrava; as casas de purgar nas quais o caldo era fervido, purificado, engrossado e enformado.

Além dessas atividades diretamente ligadas à produção do açúcar, que era remetido para os portos nos quais estavam os barcos que o levaria para Lisboa, havia muitas outras indispensáveis à continuidade da produção. Era preciso plantar alimentos, cuidar dos animais, dos trabalhos domésticos, tecer o algodão, com o qual eram costuradas roupas, fazer cestas que transportavam de tudo. Os instrumentos de trabalho, as engenhocas usadas para triturar a cana, as caixas nas quais o açúcar secava, formando os chamados "pães de açúcar", os arreios dos animais, quase tudo o que era usado no engenho era feito lá mesmo, por escravos: primeiro índios e, a seguir, africanos trazidos do outro lado do Atlântico.

Além dos grandes senhores de terras portugueses, cuja posse lhes havia sido atribuída pela Coroa, e dos índios e africanos escravizados, que faziam o serviço pesado, havia pequenos agricultores que migraram em busca de riqueza, criminosos que fugiam da lei ou tinham sido degredados para o Brasil, judeus e cristãos-novos[21] fugindo das perseguições religiosas, formando todos uma camada de homens livres mas sem posses, que iam desempenhando as tarefas para as quais tivessem habilidade ou que lhes fossem destinadas pelo acaso.

Nos portos mais movimentados, como Recife, Salvador e Rio de Janeiro, as cidades cresciam em torno do comércio, da administração política e religiosa. Eram construídas igrejas, conventos, fortalezas, câmaras, prédios que abrigavam os órgãos da administração colonial e seus funcionários, como

---

21 *cristãos-novos* nome pelo qual eram chamados os judeus convertidos ao catolicismo depois da proibição do culto judaico em Portugal, em 1497. Obrigados a se converter ao cristianismo, às vezes o faziam de fato, outras vezes não, mantendo uma aparência de vida cristã mas continuando a seguir as tradições judaicas. Os principais perseguidos pelo Tribunal da Inquisição, criado em 1536 em Portugal para punir os crimes contra o catolicismo, eram os chamados judaizantes, geralmente cristãos-novos que continuavam fiéis à sua religião de origem. A diferenciação entre cristãos-novos e cristãos-velhos só acabou em 1773.

CAPÍTULO **4** **O escravismo colonial**

No final do século XVI os engenhos se localizavam nos arredores de Olinda e do Recife, de onde o açúcar era embarcado para Lisboa.

A moagem da cana num engenho.

Os africanos e seus descendentes no Brasil

CAPÍTULO 4

governadores, coletores de impostos e juízes, responsáveis pela ordem e pelo cumprimento das leis. Com o desenvolvimento da colonização em solo americano, se formava uma elite local ligada à exportação de açúcar. Essa situação mudou com as descobertas do ouro e dos diamantes nos sertões que passaram a ser chamados de Minas Gerais e que deram uma nova dinâmica à economia no século XVIII.

Apesar dos impostos cobrados pela Coroa portuguesa e do fato de a maioria da riqueza obtida com a mineração beneficiar principalmente a nobreza daquele reino, a exploração do ouro trouxe prosperidade também para o Brasil, onde se formaram muitas cidades nas regiões das minas e cresceram os portos pelos quais ele era transportado. Também a mineração dependia do trabalho de escravos, que passavam o dia com os pés dentro da água fria bateando cascalho em busca de pepitas de ouro nos rios ou mergulhados em minas subterrâneas.

A independência política conquistada em 1822 não trouxe mudanças nas *formas de produção*[22] ou nas *relações sociais*[23], que continuavam muito parecidas com as do período colonial e fundadas no trabalho escravo. No Brasil imperial do século XIX, o café foi o produto que trouxe mais riqueza à elite brasileira. Com as primeiras mudas introduzidas no século XVIII, seu cultivo se alastrou no século XIX, quando aumentou o consumo da bebida, até então restrito às elites. Antes plantado nos pomares, o café se adaptou ao vale do rio Paraíba, primeiro na província do Rio de Janeiro e depois na de São Paulo. Nas fazendas produtoras todas as etapas do trabalho eram feitas por africanos escravizados: a derrubada da mata e o preparo do solo, o plantio e a limpeza dos cafezais, a colheita, o tratamento dos grãos e o seu acondicionamento em sacos.

O Nordeste continuava produzindo açúcar para exportação, mas desde o século XVIII já havia sido desbancado como principal fornecedor para o mercado europeu, pelas ilhas do Caribe, e uma vez praticamente esgotadas as minas a principal fonte de riqueza para o Brasil passou a ser a exportação do café. A bebida, feita de fruto originário

A secagem do café no terreiro no século XIX.

Acima
Extração de diamantes no século XVIII.

22 *formas de produção* a forma de produção de uma sociedade é a maneira como está organizada a sua economia que, por meio do trabalho, dos recursos naturais e dos instrumentos disponíveis, permite a reprodução dos homens e de suas sociedades.

23 *relações sociais* as relações entre os homens são determinadas pela maneira como eles desempenham as atividades econômicas e são reguladas por um conjunto de normas estabelecidas ao longo das histórias das sociedades, que mudam conforme as transformações pelas quais as sociedades passam.

CAPÍTULO 4 — O escravismo colonial

da Etiópia que foi difundido pelos árabes, tornava-se cada vez mais consumida no mundo ocidental.

No século XIX a sociedade brasileira já estava bastante diversificada, com cidades grandes e pequenas, litorâneas e no interior, com empreendimentos voltados para os negócios com o exterior mas também para o mercado interno. Desde 1808 o Rio de Janeiro era a sede do Império português, abrigando a Corte e uma elite de brasileiros que pregava a independência política. O trabalho escravo continuava sendo a base da produção dirigida para a exportação, setor que mais trazia prosperidade para o país e para os empresários a ele ligados.

Mas a maior parte da população era livre, envolvida com atividades agrícolas, com a criação de animais, com o transporte de cargas, com os serviços urbanos e as atividades artesanais, com a construção de casas e igrejas, com o comércio miúdo. Essas pessoas eram descendentes de portugueses, de africanos, de índios e de mestiços de todos eles. Entretanto, no jovem país independente, a exploração do trabalho escravo ainda era a base da economia, mesmo que estes não fossem a maioria dos trabalhadores. Essa situação, na qual o centro mais dinâmico da economia era sustentado pelo trabalho de escravos, só foi oficialmente modificada em 1888, com a Lei Áurea, que aboliu a escravidão no Brasil.

O escravismo foi a principal forma de utilização do trabalho e esteve na base da organização da sociedade brasileira durante mais de trezentos anos. Para sua manutenção, além da importância econômica (sendo a exploração do trabalho escravo a principal forma de acumulação de riqueza), foi montado um sistema de justificação e legitimação da escravização de seres humanos. Teólogos e juristas argumentaram durante séculos a favor ou contra o trabalho escravo, mostrando por que a sua existência se justificava ou por que não se justificava.

No que diz respeito à vida de todo dia, a norma na sociedade brasileira era possuir escravos que fizessem os trabalhos pesados e desagradáveis e que trouxessem dinheiro para seu senhor, que tinha apenas de mandá-los fazer as tarefas e controlá-los. Todo aquele com o mínimo de condições, mesmo entre os mais modestos, tinha um ou mais escravos. Assim era a sociedade escravista brasileira: baseada numa relação de trabalho colonial que se manteve igual depois da independência política de Portugal, na qual os centros mais dinâmicos e capitalizados da economia dependiam do trabalho escravo, os intelectuais debatiam a legitimidade ou não da escravidão, e todos os que podiam faziam uso de escravos na sua vida cotidiana.

Um funcionário chegando à sede do governo, com a escrava carregando seus instrumentos de trabalho — lança, bicórnio e arma de fogo —, no início do século XIX.

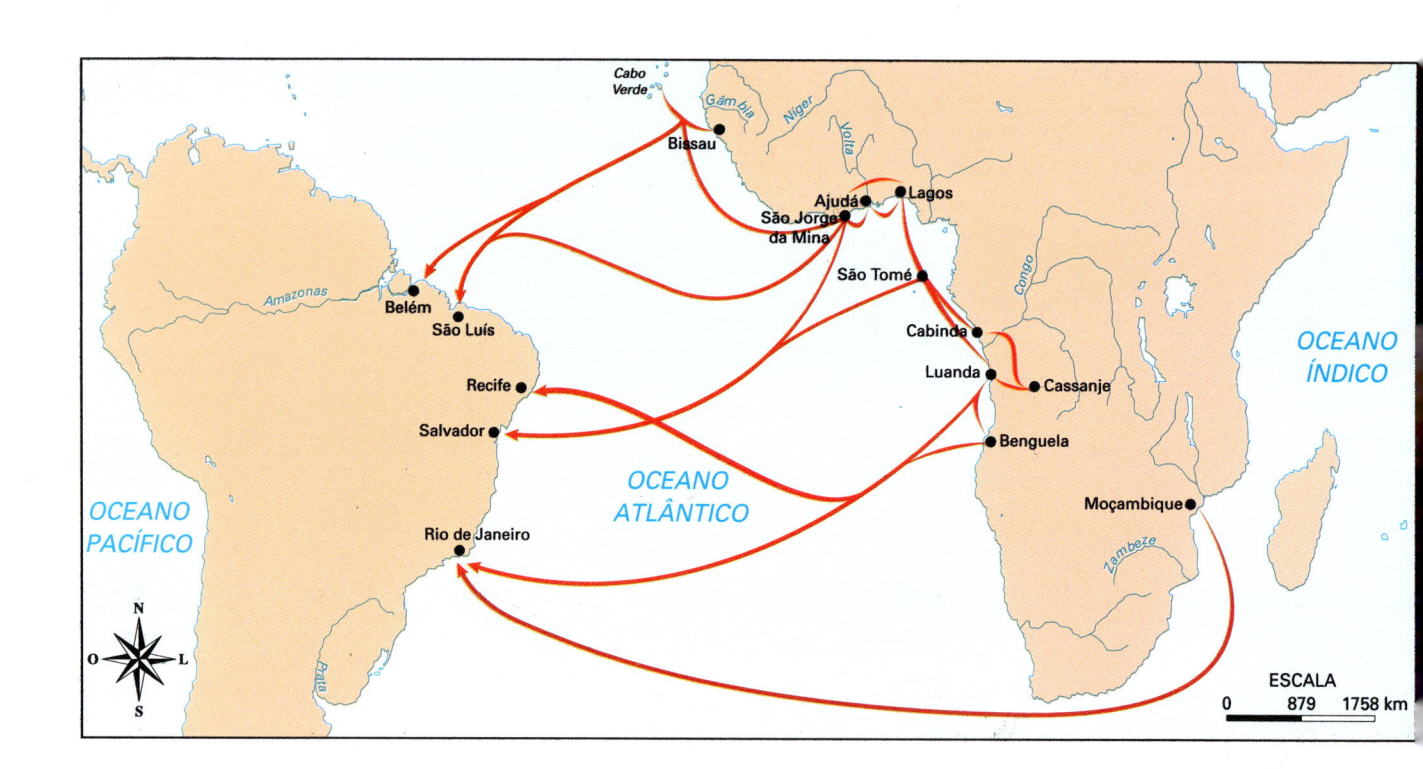

Principais rotas do comércio atlântico de escravos para o Brasil do século XVI ao XIX.

Quem eram os africanos trazidos para o Brasil

Foi mais ou menos a partir de 1580 que começaram a chegar com frequência ao Brasil escravos trazidos de algumas regiões da África. Antes disso, os africanos escravizados eram levados para Portugal e outros países da Europa, comercializados na própria costa africana e enviados para as minas de prata espanholas, no atual Peru, onde se chegava pelo rio da Prata. Com a consolidação e o crescimento da produção de açúcar nos engenhos do Nordeste, e secundariamente do Sudeste, com as crescentes dificuldades na escravização de índios e com a ampliação da presença portuguesa na costa africana, onde o tráfico de escravos era o negócio mais lucrativo, aumentou o fluxo de africanos escravizados para o Brasil.

Os três principais apoios dos portugueses no comércio com a costa africana atlântica eram, desde o século XVI, as ilhas do Cabo Verde, de onde atuavam na região do rio Gâmbia, e na costa entre o rio Volta e o Níger, a ilha de São Tomé, de onde atuavam tanto no golfo da Guiné quanto da região do Congo e Angola, e Luanda, de onde atuavam na costa e parte do sertão ao sul do rio Congo. A partir do fim do século XVIII, eram os brasileiros que dominavam o comércio entre a Costa da Mina e Salvador e entre Luanda e o Rio de Janeiro.

Um ou outro forte, como o de São Jorge da Mina, que em 1637 caiu nas mãos dos holandeses, e o de Ajudá, construído

CAPÍTULO **4**

Quem eram os africanos trazidos para o Brasil

no golfo do Benin pelos baianos em 1721, serviam de base para trocas comerciais na costa da Guiné. Mas até o início do século XVIII a maioria dos africanos traficados para o Brasil era embarcada no porto de Luanda, em área de colonização portuguesa na África centro-ocidental. Depois disso os portos da Costa da Mina forneceram um número significativo de escravos, mas sempre acompanhados dos que vinham ininterruptamente da região de Angola.

Assim, quando olhamos para todo o período no qual africanos escravizados foram comerciados por portugueses e brasileiros, encontramos três grandes momentos. No primeiro, que vai de cerca de 1440 a 1580, escravos da chamada Alta Guiné, na região do rio Gâmbia, eram vendidos em vários lugares: em outras partes da África, para os acãs, que os punham para abrir florestas e minerar ouro; em Lisboa, onde eram encarregados principalmente dos serviços domésticos e de transporte; nas ilhas atlânticas, onde trabalhavam nas plantações de cana e nos engenhos; nas ilhas do Cabo Verde, onde eram a mão de obra da colonização portuguesa que se implantava ali; e na América espanhola, na qual a prata que mineravam levava riqueza para Castela.

No segundo momento, que vai de cerca de 1580 a 1690, Luanda foi o porto pelo qual os portugueses mais comerciaram escravos. É o período das guerras angolanas: contra os povos que resistiam à penetração dos seus territórios pelos portugueses, que faziam muitos prisioneiros, vendidos como escravos; guerras travadas para ocupar terras onde supostamente haveria minas de prata, que buscavam capturar o maior número possível de pessoas a serem vendidas para os comerciantes da costa. É também o período de grande crescimento da produção açucareira no Nordeste do Brasil, estando Recife em poder dos holandeses de 1630 a 1661. Estes também ocuparam Luanda entre 1641 e 1648, de forma a garantir a vinda dos escravos que faziam funcionar os engenhos.

No terceiro momento, que vai de 1690 até o final do tráfico, em 1850, tanto os portos angolanos como os portos da Costa da Mina forneceram escravos para o Brasil, havendo uma ligação estreita entre Salvador e a Costa da Mina, e o Rio de Janeiro e Angola. Dessa forma, chegaram mais escravos de origem sudanesa[24] ao Nordeste e mais escravos

---

24 *sudaneses* forma como eram identificados, no Brasil, os escravos vindos da vasta região chamada de Sudão ocidental, a que pertenciam uma grande variedade de etnias, como mandingas, hauçás, fulanis, fons e os vários grupos iorubás, havendo uma significativa predominância destes.

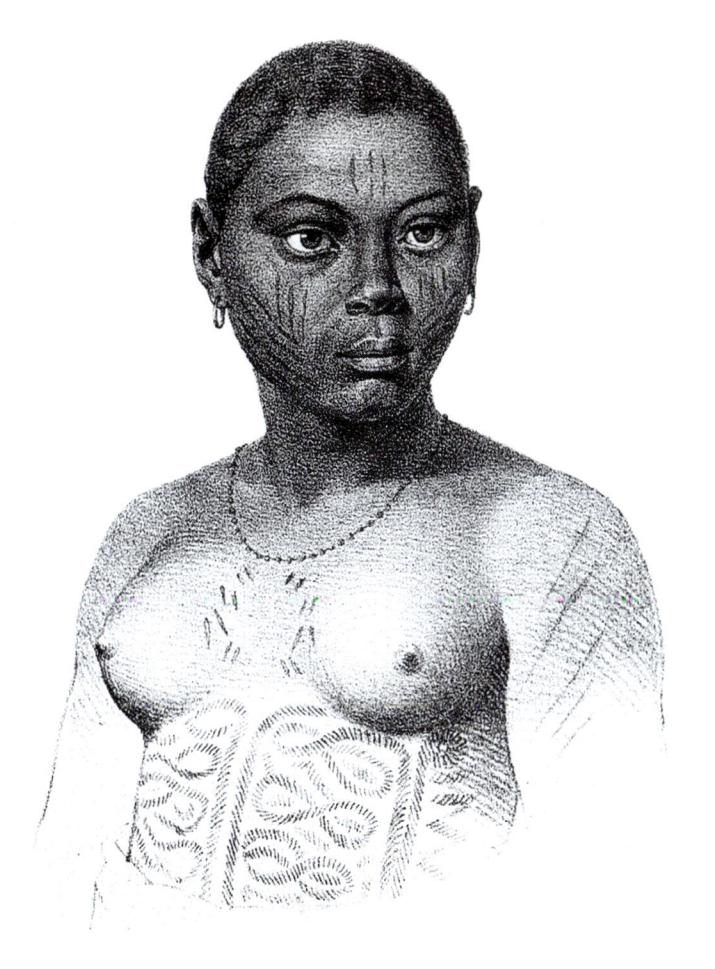

O percurso entre o local de escravização, mais ao interior do continente, e o porto de embarque era a primeira etapa de um longo tempo de sofrimento e de convívio com pessoas de outros grupos culturais.

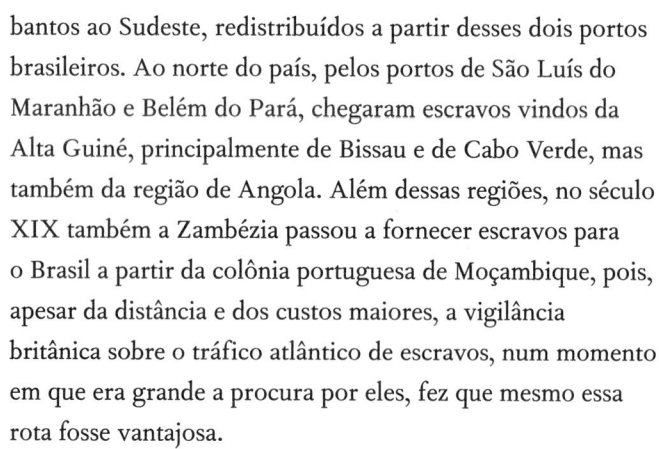

bantos ao Sudeste, redistribuídos a partir desses dois portos brasileiros. Ao norte do país, pelos portos de São Luís do Maranhão e Belém do Pará, chegaram escravos vindos da Alta Guiné, principalmente de Bissau e de Cabo Verde, mas também da região de Angola. Além dessas regiões, no século XIX também a Zambézia passou a fornecer escravos para o Brasil a partir da colônia portuguesa de Moçambique, pois, apesar da distância e dos custos maiores, a vigilância britânica sobre o tráfico atlântico de escravos, num momento em que era grande a procura por eles, fez que mesmo essa rota fosse vantajosa.

Como vimos, o continente africano em geral (particularmente as regiões onde moravam os africanos escravizados trazidos para o Brasil) era povoado por uma enorme quantidade de povos, que falavam línguas diversas, organizavam suas sociedades de diferentes maneiras (mesmo que muitas vezes partilhando aspectos fundamentais de suas instituições) e tinham religiões, atividades econômicas e habilidades variadas. Quando condenadas pelas leis de suas sociedades, capturadas em suas aldeias ou nos caminhos que as ligavam a outras, ou então em batalhas, essas pessoas viam seu mundo acabar e um horizonte de incertezas se descortinar.

Além de serem afastadas das aldeias nas quais cresceram e eram o centro de seu universo, muito poucas vezes conseguiam se manter próximas de conhecidos ou familiares, mesmo quando todos eram capturados juntos. As caravanas de escravos cresciam à medida que se aproximavam da costa, arrebanhando mais e mais pessoas a cada feira do caminho, juntando gente vinda de lugares diferentes, com culturas mais ou menos parecidas entre si. Era cada vez maior a chance de alguém ser separado de um irmão, da mulher, dos filhos, dos pais, de amigos, de alguém que conhecia de antes do cativeiro. E a cada etapa da travessia do mundo da liberdade para o da escravidão, da África para o Brasil, era mais provável a pessoa se ver sozinha diante do desconhecido, tendo de aprender quase tudo de novo.

No entanto, nada disso era capaz de apagar o que ela havia sido até então. Mesmo se capturada quando criança, ela traria dentro de si todo o conhecimento e a sensibilidade que sua família e vizinhos haviam até então lhe transmitido pela educação e pelo exemplo da vida cotidiana. Cada grupo tinha suas tradições e seus hábitos particulares, suas normas de conduta e seus valores. Mas, apesar das diferenças entre as várias etnias, as pessoas que haviam sido comerciadas pelo golfo da Guiné, pertencentes a diversos povos, tinham algumas semelhanças que faziam com que elas se identificassem umas com as outras. O mesmo acontecia com as pessoas de diversos grupos da família linguística banta, vindas da África central, que, ao longo do caminho do interior para a costa e na espera nos barracões costeiros que guardavam a mercadoria humana a ser transportada pelos navios, percebiam o que havia de comum entre si, mesmo sendo membros de etnias diferentes.

Os escravos que chegavam ao Brasil eram embarcados em alguns portos africanos como Luanda, Benguela e Cabinda, na costa de Angola, Ajudá e Lagos, na Costa da Mina, e mais tarde no porto de Moçambique. De Benguela vinham principalmente ovimbundos; de Luanda, dembos, ambundos, imbangalas, quiocos, lubas e lundas; de Cabinda vinham congos e tios. Todos pertencentes ao grupo linguístico banto. No Brasil, essas diferentes etnias foram reagrupadas com os nomes de angola, congo, benguela e cabinda, identificando os africanos pelos portos nos quais haviam sido embarcados ou pela região na qual eles se localizavam. Também os nomes das feiras interiores nas quais os escravos haviam sido negociados, como no caso dos chamados de cassanjes, eram usados para identificar um conjunto de etnias, cujos nomes se perdiam no transporte das pessoas para o Brasil.

Quanto aos escravos embarcados no golfo da Guiné, eles passaram a ser, a partir do século XVII, conhecidos como minas. Mais tarde, além das designações mais gerais de negro mina ou negro da Guiné, na Bahia os escravizados vindos de áreas mais a oeste eram chamados de jejes, e os iorubás de regiões mais a leste, de nagôs. Os primeiros cultuavam os voduns, ligados a ancestrais fundadores de linhagens, e os segundos, os orixás, mitologicamente ligados à cidade-mãe de Ifé, de onde teriam se originado todas

Muçulmanos da Costa do Ouro, região da foz do rio Volta, provavelmente ligados ao comércio.

No Brasil era possível que africanos de diferentes culturas, que na África estavam dispersas, se concentrassem num mesmo lugar. Tal situação permitiu que alguns estudiosos europeus analisassem línguas e costumes africanos a partir do que encontraram aqui.

as sociedades da região do golfo da Guiné. No século XIX chegaram à Bahia muitos hauçás, aprisionados nas guerras contra os iorubás, seus vizinhos do sudoeste. Os hauçás eram islamizados, assim como alguns iorubás de Oió, e a partir de Salvador fizeram que o islã marcasse sua presença entre a população negra do Brasil do século XIX.

A maioria dos africanos trazidos para o Brasil veio da região de Angola, e grupos bantos estiveram presentes de norte a sul, de leste a oeste do território, com destaque para a região Sudeste, onde são mais presentes as marcas deixadas por suas culturas. Já os vindos da África ocidental, entre os quais os iorubás eram os mais numerosos, se concentraram principalmente na Bahia e no Maranhão, mas também marcaram sua presença em Minas Gerais, onde tiveram papel de destaque nas atividades mineradoras. Ao Rio de Janeiro eles chegaram em maior número depois de 1850, pois, quando o tráfico atlântico acabou, escravos do Nordeste foram vendidos para o Sudeste, onde a lavoura cafeeira pagava bons preços pelos escravos dos senhores de engenho decadentes. A influência banto é a mais antiga e a mais disseminada por todo o Brasil, ao passo que a iorubá é mais forte na região de Salvador, que manteve fortes laços com a Costa da Mina até o período final do tráfico.

Ali, os africanos e seus descendentes refizeram suas religiões, mantendo-as mais perto das suas matrizes africanas. Já as manifestações culturais de influência banto são resultado de misturas mais antigas, incorporando elementos das culturas indígena, portuguesa e iorubá.

O QUE É CULTURA

Cultura é uma palavra que tem vários sentidos. O significado mais comum diz respeito às informações e aos conhecimentos que uma pessoa tem sobre literatura, pintura, coisas ligadas à criação artística, à filosofia e ao saber de forma geral. Esse sentido da palavra está ligado à ideia de erudição, por oposição à ideia de um conhecimento que as pessoas não aprendem na escola ou nos livros, e sim no dia a dia, no convívio com os outros, ouvindo os mais velhos e seguindo seus exemplos. Esse outro tipo de conhecimento, que não implica erudição e é incorporado de maneira informal, é chamado de cultura popular. Essa é própria dos grupos que detêm menos riqueza e, portanto, dispõem de menos tempo livre para se dedicar ao estudo formal nas escolas.

Mas o sentido que nos interessa é bem mais amplo. Ele foi estabelecido a partir do trabalho de antropólogos, ou seja, estudiosos da vida dos homens em grupo. Esse tipo de estudo começou a ser feito no fim do século XIX, quando também começou a ser definida a ideia de cultura como o conjunto de maneiras de pensar, de sentir, de agir e de fazer de um determinado grupo de pessoas. São muitas as definições de cultura, conforme a época e a linha de interpretação daquele que elabora a definição. Mas também são muitas as semelhanças entre as diferentes definições, o que permite que falemos de cultura de uma maneira geral.

Dessa forma, hoje em dia os estudiosos dos homens e de suas sociedades aceitam que na base da vida social está a capacidade de simbolizar dos homens, isto é, atribuir significados a palavras, gestos, comportamentos, símbolos gráficos, desenhos, sons e muitas outras coisas que são partilhados pelos membros do grupo. É a capacidade de simbolizar, de atribuir significados, que permite que os homens transmitam ideias e sentimentos e que vivam em grupo, conforme as regras nele estabelecidas. São os sentidos compartilhados que formam uma determinada cultura, própria de um grupo que fala a mesma língua, acredita nas mesmas coisas (pelo menos no que é essencial), entende os gestos dos outros e certos sons ou símbolos gráficos, sabe como se comportar em determinadas situações. A cultura é, assim, um código básico de simbolização que permite a comunicação e o entendimento entre aqueles que pertencem a ela.

É claro que muitas vezes pode haver mal-entendidos entre os membros de uma mesma cultura, assim como é possível entender coisas de culturas às quais não pertencemos. Mas no geral, para entendermos bem outra cultura, temos de passar por um aprendizado dos seus códigos básicos, senão estaremos apenas projetando sobre ela os significados que aprendemos na nossa própria formação, ao longo do nosso processo de socialização, de nos tornarmos parte de um corpo social. A cultura é algo que nos permite fazer parte de um grupo e nos dificulta sermos um membro integral de um outro grupo que não o nosso, a não ser que nos transformemos radicalmente.

Depois da travessia do oceano Atlântico, os que sobreviviam aguardavam ser vendidos e levados para o seu destino de trabalho forçado.

Página ao lado
A magreza e a quase nudez dos recém-chegados os diferenciava dos vendedores ambulantes e carregadores já aclimatados.

Tornando-se parte da sociedade brasileira

As relações dos africanos entre si e com os crioulos

Depois dos horrores da travessia do Atlântico, amontoados em porões imundos de navios, comendo e bebendo o mínimo, vendo companheiros de viagem morrer em razão de doenças e maus-tratos, certos de que não era um bom destino que os esperava, os africanos eram levados a galpões e mercados nos quais eram postos à venda. Antes disso eram tratados de suas doenças, recebiam comida melhor e começavam a se informar sobre o que os esperava com os africanos que haviam chegado antes. Nos navios os companheiros de viagem já tinham estabelecido laços entre si, descobrindo formas de se comunicar, aprendendo uns a língua dos outros, tornando-se *malungos*, nome pelo qual passavam a se tratar os companheiros da terrível travessia. Algumas vezes grupos de uma mesma aldeia continuavam juntos, mas a norma era a pessoa se ver sozinha, o que a levava a procurar outras pessoas com as quais pudesse compartilhar suas dolorosas experiências e nas quais pudesse encontrar algum apoio.

Os senhores chamavam os africanos recém-chegados, que ainda não entendiam nem falavam português e que não conheciam os costumes da terra, de *boçais*. Esse era um termo já usado em Portugal e que também se tornou corriqueiro no Brasil, trazendo com ele a ideia de que os africanos pertenciam a culturas inferiores às europeias, tendo comportamentos animalescos, como andar nus, e religiões reprováveis, que envolviam a prática de atos que os portugueses chamavam de feitiçaria. Quando os africanos aprendiam o português e os costumes da nova terra, se mostravam obedientes aos seus senhores e desempenhavam bem as tarefas que lhes eram atribuídas, passavam a ser chamados de *ladinos*. Já os *crioulos* eram os que haviam nascido no Brasil, tinham o português como sua primeira língua, quase sempre eram batizados e, pelo menos diante dos senhores, se comportavam conforme os padrões portugueses, que pouco a pouco iam se tornando brasileiros.

Dos mercados nos quais eram negociados, os africanos partiam para onde os levassem seus senhores ou os comerciantes que os revenderiam. Podiam ir para os engenhos, trabalhar nas plantações de cana, nas casas-grandes ou em alguma atividade ligada ao processamento do açúcar. Podiam ir para as minas, batear ouro nos rios ou procurar veios subterrâneos. Podiam ficar nas cidades, servindo de carregadores, trabalhando nos serviços domésticos, aprendendo um ofício, tornando-se carpinteiros, alfaiates, barbeiros, sapateiros, vendedores ambulantes. Fosse a cidade grande ou pequena, costeira ou no interior, nela sempre haveria escravos, empregados em uma variedade de funções necessárias ao seu funcionamento. No século XIX, a maioria era levada para trabalhar nas plantações de café, mas também as cidades, a essa altura maiores e com mais necessidade de trabalhadores, absorviam-nos em grande quantidade.

LÍNGUAS AFRICANAS NO BRASIL

Em alguns lugares, nos quais houve uma concentração de africanos, foram criadas línguas próprias, que combinaram vocabulário e regras gramaticais africanas e portuguesas. Essas línguas sobreviveram por mais ou menos tempo de acordo com seu maior ou menor isolamento. A língua era apenas um dos elementos culturais que os ligavam à África. Outros eram suas técnicas de plantio e de criação de animais, de tecer cestas de fibras vegetais, de construir casas de barro cobertas de palha, suas formas de organizar a família, de reverenciar os mortos e os ancestrais, de pedir a intercessão dos espíritos da natureza nos assuntos de todo dia. Esses grupos que mantiveram vivas línguas criadas por seus antepassados africanos, quando estes tiveram de reconstruir suas vidas e suas comunidades no Brasil, também permaneceram fiéis a modos de vida que os mais velhos iam ensinando para os mais moços.

Tendendo a desaparecer junto com os modos de vida de quem sabe falá-las, essas línguas foram registradas por algumas pesquisas. Uma delas, realizada na década de 1980, estudou a língua chamada de *cucópia* por aqueles que a falavam, moradores do Cafundó, um bairro rural perto de Sorocaba, a apenas 150 quilômetros de São Paulo. Uma maneira de falar e um vocabulário próprios diferenciavam os moradores do Cafundó daqueles de qualquer outro lugar. Foram línguas bantas que forneceram a base africana da *cucópia*, da qual os pesquisadores nos dão alguns exemplos como: *curimei vavuro* (trabalhei muito); *vimbundo* está *cupopiando* no *injó* do *tata* (o homem preto está falando na casa do pai, frase na qual palavras do vocabulário *cucópia* se aglutinam ou vêm ao lado de palavras da língua portuguesa); ele foi *cuendar orofim* lá no *sengue* (ele foi buscar lenha lá no mato).

Outra pesquisa, feita na década de 1990, analisa a língua falada por moradores de Tabatinga, um bairro na periferia da cidade mineira de Bom Despacho, criada também a partir de línguas bantas. Conhecida como Língua do Negro da Costa, foi introduzida na região por mais de uma pessoa, negros vindos de outros lugares, que traziam suas contribuições africanas, talvez de regiões diferentes mas com predominância banto. Meio de afirmação de uma identidade que os distinguia dos outros, a língua também servia de código secreto, uma maneira de esconder dos que não pertenciam ao grupo o que este não queria que os outros soubessem. O trecho a seguir faz parte dessa pesquisa:

"*É, até a ingura dele onte ficô meia memo reduzida, porque ficô muita cuete sem caxá ingura. É, por isso que eu tô veno esses moná, cuete, cafuvira, ocora, ocaia cassucara é... percisano fazê cureio, num tem jeito de curiá, porque num caxa ingura. Pois é, amanhã num caxa no orumo. Amanhã ninguém ingira no conjolo do curima não.* (É, até o dinheiro dele onte ficô meio memo reduzido, porque ficô muita gente sem recebê. É, por isso que eu tô veno esses menino, home, preto, velho, mulhé casada é... percisano fazê comida, num tem jeito de comê, porque num tem dinheiro. Pois é, amanhã num vai no caminhão. Amanhã ninguém vai no trabalho não.)"

Nas ruas das cidades coloniais era grande a presença de escravos que, além de fazer os serviços domésticos e servir de carregadores, podiam ser escravos da administração pública.

Se nas caravanas que os levaram para os portos de embarque e no navio negreiro já havia existido uma convivência entre africanos escravizados vindos de diferentes lugares e formados por diferentes culturas, quando estes chegavam aos lugares onde seriam postos para trabalhar encontravam uma variedade ainda maior de pessoas: africanos de regiões distantes das suas, uns mais outros menos aclimatados ao Brasil, e crioulos que haviam nascido escravos, de pais africanos ou também crioulos. Era entre esses companheiros de infortúnio que o africano recém-chegado aprenderia a melhor maneira de sobreviver no novo ambiente.

O português falado pelos senhores, que os africanos tinham de aprender para obedecer às ordens e sobreviver da melhor maneira possível na nova terra, também servia para os que falavam diferentes línguas se entenderem entre si. Algumas vezes pessoas de um mesmo grupo linguístico criavam línguas novas, resultantes de combinações de dialetos africanos entre si e também com o português. Assim, africanos

CAPÍTULO 4 — Tornando-se parte da sociedade brasileira

vindos de diferentes regiões emprestavam uns aos outros crenças e ritos religiosos, lendas, conhecimentos práticos, e iam formando uma cultura africana no Brasil diferente das que existiam na África, pois misturava elementos de várias delas.

Essas criações culturais, essas crenças misturadas, esses dialetos criados no Brasil, acompanhavam laços sociais que os africanos desenvolviam na situação do cativeiro, nessa terra à qual tinham de se adaptar. O mais comum era buscarem se aproximar dos que lhes eram mais familiares, vindos da mesma região, praticantes de tradições parecidas. Assim, iorubás se agrupavam a iorubás e bantos a bantos, criando formas de solidariedade e de autoridade e estabelecendo normas de conduta. Os que haviam chegado primeiro e já estavam de alguma forma inseridos na sociedade escravista brasileira tendiam a orientar os recém-chegados. Os que tinham maior carisma e capacidade de liderança serviam de polo aglutinador e ordenador da comunidade à qual pertenciam.

Além das relações que eram tecidas entre os africanos que chegavam ao Brasil, principalmente a partir dos seus locais de trabalho e moradia, também havia as relações entre estes e os crioulos, que se consideravam e eram considerados diferentes dos africanos. Muitos eram escravos como os recém-chegados, mas por terem nascido no Brasil e por terem se formado no interior da sociedade brasileira recebiam tratamento diferente do dispensado aos africanos. Alguns inclusive tinham um dos pais branco ou indígena, sendo diferentes também fisicamente. Assim, além do conjunto de relações que os africanos chegados ao Brasil estabeleciam entre si, havia também as relações entre africanos e crioulos, geralmente cheias de atritos, com os crioulos ocupando, mesmo quando escravos, uma posição mais cômoda que a dos africanos.

Ainda no conjunto de relações que eram tecidas no interior das comunidades negras no Brasil, compostas de africanos e afrodescendentes, havia uma outra variável importante, que era se o indivíduo era escravo, liberto ou forro (isto é, o escravo que havia ganho ou comprado sua liberdade) ou livre, ou seja, um afrodescendente filho de mãe livre e portanto nascido já nessa condição. Era grande a parcela afrodescendente da população brasileira desde o século XVII, mas parte significativa dela não era composta por escravos e sim por ex-escravos que haviam conquistado sua liberdade e por descendentes de libertos e nascidos livres. A chegada constante de africanos escravizados e comerciados pelo tráfico, negócio que

Entre muitas outras habilidades aprendidas na terra natal, a confecção de cestas era muito comum entre os negros, que as usavam para transportar e armazenar quase tudo que fosse sólido.

Os africanos e seus descendentes no Brasil

CAPÍTULO 4

Os escravos que trabalhavam na lavoura, de cana ou de café, partiam para as plantações ao alvorecer e só voltavam no final da tarde, sempre sob a vigilância do feitor.

envolvia grandes investimentos e dava bons lucros para os que nele melhor se saíssem, garantia o abastecimento da mão de obra escrava, que movia os polos mais dinâmicos da economia tanto do Brasil colonial como do jovem país independente.

Africanos e afrodescendentes, ao se integrarem à sociedade brasileira que estava sendo formada também com a sua participação, tinham de lidar com diversidades culturais e sociais entre eles, pois havia diferenças entre escravos, forros e livres, bem como entre africanos e crioulos. Além da construção das comunidades negras havia as relações destas com os grupos dominantes, representados pelos senhores rurais e urbanos, pelos administradores e pelos sacerdotes católicos.

As relações dos africanos e seus descendentes com os senhores

As primeiras relações mais estáveis que um africano escravizado mantinha em sua nova situação eram com seus companheiros de sofrimento, nas caravanas, nos barracões, nos porões dos navios e depois nos lugares onde seria posto para trabalhar. Aí tinha de dar conta de um outro conjunto de relações novas com seu senhor, que pertencia a uma cultura

CAPÍTULO 4 — Tornando-se parte da sociedade brasileira

muito diferente da sua e que tinha sobre ele poder de vida ou de morte, de bons tratos ou castigos, de mantê-lo junto àqueles aos quais se apegara ou vendê-lo para longe, onde teria de tecer nova rede de relações.

Os escravos que trabalhavam na lavoura tinham pouco ou nenhum contato com seus senhores, representados pelos feitores, que lhes transmitiam as ordens, vigiavam o serviço e aplicavam os castigos. Geralmente moravam em senzalas: quartos sem janelas em construções coletivas ou cabanas separadas, mas sob vigilância constante. Ali conviviam com os escravos domésticos, que também moravam nas senzalas, mas trabalhavam em atividades ligadas à casa-grande: cozinheiras, lavadeiras, amas de quarto, cavalariços, jardineiros, todos mais próximos dos *sinhôs e sinhás*, maneira íntima de se referir aos senhores com quem conviviam no dia a dia, servindo-lhes de forma obediente e competente, pois estas eram características indispensáveis aos escravos domésticos.

Mas era nas cidades que os escravos domésticos estavam presentes em maior número, morando nos porões e desvãos das casas de seus senhores ou mesmo em quartos alugados, que pagavam com o dinheiro ganho com a venda de sua força de trabalho pelas ruas da cidade, como carregadores, vendendo legumes, pequenos animais, bebidas e comidas prontas. Era feito um acerto relativo a quanto dinheiro os escravos deveriam entregar a seus senhores no fim de cada dia ou semana. Essa quantia era chamada de jornal, e os escravos que trabalhavam assim eram chamados de *jornaleiros* ou de *escravos de ganho*. Era uma forma tipicamente urbana de exploração do trabalho escravo, que só se tornou comum nas cidades mais movimentadas, como Salvador e Rio de Janeiro. Para ela existir o senhor tinha de ter confiança no escravo, que em troca não usava a liberdade de ir e vir para fugir.

Esse pacto entre senhores e escravos que trabalhavam longe do seu olhar também revelava a segurança que a sociedade dominante tinha quanto aos controles sociais que limitavam a liberdade da população escrava, mesmo quando esta transitava pelas ruas da cidade, sem vigilância direta. O mais evidente desses controles era a aparência física, pois ao indicar a ascendência africana a cor da pele da pessoa também apontava para sua relação com a escravidão – única razão da presença de africanos no Brasil. Ser negro era acima de tudo ser suspeito de ser escravo. Para ser bem tratado, o negro devia se comportar como um bom escravo, mesmo que fosse livre. Se seu comportamento estivesse de acordo com o esperado pelos grupos dominantes, isto é, se ele demonstrasse obediência, subserviência e respeito, seria tratado com

Abaixo e página ao lado
Vendedores ambulantes, principalmente de alimentos, podiam ser escravos ou livres.

brandura e poderia até receber algum tipo de recompensa, como a liberdade, na melhor de todas as hipóteses.

A variedade de relações entre escravos urbanos e seus senhores era grande. Havia escravos domésticos de várias qualidades: os mais próximos de seus senhores, como amas de leite e pajens; os que ficavam nas cozinhas e quintais; os que mantinham uma relação de dependência com algum nível de liberdade, como os escravos de ganho que trabalhavam nas ruas. Havia ainda escravos a serviço da administração pública, pavimentando ruas, transportando dejetos, construindo edifícios e tendo como senhores uma instituição que se fazia representar por funcionários administrativos.

Nas cidades, os mestres artesãos, como alfaiates, sapateiros, seleiros, carpinteiros, entalhadores, construtores, também possuíam escravos, a quem ensinavam seus ofícios, uma vez que precisavam de ajuda na execução do trabalho. A vida desses aprendizes podia ser bem parecida com a de seus mestres, como morar na mesma casa, comer a mesma comida, realizar os mesmos trabalhos, com a diferença de que o escravo fazia o que seu senhor mandasse, além de estar sob constante ameaça de sofrer castigos físicos ou de ser vendido para um lugar longe da comunidade à qual estava integrado.

Fazia muita diferença ser escravo ou livre, pois a princípio o escravo era destituído de qualquer direito, mas a diferença maior era entre negros e brancos, uma vez que, na sociedade escravista brasileira, a cor da pele era a marca mais evidente da posição inferior da pessoa escravizada. Por isso uma das estruturas de controle social sobre a população escrava, mesmo quando esta circulava livremente pelas ruas e caminhos, era a que associava a escravidão à cor da pele.

Também no campo eram muitas as formas de relação com os senhores, as quais variavam de acordo com o trabalho exercido pelo escravo: havia os escravos que trabalhavam na lavoura de sol a sol; os que dominavam um conhecimento específico e trabalhavam no processamento do açúcar; os que tinham talentos especiais para achar diamante e ouro. Havia ainda os escravos que trabalhavam como tropeiros, conduzindo cargas bem longe das vistas de seus senhores, sobre lombo de burros em caminhos longos e difíceis. Entre todos esses escravos havia os mais dóceis e os mais rebeldes, os submissos e os altivos, os diligentes e os preguiçosos, os que tinham orgulho de suas habilidades e os que detestavam o que eram

CAPÍTULO **4** **Tornando-se parte da sociedade brasileira**

obrigados a fazer. Assim como havia os senhores compreensivos e os cruéis, os que tratavam seus escravos com humanidade e os que não aceitavam que eles tivessem qualquer vontade ou sentimento.

O que era certo na relação entre escravos e senhores é que um obedecia e outro mandava, recorrendo a castigos físicos caso estivesse insatisfeito e usando esses castigos não só para dobrar a vontade de algum escravo em particular, mas também para que seu caso servisse de exemplo a outros que pensassem em não obedecer a suas ordens ou desafiar sua autoridade. Nesse quadro, o escravo aprendia como tornar sua vida menos difícil, buscando satisfazer o senhor e manter a maior autonomia possível: aprendia a se movimentar dentro das estruturas de opressão e controle da sociedade escravista. Esta era predominantemente paternalista, tendo como norma geral a proteção dos que mandavam sobre os que aceitavam com docilidade a exploração. Estes podiam ser recompensados com a liberdade, o que nem sempre representava a ruptura dos antigos vínculos de dependência e exploração do trabalho.

Os escravos que dominavam uma habilidade artesanal eram valorizados e vendidos por preços mais altos, mas nem por isso estavam livres dos castigos físicos.

As fugas em massa de escravos das fazendas de café do sudeste se tornaram incontroláveis às vésperas da abolição da escravidão.

Muitas vezes, à semelhança da escravidão de linhagem existente em algumas sociedades africanas, os escravos buscavam se integrar às famílias de seus senhores, para assim reconquistar uma posição de membro de um grupo social que lhes fora roubada com a escravização. No Brasil, quando isto acontecia, o que não era raro, o africano ou afrodescendente passava a ser considerado um membro de segunda classe da família ampliada, usando seu sobrenome e contando com o respeito e a proteção de seus ex-senhores. Estes, no entanto, mantinham clara a distância que os separava de seus protegidos, mesmo porque eram brancos ou se diziam brancos mesmo quando evidentemente mestiços. Se a pele negra indicava a mancha indelével da escravidão, da condição de dominado, a pele branca garantia um lugar entre os grupos dominantes da sociedade, seja nas posições mais elevadas, seja nas mais subalternas.

Na maioria das relações mantidas entre escravos e senhores, a vida destes, suas opiniões, comportamentos e sentimentos eram muito mais conhecidos pelos escravos do que o contrário. Enquanto os escravos observavam os senhores em seu dia a dia, aprendiam que comportamentos mais lhes agradariam, cavavam recompensas em troca dos bons serviços e iam pouco a pouco assimilando elementos da cultura dos senhores, estes quase nada sabiam da vida de seus escravos quando eles se encontravam entre seus semelhantes, em suas moradias, criando seus filhos, fazendo suas festas, chorando seus mortos. E nem se interessavam por ela.

Também os viajantes estrangeiros, geralmente estudiosos enviados ao Brasil por reis europeus ou que seguiam seu instinto de aventura e sua curiosidade acerca do desconhecido não prestavam muita atenção aos assuntos ligados à vida dos escravos e dos negros livres e forros. Mesmo assim, eles deixaram registros esparsos de alguns aspectos da vida dos africanos e seus descendentes, por eles diretamente

CAPÍTULO **4** **Tornando-se parte da sociedade brasileira**

observados ou a eles contados, que são fontes de informações importantes para a reconstrução do passado das comunidades negras no Brasil.

As resistências à escravidão

Nem sempre os escravos, africanos ou crioulos, aceitaram se integrar à sociedade escravista brasileira, enquadrando-se em algum tipo de relação com seus senhores. Também foram várias as formas de resistir à escravidão que encontraram, seja negando-a totalmente pela fuga, seja negociando melhores condições de vida e trabalho.

Fugir era o recurso mais radical que os escravos tinham para escapar da servidão. E eram muitos os que fugiam. Para os sertões, se embrenhando nos matos, ou para os arredores das cidades, se escondendo em lugares de difícil acesso. Fugiam juntos ou sozinhos, seguindo um plano ou aproveitando uma oportunidade inesperada. Os agrupamentos de escravos fugidos eram chamados de *quilombos* e podiam ter algumas poucas pessoas, dezenas, centenas ou até milhares de moradores, como chegou a ter Palmares, o maior quilombo que existiu no Brasil e o que mais tempo durou.

O quilombo dos Palmares foi o mais estudado e sobre o qual temos mais informações até agora, e mesmo assim ainda sabemos muito pouco sobre ele. Começou a ser formado nos primeiros anos do século XVII e só foi destruído em 1694. O pouco que sabemos sobre seu cotidiano e sua organização o liga aos povos bantos da região de Angola. As técnicas de guerrilha empregadas contra as expedições que tentavam acabar com o quilombo ou nos ataques que os quilombolas faziam a fazendas e viajantes eram semelhantes às usadas pelos imbangalas, assim como a construção de cidadelas defendidas por paliçadas e fossos cheios de estrepes.

Foi no século XVII que aconteceram as guerras dos portugueses contra os povos de Angola que opunham resistência à penetração do seu território, e muitos dos prisioneiros que delas resultaram foram vendidos para o Recife, onde os engenhos de açúcar precisavam de braços. Assim, não era de estranhar a predominância de escravos bantos nos engenhos de Pernambuco, que ao se verem livres novamente buscavam reproduzir as formas de vida que tinham antes da captura. Nas aldeias do quilombo viviam também alguns índios e mesmo brancos, misturados à variedade de africanos e crioulos, mas os nomes bantos dos

OS VÁRIOS TIPOS DE QUILOMBOS

Em todas as regiões onde existiram escravos, existiram quilombos, que eram maiores quando ligados aos centros econômicos mais dinâmicos. Palmares e outros quilombos do Nordeste estão ligados à economia do açúcar, e os quilombos de Minas Gerais, entre os quais se destaca o do Ambrósio, ligam-se à economia mineradora. Goiás, para onde os escravos também foram levados para trabalhar nas minas, abrigou muitos quilombos, que também existiram no Maranhão, no Pará, no Rio Grande do Sul, em São Paulo e no Rio de Janeiro. No século XIX havia vários quilombos relativamente próximos às principais cidades da época, como o de Iguaçu, protegido por rios e mangues, que fornecia parte da lenha consumida no Rio de Janeiro; o do Buraco do Tatu, em Itapoã, nas cercanias de Salvador; ou o do Malunguinho, nas cercanias do Recife, que por mais de 15 anos resistiu às investidas contra ele, sendo uma constante ameaça à segurança de alguns moradores da cidade, enquanto outros tinham laços de solidariedade e de comércio com os quilombolas, entre os quais havia índios e procurados pela lei.

No final do século XIX apareceu um outro tipo de quilombo localizado nas cercanias das cidades, onde escravos fugidos eram favorecidos por abolicionistas, que protegiam os quilombos, davam trabalho a seus moradores e ajudavam mais escravos fugidos a se instalar neles. O maior de todos esses quilombos foi o do Jabaquara, na serra de Cubatão, perto do porto de Santos, fundado por abolicionistas e que recebia grande parte dos escravos que fugiam em massa das fazendas de café do oeste paulista. A ele se uniu um quilombo mais antigo, conhecido como Vila Matias, que apesar de não estar ligado ao abolicionismo em sua origem a ele somou suas forças.

No Rio de Janeiro, o quilombo do Leblon, formado em terras de um comerciante abolicionista que usava os moradores para cuidarem de uma plantação de camélias, foi mais importante pelo lugar simbólico que ocupou do que pela quantidade de escravos fugidos que abrigou. A camélia se tornou um símbolo do movimento abolicionista, e foi um ramalhete vindo das plantações do Leblon que foi ofertado à princesa Isabel logo após a assinatura da lei que aboliu a escravidão no Brasil. No quilombo do Leblon, grupos de jornalistas e intelectuais passaram algumas noitadas em companhia dos negros, ouvindo suas músicas e suas danças. Mais tarde, no século XX, essa cultura seria valorizada por outros intelectuais, que introduziriam a música dos negros nos meios de classe média urbana e elegeriam o samba como o gênero musical mais expressivo da identidade brasileira.

Charge publicada na *Revista Ilustrada* em 1/12/1888 – dom Pedro II recebe das mãos de crianças buquês de camélias, flor-símbolo do movimento abolicionista.

chefes indicam quem ditava as regras entre os quilombolas. Também não custa lembrar que quilombo era o nome dos acampamentos dos imbangalas, povo essencialmente guerreiro que, provavelmente, quando escravizado, não se conformou com essa situação.

Palmares, que se espalhava por terras cheias de palmeiras, era composto por um conjunto de aldeias subordinadas a uma delas, onde estava o principal chefe. Cada aldeia tinha o seu chefe, que fazia parte do conselho, que governava todos. Tal estrutura política, como vimos, era comum na África centro-ocidental, onde confederações de aldeias formavam províncias, que formavam reinos, para usarmos a terminologia europeia que primeiro descreveu essas organizações políticas.

Em 1678 quem governava Palmares era Ganga Zumba. Mesmo tendo derrotado mais uma expedição contra o quilombo, ele aceitou negociar um acordo de paz com o então governador de Pernambuco, Aires de Souza e Castro, que estava de posse de alguns parentes seus capturados no último embate militar. Seu povo teria terra para viver (no Cucaú, ao norte do atual estado de Alagoas), poderia comerciar com seus vizinhos, e os nascidos no quilombo seriam reconhecidos como súditos livres do rei de Portugal. Esse acordo não foi aceito por todos os palmarinos e, liderados por Zumbi, os adversários de Ganga Zumba o envenenaram. Logo em seguida, os que haviam se mudado para o Cucaú foram reescravizados, enquanto no sertão Zumbi passou a liderar Palmares, que foi finalmente destruído por uma expedição chefiada por Domingos Jorge Velho, paulista com vasta experiência em capturar índios no sertão, que se dispôs a atacar o quilombo em troca de um quinto dos prisioneiros obtidos na expedição e parte das terras ocupadas pelos palmarinos.

Palmares e Zumbi se tornaram importantes símbolos da resistência contra a escravidão, sendo o exemplo mais espetacular de um tipo de ação largamente adotada pelos escravos por todo o período escravista. Os quilombos, nos quais os escravos fugidos reconquistavam sua liberdade, podiam estar afastados de qualquer núcleo de colonização, ou mais próximos de um arraial ou uma cidade. Nos mais isolados, os quilombolas viviam do cultivo da terra, da caça, da pesca, produzindo seus tecidos, seus potes, suas cestas, seus instrumentos de trabalho e armas. Volta e meia chegavam até eles novos escravos fugidos. Outras vezes eram os quilombolas que cercavam as caravanas de viajantes e atacavam os arraiais, roubando-os ou propondo algum negócio.

Os que viviam mais próximos de aglomerações frequentemente comerciavam seus produtos em vendas da

Tornando-se parte da sociedade brasileira

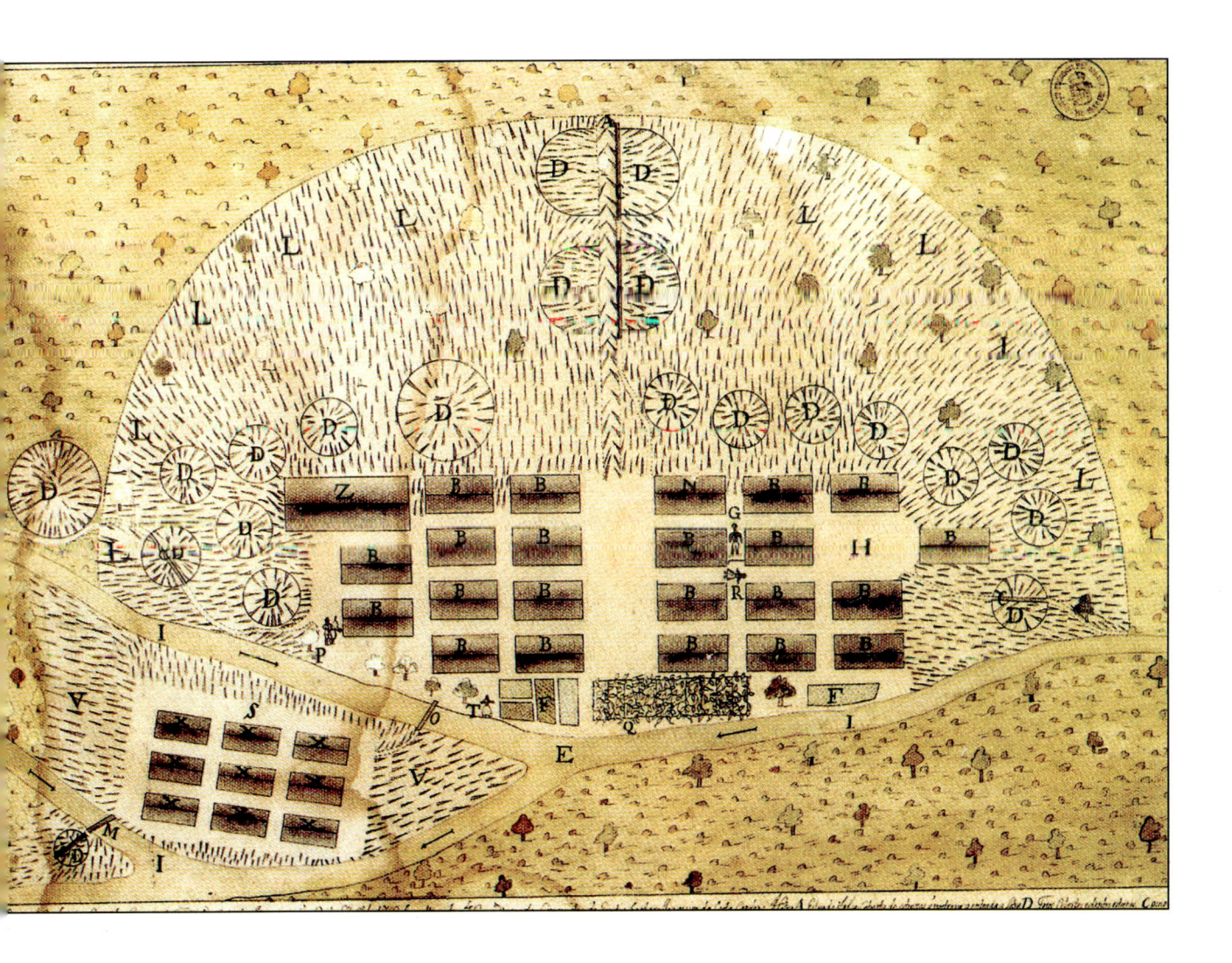

Planta do quilombo Buraco de Tatu, em Itapoã, feita em 1764.

periferia, longe da vigilância policial e dos olhos atentos dos senhores e seus emissários que, ao suspeitarem que algum negro era um escravo fugido, logo o capturavam para encaminhá-lo ao seu senhor. Frequentemente eram montadas expedições militares para destruir quilombos sobre os quais havia notícias. Essas expedições produziram relatórios que são importantes fontes de informação sobre a distribuição espacial das moradias, frequentemente protegidas por paliçadas, e também sobre a presença de chefes, chamados de reis e rainhas.

Nem sempre os escravos fugidos tinham como meta se refugiar num quilombo. Muitas vezes iam para longe de onde moravam e se diziam livres ou libertos, oferecendo seus serviços em troca de pagamento. Algumas vezes conseguiam se manter na liberdade, mas muitas vezes eram identificados e enviados de volta para seus senhores.

Uma outra maneira de lidar com as fugas era usá-las como forma de pressionar os senhores para que ouvissem suas queixas e considerassem suas reivindicações. Fugiam para uma fazenda vizinha, na qual pediam que o seu proprietário interviesse junto ao seu senhor com relação à causa que os

Página ao lado, acima
Livrinho escrito em árabe, provavelmente usado como amuleto, encontrado pendurado no pescoço de um dos participantes da Rebelião dos Malês, em 1835.

Página ao lado, abaixo
Toda criança de elite tinha uma "mãe preta", como Eugen Keller, fotografado em Pernambuco em 1874.

Vendo a fuga em massa dos escravos no início de 1888, alguns fazendeiros lhes oferecem pagamento para que colhessem o café que ameaçava apodrecer no pé por falta de mão de obra para a colheita.

havia feito fugir, geralmente excesso de trabalho e castigos. Dessa forma, depois de um sumiço temporário, reapareciam sob a proteção do "padrinho" escolhido, que negociava com seu senhor que o fujão não seria castigado, que o trabalho ou os castigos fossem mais amenos ou mesmo que fosse feita alguma concessão ao escravo, como tempo e terra para cultivar sua própria roça.

Esse e outros tipos de negociação iam pouco a pouco se tornando parte do sistema escravista, que ao longo dos séculos assumiu formas diferentes, mudando junto com a sociedade brasileira. Assim, se legalmente os escravos não tinham nenhum direito, podendo seus senhores condená-los à morte ou vendê-los quando bem entendessem, por meio da constante resistência à opressão eles foram estabelecendo limites a esta e construindo um senso comum, segundo o qual algumas atitudes, como separar famílias com a venda de um de seus membros ou aplicar castigos brutais e desproporcionais à infração cometida, passaram a não ser aceitas pelo conjunto da sociedade. Por outro lado, no século XIX já eram muitas as críticas com relação ao uso do trabalho escravo, sendo cada vez mais questionada a possibilidade de um homem escravizar outro homem.

Além da fuga e da negociação, os escravos também tinham outras maneiras de suavizar seu cativeiro e sua carga de trabalho, fingindo doenças, demorando para realizar as tarefas, quebrando os instrumentos de trabalho ou se fazendo dóceis e obedientes, para assim ganharem um tratamento diferenciado. Esses eram comportamentos mais fáceis de serem adotados pelos escravos ladinos, que conheciam as regras da sociedade escravista e buscavam usá-las em seu proveito.

No outro extremo estavam as rebeliões, quase sempre sufocadas antes de acontecerem, nas quais grupos de escravos planejavam matar os senhores e administradores e ocupar seus lugares, assumindo o poder. Apesar de muitas rebeliões terem sido planejadas na região das minas, principalmente no início do século XVIII, as que chegaram mais longe aconteceram no Recôncavo Baiano, onde, no início do século XIX, por várias vezes grupos rebelados queimaram engenhos e casas-grandes, mataram feitores e senhores, atraindo escravos de outros engenhos, até que as forças policiais os dominassem.

A mais importante delas aconteceu em Salvador, em 1835, e ficou conhecida como Rebelião dos Malês – nome pelo qual eram chamados os escravos muçulmanos que a lideraram. Denunciados, tiveram de precipitar a luta e, durante várias horas da noite do dia 24 para o dia 25 de janeiro, as ruas

CAPÍTULO **4** **Tornando-se parte da sociedade brasileira** 101

CASA-GRANDE E SENZALA

Gilberto Freyre, estudioso da sociedade brasileira, sobre a qual escreveu vários livros, foi o primeiro a divulgar uma posição que não considerava a miscigenação entre brancos e negros uma mancha na nossa história, e sim uma característica de nossa formação que deveria ser considerada sem preconceitos. Nascido numa família de elite pernambucana, tomou a realidade do engenho de açúcar como um modelo de toda a sociedade brasileira colonial, sobre a qual discorreu no seu livro mais famoso, chamado *Casa-grande e senzala*, editado pela primeira vez em 1933. Ali mostrou a contribuição ameríndia, e principalmente a africana, para a formação da sociedade brasileira, a partir da sua presença no engenho produtor de açúcar e especialmente das relações entre senhores e escravos, uns morando na casa-grande, outros na senzala. A sua principal intenção era estudar a família patriarcal brasileira, e para isso teve de incluir o escravo, que permitia a sua existência.

Segundo ele, no Brasil, as relações dos senhores com seus escravos teriam sido mais doces do que em outras regiões da América. Pelo menos no que diz respeito aos escravos domésticos, amas de criar, mucamas, irmãos de criação de meninos brancos, que se serviam deles como um brinquedo especial, no qual podiam montar a cavalo, ao qual podiam maltratar, divertindo-se com as queixas da vítima de suas brincadeiras. Muito debate foi travado a partir do que disse serem as relações amenas entre brancos e negros na sociedade brasileira escravista. Mas a importância da sua obra é inegável, pois a partir dela a contribuição africana à construção da sociedade brasileira passou a ser um pouco mais valorizada.

centrais da cidade foram tomadas por escravos armados lutando contra forças policiais, que acabaram por dominá-los. Os rebeldes eram centenas; setenta morreram na luta, cerca de quinhentos foram punidos com deportações, açoites, prisões, e quatro deles com a pena de morte.

O inquérito aberto para localizar os líderes do levante, no qual muitas pessoas foram interrogadas, é um material muito útil para reconstituir não só a preparação da rebelião como aspectos da vida da população negra de Salvador naquela época. Esse é um dos exemplos de como os documentos relativos à repressão policial das comunidades negras, produzidos pela perseguição de quilombos, de ritos religiosos de origem africana e de rebeliões, acabaram por ser extremamente úteis para termos mais informações sobre uma parcela da população que deixou pouquíssimos vestígios de sua vida e maneira de pensar.

No Brasil da metade do século XIX, até pouco depois do fim do tráfico atlântico, era grande a quantidade de africanos escravizados, mas a maioria da população negra e mestiça era livre. Eram descendentes de escravos libertados por seus senhores ou que tinham comprado sua liberdade e que se misturavam aos escravos nas cidades, tornando difícil a distinção entre livres e escravos. Na dúvida, a cor da pele era o tira-teima.

Ao mesmo tempo que aumentava a população negra livre, com o passar dos anos aumentavam as restrições à escravidão, não só entre as comunidades negras mas também entre um segmento urbano instruído, composto por profissionais liberais, advogados, jornalistas e mesmo políticos, negros, mestiços e brancos, que defendiam a abolição total da escravidão. A partir da segunda metade do século XIX, nos principais centros urbanos, jornais e

José do Patrocínio era filho de um padre com uma escrava. Registrado como "exposto" (criança abandonada), viveu de 1854 a 1905 e formou-se em farmácia, mas ficou conhecido como jornalista e um dos mais ardorosos ativistas do movimento abolicionista.

Página ao lado
Lei número 3.353, de 13 de maio de 1888, a chamada Lei Áurea.

sociedades abolicionistas tornaram-se cada vez mais atuantes, influenciando a opinião pública. Alguns políticos faziam discursos inflamados nas sessões do Senado e, na Corte, a princesa Isabel mostrava sua simpatia à causa abolicionista.

Nos últimos anos de existência da escravidão no Brasil os escravos se concentravam nas fazendas de café e delas começaram a fugir aos bandos, sendo que a partir de um determinado momento os oficiais do Exército se recusaram a persegui-los, dizendo que não eram capitães do mato[25]. No início de 1888, diante do descontrole sobre a situação, os fazendeiros tentavam negociar com seus escravos a liberdade imediatamente após a colheita do café que amadurecia no pé, pois caso este não fosse colhido a safra estaria perdida. As fugas em massa das fazendas, ocorridas principalmente na Província de São Paulo, a pressão da imprensa e de alguns políticos, o crescimento acelerado dos quilombos nas cercanias de grandes cidades, como o do Jabaquara, em Santos, principal porto de exportação do café, deram força à posição da princesa Isabel, que acabou assumindo o ônus político da abolição num momento em que já não era mais possível manter a escravidão, defendida quase só pelos cafeicultores e seus representantes.

Na época, muitos abolicionistas e o conjunto da população negra atribuíram à princesa Isabel todos os louros do fim da exploração do trabalho escravo no Brasil, uma vez que foi ela que, de forma coerente com sua postura protetora de escravos fugidos, assinou a lei breve e radical que abolia a escravidão e, ao contrário do que queriam os grandes proprietários de escravos, não lhes reconhecia nenhuma indenização. Mas também houve os que chamaram a atenção para o papel da resistência dos escravos, que fugiam em massa. Presentes em todos os momentos em que vigorou a escravidão, os atos de resistência dos escravos, dos mais sutis aos mais escancarados, dos mais suaves aos mais violentos, ajudaram a definir as formas de relação entre senhores e escravos, com estes garantindo para si, sempre que possível, níveis mínimos de dignidade humana. No limite, essa resistência contribuiu para a abolição definitiva da escravidão.

---

25 *capitão do mato* pessoa especializada em encontrar escravos fugidos e devolvê-los ao seu senhor, mediante o pagamento de uma determinada quantia. A designação já aparecia em meados do século XVII, e no início do século XVIII o cargo foi regulamentado, e seu pagamento afixado pelos órgãos da administração colonial.

Lei N.º 3353 de 13 de Maio de 1888

Declara extincta a escravidão no Brasil

A Princeza Imperial Regente em Nome de Sua Magestade o Imperador o Senhor D. PEDRO II, Faz saber a todos os subditos do IMPERIO que a Assembléa Geral Decretou e Ella sancionou a Lei seguinte:

Artigo 1.º É declarada extincta desde a data d'esta Lei a escravidão no Brasil.

Artigo 2.º Revogam-se as disposições em contrario.

Manda portanto a todas as autoridades a quem o conhecimento e execução da referida Lei pertencer, que a cumpram e façam cumprir e guardar tão inteiramente como n'ella se contem. O Secretario de Estado dos Negocios d'Agricultura, Commercio e Obras Publicas e Interino dos Negocios Estrangeiros Bacharel Rodrigo Augusto da Silva, do Conselho de Sua Magestade o Imperador, o faça imprimir, publicar e correr.

Dado no Palacio do Rio de Janeiro, em 13 de Maio de 1888, 67.º da Independencia e do Imperio.

Princeza Imperial Regente

Rodrigo A. da Silva

Carta de Lei, pela qual Vossa Alteza Imperial Manda executar o Decreto da Assembléa Geral, que Houve por bem sanccionar, declarando extincta a escravidão no Brasil, como n'ella se declara.

Para Vossa Alteza Imperial ver.

Meninas africanas nas Américas tinham que adotar costumes dos senhores que as compravam.

Como voltar a ser gente que vive em grupo

Novas identidades

Ao serem escravizados, os africanos tinham todos os seus laços sociais anteriores rompidos, e depois da longa travessia entre a terra natal e algum lugar do Brasil voltavam a buscar pontos de referência que orientassem seu comportamento, pessoas que os ajudassem e partilhassem com eles o seu dia a dia. Assim que se viam numa situação mais estável, subordinados a um determinado senhor, vivendo ao lado de certas pessoas, começavam a tecer novas relações e a se localizar no mundo para o qual haviam sido trazidos.

Como vimos, os africanos tinham de se relacionar com seus senhores e com os outros escravos, e eram várias as formas encontradas tanto para se inserir quanto para resistir à sociedade escravista. Comum às diferentes situações vividas era a necessidade de construir novas comunidades, sendo os conhecimentos trazidos da terra natal o alicerce possível. A maioria dos escravizados era capturada quando já adultos, mas mesmo quando eram crianças a socialização dessas pessoas havia sido feita em seus grupos de origem, portanto seus padrões de comportamento, seus valores, suas sensibilidades e suas maneiras de pensar fundavam-se nas culturas nas quais haviam nascido.

Depois de provavelmente terem aprendido alguma coisa das línguas de seus companheiros de infortúnio, os africanos que chegavam tinham de, antes de mais nada, aprender português para entender as ordens que lhes eram dadas. Esse era o primeiro passo, de muitos outros, do afastamento dos africanos da África e da sua aproximação do Brasil, país que ia sendo construído também a partir da sua contribuição. Os crioulos, nascidos no Brasil, podiam se manter mais ou menos próximos do mundo de origem de seus pais, respeitando as tradições que estes lhes ensinaram com maior ou menor rigor, mas de qualquer forma já eram resultado de misturas das culturas africanas com a lusitana, e frequentemente também ameríndia.

Ao longo dos cerca de trezentos anos em que foram comerciados e nos diversos lugares para os quais foram levados eram diferentes as condições que os africanos encontravam. Mas à medida que as décadas e os séculos passavam, se consolidou uma cultura afro-brasileira, sempre revigorada pelos elementos africanos trazidos pelos escravos que chegavam ininterruptamente até 1850, quando o tráfico atlântico foi extinto. Assim, a formação de comunidades

CAPÍTULO **4**   **Como voltar a ser gente que vive em grupo**   105

Carregadores fotografados no início do século XX, sendo os mais velhos provavelmente ex-escravos.

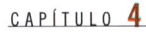

negras, de africanos e seus descendentes, escravos, libertos e livres, deu-se de acordo com variáveis diversas e resultou em arranjos particulares, adequados às situações de dominação nas quais estavam inseridas, mas também coerentes com alguns padrões das sociedades africanas de origem.

Passado o impacto da mudança de condição social, de livre para escravo, e da mudança de continente, deixando para trás uma cultura e tendo de mergulhar em outra, talvez o primeiro passo na construção de identidades[26] novas fosse aceitar a designação que os traficantes, administradores e senhores lhes davam. Desde que haviam saído de suas terras natais, os africanos não eram mais vistos como pertencentes a determinadas famílias e aldeias, nem chamados por nomes só deles, e sim como pessoas vindas de uma região genericamente indicada, como a Guiné, a Costa da Mina ou Angola.

No processo de reinvenção de si mesmos, os nomes pelos

---

26 *identidade* termo muito usado nos estudos sobre as pessoas vivendo em grupo, se refere à imagem que as pessoas têm de si próprias e que os outros têm delas. Os elementos fundamentais na elaboração de identidades são a língua que o povo fala, o lugar em que vive, um passado comum, os valores em que todos acreditam ou deveriam acreditar. As identidades de uma pessoa podem ser muitas e mudam ao longo da sua vida. Elas servem para que as pessoas se sintam parte de um grupo, com semelhanças entre si e que se diferenciem das pessoas que fazem parte de outros grupos, com outras características. As identidades servem também para que os membros de um grupo se identifiquem uns com os outros e para que os outros os identifiquem como membro de um grupo distinto.

quais os senhores os identificavam, tirados dos portos nos quais embarcaram, como Benguela, das feiras nas quais foram comerciados, como Cassanje, e das regiões de onde vieram, como Angola, foram assumidos como de suas origens, pelo menos aproximadas. Assim, os chamados negros minas tendiam a se manter juntos, o mesmo acontecendo com os angolas, sendo comuns as inimizades e antipatias entre pessoas de uma ou outra origem. Nos registros da época é comum encontrarmos nomes como Catarina Benguela, Maria Cassanje ou Joaquim Angola, indicando como a identificação atribuída pelo traficante acabava por se tornar parte da identidade da pessoa escravizada, que na nova condição adotava o nome que lhe davam.

Povos bantos, pertencentes a regiões diferentes, falando línguas particulares, que eram chamados de *congos* ou *angolas*, adotavam essas identificações, que de certa forma coincidiam com as que já vinham fazendo ao perceberem o que havia de parecido entre suas culturas. Os africanos vindos da ampla região que se estende da foz do Volta ao delta do Níger aceitavam serem todos minas, pois de alguma forma percebiam suas semelhanças culturais, por oposição aos angolas, que tinham línguas e tradições mais diferentes das suas.

São comuns, nos registros oficiais, as designações como Sebastião, de "nação angola", ou então "preto mina", fazendo referência à região de origem daquele africano em particular. E frequentemente encontramos situações nas quais angolas e minas entraram em atrito, mostrando os conflitos que existiam no interior das comunidades negras. Muitas das rebeliões tramadas por escravos foram denunciadas por outros negros, africanos ou crioulos, escravos ou livres, que se viam como diferentes e até mesmo se indispunham com os rebeldes e seus chefes. Também a disputa entre escravos minas e angolas pela liderança de uma rebelião podia levar a que ela fosse denunciada e desbaratada.

Essas designações de procedência, que foram incorporadas na construção de novas identidades, eram chamadas de "nações", termo que remetia à qualidade de africano daquele escravo. A afirmação do pertencimento a uma nação, mesmo sendo uma generalização se comparada à origem étnica da pessoa e às características específicas do grupo do qual ela tinha vindo, ligava o escravo ao seu mundo de origem, à sua terra natal, à África. O preto de nação era o africano. Fosse mina, fosse angola, benguela ou cassanje, era acima de tudo africano, diferente do preto crioulo, que não era mais de nação e sim nativo da América.

Crioulos: negros nascidos no Brasil.

Página ao lado
Negros identificados como moçambiques, nome do porto no qual foram embarcados. As tatuagens no rosto mostram que pertenciam a diferentes etnias.

Os laços entre parentes e companheiros de trabalho

Além das identidades fundadas em noções de origem e semelhanças culturais, a escolha de parceiros sexuais e a constituição de famílias estáveis era uma outra forma pela qual a comunidade negra ia se estruturando. Mas também na escolha de parceiros as noções de origem eram uma variável importante. No geral, dava-se preferência a companheiros da mesma nação ou de regiões culturalmente parecidas. Assim, era mais comum africanos casarem entre si, o mesmo acontecendo com os crioulos. Mas não era raro que livres e escravos se unissem.

Havia muito mais homens africanos do que mulheres, uma vez que os homens eram mais cobiçados para o trabalho pesado das plantações, dos engenhos, das minas, do transporte de cargas. Se em sua terra natal os homens estavam acostumados à possibilidade de terem várias mulheres, aqui a situação era diferente, pois as mulheres também podiam ter vários homens, mesmo que em momentos diferentes da vida.

Além disso, o objetivo maior da união entre um homem e uma mulher africanos, que era a procriação, em terra de cativeiro mudava de sentido. Era duro pensar que os filhos viveriam como escravos. Por outro lado, muitas vezes a família estável tinha melhores condições de moradia e tratamento que os demais escravos, o que poderia estimular a vontade de ter filhos. De qualquer forma, o fato é que os níveis de mortalidade infantil eram altos e, mesmo que os de natalidade não fossem muito menores do que na África, a reprodução natural entre os escravos era pequena.

Além de ter seu sentido mais importante alterado, o casamento ainda estava sujeito à invasão sexual do senhor, que obrigava suas escravas a se deitarem com ele quando lhe apetecesse, fossem desimpedidas, fossem casadas. Esse era certamente um conjunto de situações que exigiam novas soluções para a união entre homens e mulheres e a consequente construção de uma família.

O que parece ter ocorrido no que se refere ao casamento nas comunidades negras (e a hesitação em fazer afirmações precisas se deve em grande parte à escassez das informações a esse respeito) é que existiram muitos arranjos matrimoniais e formas de constituição de grupos familiares. A maioria destes era chefiada por mulheres, com filhos de um mesmo pai ou de homens diferentes, incluindo pessoas de gerações anteriores, que ajudavam na criação das crianças. O mais comum é que uma mesma pessoa tivesse ao longo da vida sucessivas relações afetivas estáveis. Não era raro estas serem interrompidas pela

As vendedoras de comidas prontas eram comuns nas principais cidades coloniais brasileiras.

venda de um dos parceiros para outro senhor. Também não era raro que um dos parceiros, livre ou liberto, ajudasse a libertar o outro, assim como os filhos de ambos, que seriam escravos caso a mãe o fosse.

Os laços de parentesco – de pertencimento a uma mesma linhagem – eram os mais importantes na organização das sociedades africanas, e no Brasil os africanos e seus descendentes construíram novos laços de parentesco. E não só por meio dos arranjos familiares que iam sendo inventados para dar conta das novas situações vividas, pois muitos deles eram simbólicos, como os de malungo – o primeiro vínculo estabelecido entre pessoas que viviam a mesma experiência devastadora da escravização e da travessia do oceano num navio negreiro. Malungos eram como parentes, por terem vivido juntos uma experiência radical e por terem pactuado ajudar sempre um ao outro.

O compadrio, instituição do mundo cristão português que fazia do padrinho de batismo um substituto do pai, também foi muitas vezes usado pela comunidade negra

Como voltar a ser gente que vive em grupo

para traçar laços de parentesco ritual em função dos quais se teciam solidariedades. Isso mostra que algumas vezes elementos do mundo dos senhores eram adotados e usados conforme os interesses dos africanos e seus descendentes.

No mundo do trabalho as comunidades negras também encontravam meios de criar formas próprias de organização, voltadas para seus interesses específicos. Em Salvador, no Rio de Janeiro e em outras cidades, os escravos de ganho, que ofereciam nas praças e nas esquinas a força de seus músculos, se agrupavam a partir de etnias ou nações, dividindo as áreas de trabalho, escolhendo um capitão que os chefiasse. Apesar de escravos, de terem de entregar o resultado do seu trabalho para o senhor, de estarem sujeitos a castigos físicos e humilhações, eles tinham controle sobre o seu trabalho, escolhiam seus parceiros e estabeleciam as regras de convivência entre eles.

Geralmente livres, as vendedoras de comidas e bebidas preparadas, que expunham suas mercadorias em tabuleiros fáceis de carregar e se vestiam com saias rodadas, camisas rendadas, turbantes envolvendo os cabelos e muitos colares, pulseiras e balangandãs, eram outra categoria muito presente nas principais cidades brasileiras. Não consta que se organizassem em associações de trabalho como os carregadores dos cantos de Salvador, mas produziram comportamentos e normas adotados por todas, tanto que acabaram por ser consideradas um dos tipos eminentemente brasileiros: a baiana.

Os laços de parentesco e as associações de trabalho eram formas pelas quais as comunidades negras iam se estruturando, podendo uma mesma pessoa participar de várias delas. Nelas as identidades fundadas em áreas de procedência ou em nações também foram básicas. Em razão da grande quantidade de africanos que chegaram até 1850, a presença de elementos das culturas africanas entre as comunidades negras foi forte até a época da abolição da escravidão, quando ainda havia muitos africanos vivos, principalmente em Salvador e no Rio de Janeiro, atuando nas áreas mais dinâmicas da economia, como as plantações de café. Aonde os africanos já haviam parado de chegar porque as economias empobrecidas não podiam arcar com seus custos, como as de mineração, principalmente Minas Gerais e Goiás, e de produção do açúcar, como Pernambuco e Alagoas, apareceram primeiro expressões culturais mais misturadas, nas quais os elementos africanos se diluíam nas trocas mais intensas entre as várias culturas em contato.

Carregadores dos mais diversos fardos frequentemente entoavam cantos ritmados. Eram muitas vozes escravas de aluguel ou de ganho.

As religiões africanas no Brasil escravista

No século XIX, as ruas das principais cidades brasileiras estavam sempre cheias de escravos oferecendo legumes e galinhas, vendendo aluá[27] e bolo de milho, transportando potes de água, cadeirinhas de senhoras, sacos de mantimentos e fardos de tecidos que chegavam pelos navios de outros lugares da costa brasileira e do outro lado do oceano. Os estrangeiros que aqui desembarcaram, principalmente depois da mudança da família real portuguesa para o Rio de Janeiro e da abertura dos portos brasileiros para as nações amigas em 1808, expressaram seu espanto ao encontrar na América um pedaço da África, representada pela quantidade e variedade de africanos, visíveis em todo lugar.

Os africanos recém-chegados encontravam, porém, os ladinos e os crioulos vivendo uma cultura híbrida[28], na qual aspectos africanos e portugueses se misturavam ou conviviam lado a lado. Nesses intercâmbios entre negros e brancos, africanos e portugueses, sempre com um tempero ameríndio aqui e ali, não só os escravos e negros livres eram expostos às influências de seus senhores, como estes também se relacionavam com as práticas daqueles, algumas vezes recorrendo a saberes africanos para cuidar dos males que os afligiam. Como vimos, a classe senhorial conhecia pouco a vida das comunidades negras, mas alguma coisa sabia, principalmente no que diz respeito às suas temidas práticas mágico-religiosas, que podiam tanto curar como matar.

O que nós chamamos de práticas mágico-religiosas, por meio das quais os homens entram em contato com entidades sobrenaturais, espíritos, deuses e ancestrais, era um aspecto central da vida de todos os africanos, assim como viria a ser na de seus descendentes brasileiros. Dessa forma, a religião foi uma das áreas em torno da qual eles construíram novos laços de solidariedade, novas identidades e novas comunidades. Além disso, em razão da repressão voltada contra elas, temos mais informações sobre as práticas religiosas realizadas num passado mais distante, nos séculos XVII e XVIII, do que sobre temas como a organização familiar ou as associações de trabalho. Por serem associadas a ritos demoníacos duramente perseguidos pelo Tribunal

---

27 *aluá* bebida feita de casca de abacaxi fermentada em mistura com água, caroço de milho, raiz de gengibre e rapadura.

28 *cultura híbrida* expressão que se refere ao resultado da mistura de culturas diferentes, que carrega em si características das matrizes mas delas se distingue. Ela é um produto novo, e está ligada também às noções de mestiçagem e de sincretismo.

CAPÍTULO 4 — **Como voltar a ser gente que vive em grupo** — 111

da Inquisição[29], elas eram denunciadas, o que gerou a abertura de processos, nos quais testemunhas eram ouvidas e eram descritos muitos ritos, crenças e práticas de adivinhação, de proteção e de cura.

Como vimos, entre os africanos o sobrenatural era acionado por especialistas que dominavam os conhecimentos necessários para que as entidades do além pudessem ajudar a solucionar questões da vida cotidiana. Os problemas que os escravos e libertos tinham na sociedade escravista eram bem diferentes daqueles que afligiam os agricultores e pastores das aldeias que viviam na África, mas a maneira como uns e outros lidavam com eles era parecida, uma vez que os afrodescendentes se mantinham próximos da maneira de pensar de seus antepassados. Especialistas em curas e adivinhações, intermediários entre o mundo dos homens e o dos espíritos e ancestrais, chamados de feiticeiros ou curandeiros pelos portugueses que os haviam escravizado

Os chafarizes, onde os escravos buscavam água para seus senhores, eram locais de encontros amistosos mas também de brigas e alvoroços.

---

[29] *Tribunal da Inquisição* criado no século XV em Portugal, tinha como base uma instituição criada pela Igreja, no século XIII, para combater os movimentos de contestação a ela. Em Portugal e na Espanha serviu basicamente para perseguir os judeus e os cristãos-novos. Mas havia também uma série de atos que eram considerados delitos contra o catolicismo, chamados de heresias, que eram alvo da perseguição do tribunal. Atos sexuais não ortodoxos, considerados adúlteros ou sodomitas (homossexualidade), blasfêmias contra Jesus, Maria e os santos e práticas religiosas chamadas de feitiçarias, como as praticadas pelos africanos, estavam entre esses delitos. O farto material produzido pelos processos abertos pelo Tribunal da Inquisição é fonte inesgotável para o estudo da sociedade colonial brasileira.

Diferentes cultos e tradições de origem africana foram retratados por artistas brasileiros.

e trazido para o Brasil, se tornavam membros importantes de certas comunidades que usavam seus serviços e conhecimentos.

Nos grupos em que a influência banto era majoritária, as pessoas recorriam a ritos de adivinhação para identificar culpados de atos condenáveis como roubo e assassinato, encontrar pessoas desaparecidas, curar doenças (que eram muitas em vida tão árdua), amansar senhores, conquistar o sexo oposto, fechar o corpo contra agressões e cuidar de muitas outras coisas que afligiam os africanos e seus descendentes nascidos no Brasil. Praticava-se uma grande variedade de ritos que permitiam que as forças do além agissem, às vezes por meio da possessão, com a descida dos espíritos invocados sobre o corpo dos sacerdotes, que tomados por eles permitiam que se comunicassem com os interessados, orientando-os quanto à solução dos problemas.

Outras vezes os sacerdotes liam os indícios do além por meio de oráculos, como pontos riscados no chão sobre o qual jogavam pedras, conchas, contas; consulta a cabaças com conteúdos misteriosos, de onde saíam vozes; bacias de água na qual apareciam imagens a serem decifradas. Conforme o resultado das consultas, medidas tinham de ser tomadas para que a normalidade fosse restabelecida ou para que o objetivo desejado fosse alcançado. Compostos de beberagens e pós deviam ser feitos à base de ingredientes incomuns: extratos de plantas, dentes, garras e penas de animais, unhas, cabelos e secreções do corpo da pessoa sobre a qual se queria agir.

A angolana liberta Luzia Pinta foi denunciada à Inquisição em 1740 por realizar ritos elaborados, em frente a um altar e ao som de tambores e címbalos, nos quais ouvia ventos que lhe entravam pela cabeça e aconselhavam os que a procuravam. Vendida para o tráfico atlântico, chegou ao Brasil em torno de 1711, ainda mocinha, vinda de Luanda, onde nasceu escrava, de pais escravos.

Os ritos que praticava, conforme as descrições contidas no seu processo, tinham nítidas feições centro-africanas, mas nos interrogatórios pelos quais passou, alguns deles depois de intensas sessões de tortura, como era comum aos que eram jogados nos cárceres da Inquisição, apareceram vários elementos católicos. A acusada atribuía seus poderes aos santos católicos, à Virgem Maria e a Deus, e não a forças diabólicas, como os inquisidores queriam ouvir. Em 1744 foi condenada ao exílio no Algarve, quando tinha cerca de cinquenta anos, depois de sofrer mais de um ano em prisão insalubre e nas sessões de tortura, sem nunca admitir ter pacto com o Diabo. Depois disso não se sabe mais nada sobre ela.

Esse é um dos casos mais lembrados, dentre os conhecidos, mas há outros, nos quais os ritos descritos são muito

CAPÍTULO 4 — Como voltar a ser gente que vive em grupo

As danças ao ritmo de tambores podiam ser apenas diversão mas geralmente tinham um componente mágico-religioso.

semelhantes aos que aparecem nos textos dos missionários que percorreram a região do Congo e de Angola ganhando almas para Cristo e descrevendo o que viam. No Brasil os ritos desse tipo eram chamados de *calundus*, palavra de origem banto que foi associada ao termo kimbundo *quilundo*, um nome genérico para qualquer espírito que possuísse uma pessoa, geralmente como punição pela falta de respeito ou veneração de um espírito ancestral, que acabava por debilitar e até mesmo matar aquele que fosse possuído. *Quilundo* provavelmente se tornou, na África central, um termo referente a qualquer possessão por espíritos, e no Brasil calundu também adquiriu um sentido geral de possessão por espíritos entre as comunidades negras, além de designar um estado de espírito sombrio.

Quando analisamos os procedimentos dos ritos feitos no Brasil, os gestos e objetos envolvidos, as situações, os fins a que se destinavam, percebemos as semelhanças dos calundus com os rituais de possessão centro-africanos vividos pelo *xinguila*, um médium pela boca do qual um espírito falava. Segundo a descrição de Antonio Cavazzi, missionário que assistiu a imbangalas realizarem esses ritos no século XVII, o *xinguila*, ou seja, o homem ou a mulher que recebia o espírito, dava as ordens às pessoas presentes, enquanto os músicos tocavam os instrumentos. No entender do missionário, era o demônio que estava sendo invocado ali. Diz ele que em dado momento o médium ou feiticeiro ficava quieto por uns minutos, então começava a se agitar, se contorcer, revirar os olhos e falar coisas extravagantes depois de dizer qual era o ancestral que a partir de então falava por sua boca. Dizia ainda o capuchinho que os imbangalas procuravam esses feiticeiros porque acreditavam

Blusa de renda, turbante, joias de ouro e amuleto no pescoço – que podia ser uma bolsa de mandinga ou um "bentinho" católico – faziam parte da indumentária das mulheres africanas e afrodescendentes no Brasil.

que eles sabiam tudo o que se passava na outra vida. Eles eram tratados como se fossem semideuses e respondiam às perguntas que eram feitas não a ele, mas ao espírito consultado.

Outra prática muito comum entre a comunidade negra eram as bolsas de mandinga, ou seja, pequenos sacos de pano ou de couro usados junto ao corpo, pendurados no pescoço ou na cintura, dentro dos quais estava costurada uma variedade de ingredientes. Estes podiam ser de origem animal, vegetal e mineral, mas o mais importante deles eram papéis dobrados nos quais estavam escritas orações católicas ou muçulmanas. Aparas de pedra-d'ara, sobre a qual a hóstia e o vinho da missa eram consagrados, ou um papel com uma oração que havia sido deixada sob esta pedra quando a missa era rezada, eram elementos importantes nas bolsas que continham orações católicas.

Tudo indica que o hábito de fazer e usar as bolsas de mandinga tenha se espalhado a partir da região habitada pelos mandes ou mandingas, antigos súditos do Mali na região da Alta Guiné, onde o islamismo se misturou às religiões tradicionais. Os guerreiros daquela região geralmente levavam não uma, mas várias bolsas penduradas no corpo, pois acreditavam que, com isso, se tornariam invulneráveis às armas dos inimigos. Elas foram usadas na África, em Portugal e no Brasil, e se atribuía a elas o mesmo poder que talismãs e amuletos têm nas mais diversas culturas e épocas. Já foram consideradas as práticas mágico-religiosas[30] mais mestiças do

---

30 *práticas mágico-religiosas* magia e religião são geralmente consideradas em separado, uma se ligando à crença na possibilidade de interferir na vida material por meio do uso de forças sobrenaturais, e outra remetendo às especulações do espírito e à fé, articulada a sistemas filosóficos. Ao tratar de culturas africanas e afro-americanas remetemos às duas ideias, pois nelas o sistema de explicação das coisas deste e do outro mundo, que se aproximaria do que é chamado de religião, se faz presente tanto quanto as ações articuladas a forças sobrenaturais, associadas à esfera da magia.

Como voltar a ser gente que vive em grupo

Brasil colonial, agregando elementos cristãos, islâmicos, ameríndios e africanos tradicionais.

Outro conjunto importante de práticas e crenças mágico-religiosas de matrizes africanas que germinou no Brasil foram os candomblés, sendo do século XIX as primeiras referências a eles. Apesar de o termo pertencer à língua banta, no Brasil se refere a cultos religiosos de origem iorubá e daomeana. Neles, as principais entidades sobrenaturais são os orixás, quando a influência iorubá é maior, e voduns, quando a influência daomeana se destaca. Na Bahia, os iorubás também ficaram conhecidos como nagôs, e os daomeanos, como jejes.

Os orixás e os voduns são entidades ancestrais e heróis divinizados fundadores de linhagens, Estados e cidades-estado sendo não só a origem da organização social e política, como aqueles que orientam toda ação dos homens em sua vida terrena, à semelhança do que ocorre entre os povos bantos. Também se comunicam por meio de sacerdotes que, ao serem por eles possuídos, lhes permitem entrar em contato direto com quem os consulta em busca de orientação e solução para os mais diversos problemas. No século XVIII as cerimônias desse tipo eram chamadas de *calundus*; a partir do século XIX elas passaram a ser chamadas de *candomblés*, e seus líderes ficaram conhecidos como pais e, principalmente, mães de santo, sendo o santo o nome genérico, de nítida influência católica, dado à entidade incorporada durante a possessão à qual o culto é dirigido.

As casas que abrigavam candomblés e os sacerdotes que estavam à sua frente foram importantes polos de organização das comunidades negras, mesmo perseguidas pela polícia até meados do século XX, quando começaram a ser aceitas como espaços legítimos de exercício de religiosidades afro-brasileiras. A repressão estava ligada não só ao tipo de prática ali exercida, que ainda era relacionada a forças

PRINCIPAIS ORIXÁS DOS CANDOMBLÉS

Oxalá divindade da criação dos seres humanos; soberano que tudo comanda.
Xangô divindade dos raios, relâmpagos e trovões.
Ogum divindade do ferro e dos ferreiros; deus das guerras.
Oxóssi divindade das florestas e da caça.
Omolu/Obaluayê divindades da varíola e das doenças contagiosas.
Oxumarê divindade das chuvas e do arco-íris.
Exu mensageiro, guardião dos templos, das casas e das pessoas.
Iemanjá divindade das águas salgadas.
Oxum divindade das águas doces.
Iansã divindade das tempestades, dos ventos e dos relâmpagos.
Ibejis divindades das brincadeiras, da infância e da fecundidade.

Babá Egun

Iansã

Xangô

Ogum

IRMANDADES LEIGAS NO BRASIL

As irmandades eram associações leigas, voltadas para o culto de um santo, o seu orago. Cada irmandade tinha um santo de devoção, cujo altar era mantido por ela. A maioria das igrejas coloniais foi construída por irmandades, que também eram responsáveis pela sua manutenção. As irmandades possuíam bens, como a própria igreja, mas principalmente imagens de santos e objetos utilizados nos cultos religiosos. Além de cuidar do patrimônio que pertencia ao conjunto de irmãos – nome pelo qual eram chamados os seus membros –, suas principais responsabilidades eram fazer a festa do orago e cuidar do enterro e das missas por ocasião da morte de um irmão. Estes deviam pagar uma anuidade, além de contribuir para a realização das festas na proporção de suas posses. As irmandades eram regidas por um conjunto de regras chamadas de "compromisso", que deveriam ser aprovadas pela Igreja Católica. Ali estavam fixadas as normas pelas quais deveriam ser administradas e as obrigações e os direitos dos irmãos.

Os compromissos das irmandades estabeleciam quem poderia ser membro da associação, quanto deveria pagar de anuidade, quais os seus deveres, como seria eleita a mesa administradora e como seria a sua composição. As irmandades eram formadas por pessoas de origem étnica semelhante, sendo compostas por brancos, negros ou pardos (nome pelo qual eram chamadas as pessoas mestiças). Essas associações separavam as pessoas conforme suas categorias sociais, sendo não só um espaço para praticar a vida religiosa como também para marcar distinções e hierarquias entre os diferentes grupos. O lugar que ocupavam nas procissões e a forma como se apresentavam tornavam pública sua maior ou menor riqueza e o lugar que seus membros ocupavam no conjunto da sociedade. As irmandades eram organizações importantes no período colonial, mas com a formação de um Estado imperial, a partir de 1822, foram substituídas gradativamente por outras formas de organização regidas pela esfera civil e não mais pela esfera religiosa.

Nossa Senhora do Rosário, tida como protetora dos negros.

diabólicas, mas principalmente ao medo que os ritos das comunidades negras despertavam. Mesmo em tempos de liberdade, e ainda mais durante a vigência da escravidão, os negros, principalmente quando reunidos, eram vistos pelos grupos dominantes como ameaça potencial à ordem estabelecida.

Além dos ritos de possessão nos quais espíritos ancestrais e divinizados entravam em contato com os vivos, também ritos de adivinhação eram comuns entre as comunidades compostas majoritariamente por grupos iorubás. Havia várias formas de consultar os oráculos, como o de Ifá, quando se jogavam nozes-de-cola sobre uma tábua esculpida, mas aquelas nas quais são usados búzios se tornaram as mais disseminadas.

Principal maneira de lidar com as adversidades da vida cotidiana, as religiões foram especialmente importantes na construção de comunidades negras na sociedade brasileira escravista. Em torno de sacerdotes, especialistas que conheciam ritos de comunicação com o além, de onde se supunha virem soluções para muitos problemas, grupos construíram identidades, nas quais também eram consideradas as áreas de origem dos seus membros ou dos antepassados destes.

O catolicismo negro

Não foram, contudo, só as religiões de origem africana que ajudaram na construção de novas solidariedades e identidades. O ensino do catolicismo a todo africano escravizado era obrigação dos senhores, o que também serviu de caminho para a organização de novas comunidades negras, principalmente quando agrupadas em irmandades leigas de devoção a um determinado santo. Essas associações religiosas de "homens pretos" eram não só aceitas como estimuladas pela Igreja Católica e pela administração colonial. Mas as irmandades não serviram apenas de instrumento de controle sobre as comunidades negras: elas também foram um espaço de organização e construção de novas identidades.

Os principais santos de devoção das irmandades de "homens pretos" eram Nossa Senhora do Rosário, Santa Efigênia e São Benedito. Além de cuidar do culto do santo elas faziam o enterro dos irmãos mortos, mandavam rezar missas pelas suas almas e amparavam suas famílias caso elas não tivessem nenhum recurso. Cuidavam dos irmãos doentes e algumas vezes tinham uma poupança para comprar a liberdade de alguns deles. Mas o principal momento na vida da irmandade era a realização da festa do seu orago, ou seja, o santo ou invocação de Nossa Senhora à qual era dedicada, que deveria acontecer todo ano. Era frequente a coroação de rainhas e reis negros nessas festas, sendo eles muito importantes na vida das comunidades às quais pertenciam.

Os reis negros ligados às irmandades eram coroados na igreja e festejados com danças e cantos pelas ruas, ao som de ritmos e instrumentos de origem africana. No dia da festa do santo saíam em cortejos que chamavam a atenção de todos, despertando em uns sentimentos de reprovação, em outros de curiosidade. Esses reis, que tinham sua autoridade reconhecida enquanto durava a festa em torno deles, geralmente líderes das comunidades que os escolheram, eram procurados durante todo o ano para resolver problemas que surgissem entre seus membros ou entre estes e seus senhores ou representantes da ordem colonial. Acostumados a ter, onde nasceram, um chefe que zelava pelo seu bem-estar e resolvia as disputas, os africanos frequentemente também escolhiam um líder nas comunidades que iam organizando no Brasil. Tal costume foi adotado pelos seus descendentes e incorporado às festas dos santos católicos cultuados pelos negros.

Até o século XVIII eram mais comuns os chamados "reis de nação", que tinham ascendência sobre um grupo com origem africana comum, como os chamados angolas, minas, ou mesmo designações mais específicas, como rebolo e cassanje. No século XIX todos eles passaram a ser chamados de rei do Congo, agrupando sob seu manto comunidades negras que percebiam menos suas diferenças internas e ressaltavam a origem africana que unia a todos.

O fato de os *mani* Congo terem adotado o catolicismo no final do século XV e de os reis portugueses por muito tempo tê-los considerado governantes de um reino irmão teve peso na escolha dessa designação para todos os reis negros festejados pelas irmandades. Por meio dos reis do Congo algumas comunidades negras afirmavam uma identidade africana que a todos unia, ao mesmo tempo que suas formas de organização eram aceitas pelos administradores coloniais, que viam na rememoração do Congo cristão um sinal da inserção pacífica dos negros da sociedade escravista brasileira.

Os africanos e afrodescendentes de origem banto, vindos da região de Angola e do Congo, podiam aceitar o catolicismo ou alguns de seus elementos quando se tornavam membros de uma irmandade ou quando haviam

Pintura retratando São Benedito, um dos principais santos de devoção das irmandades de "homens pretos".

Os africanos e seus descendentes no Brasil

CAPÍTULO 4

Celebração do rei e da rainha negros, acompanhados por músicos em procissão pela cidade e seus arredores. No século XIX, passou a ser chamada de *congada*.

Página ao lado, acima
Mesmo nos altares dos cultos afro-brasileiros, como o candomblé, os santos católicos se fazem presentes.

Página ao lado, abaixo
À direita, *Toni Malau*, em metal, da região do Congo e de Angola; à esquerda, Santo Antônio de madeira, feito no século XIX por afrodescendentes moradores do vale do Paraíba paulista.

tido contato com o catolicismo ainda na África, principalmente no caso de escravos que viveram por um período em Luanda ou em outro centro de colonização portuguesa. Esse contato antigo com o catolicismo ou com suas formas africanas facilitou o aparecimento, no Brasil, de ritos religiosos com estruturas africanas mas com a incorporação de elementos católicos. Assim, os ritos de possessão, adivinhação e cura, muito parecidos na forma e na intenção com aqueles que eram feitos na região de Angola, adotaram elementos do catolicismo, mas se mantiveram essencialmente africanos. Imagens de santos e de Nossa Senhora apareceram nos altares dos ancestrais e espíritos, que eram representados por pedras, esculturas de madeira, cabaças, cestas, panelas e trouxas com ingredientes diversos.

Não só os centro-africanos, porém, receberam influência do catolicismo, pois, como já vimos, as bolsas de mandinga, originárias da região do antigo império do Mali, que continham originalmente escritos árabes com poderes de proteção, no Brasil colonial se combinaram com as influências lusitanas e passaram a conter também orações católicas e lascas de pedra-d'ara. Também os cultos jejes e nagôs aos voduns e orixás adotaram santos e rezas católicas, incorporando-os ao seu panteão de representações e ritos religiosos sem alterar a natureza das antigas crenças nem a maneira de se relacionar com o sobrenatural.

Outro sinal de que o catolicismo muitas vezes passou a fazer parte da intimidade e da vida cotidiana de africanos no Brasil, e principalmente de seus descendentes, são algumas imagens de santos católicos esculpidas em madeira e às vezes em osso. Podiam estar em altares de igrejas e capelas, guardadas em casa, em altares domésticos, entre os objetos mais preciosos ou trazidas junto ao corpo. Geralmente tinham características de um amuleto, portador de boa sorte e saúde. Por meio dessas imagens, mais próximas das esculturas africanas do que dos santos portugueses, os afro-brasileiros obtinham a interferência do além nos assuntos que lhes afligiam, da mesma forma que faziam os habitantes do Congo com os *minkisi* ou os portugueses e seus descendentes com as promessas para seus santos de devoção. Os exemplos mais abundantes desse tipo de imagem são pequenas representações de Santo Antônio feitas no século XIX, de poucos centímetros, que foram coletadas na região do vale do rio Paraíba paulista.

Nessa época era grande o número de escravos trazidos da região de Angola, onde o catolicismo já estava presente havia cerca de trezentos anos e onde Santo Antônio era muito popular. Esses escravos vindos de Angola foram quase todos trabalhar nas plantações de café paulistas. No seu novo ambiente reproduziam suas tradições ao mesmo tempo que construíam uma vida diferente, conforme os contatos que fizessem e as oportunidades que percebessem. Se já na África faziam pequenas esculturas de Santo Antônio e de Nossa Senhora, que chamavam de *Toni Malau* e *Sundi Malau*, ao travarem um contato mais intenso com o catolicismo, elemento importante da sociedade escravista brasileira, a relação com os santos católicos e suas representações ficou mais forte. As muitas imagens de santos esculpidas em estilo nitidamente africano são testemunho de como o catolicismo e formas mestiças de catolicismo foram adotados por afrodescendentes, que assim iam se integrando à sociedade brasileira, da qual também eram formadores, mesmo que na qualidade de explorados e oprimidos.

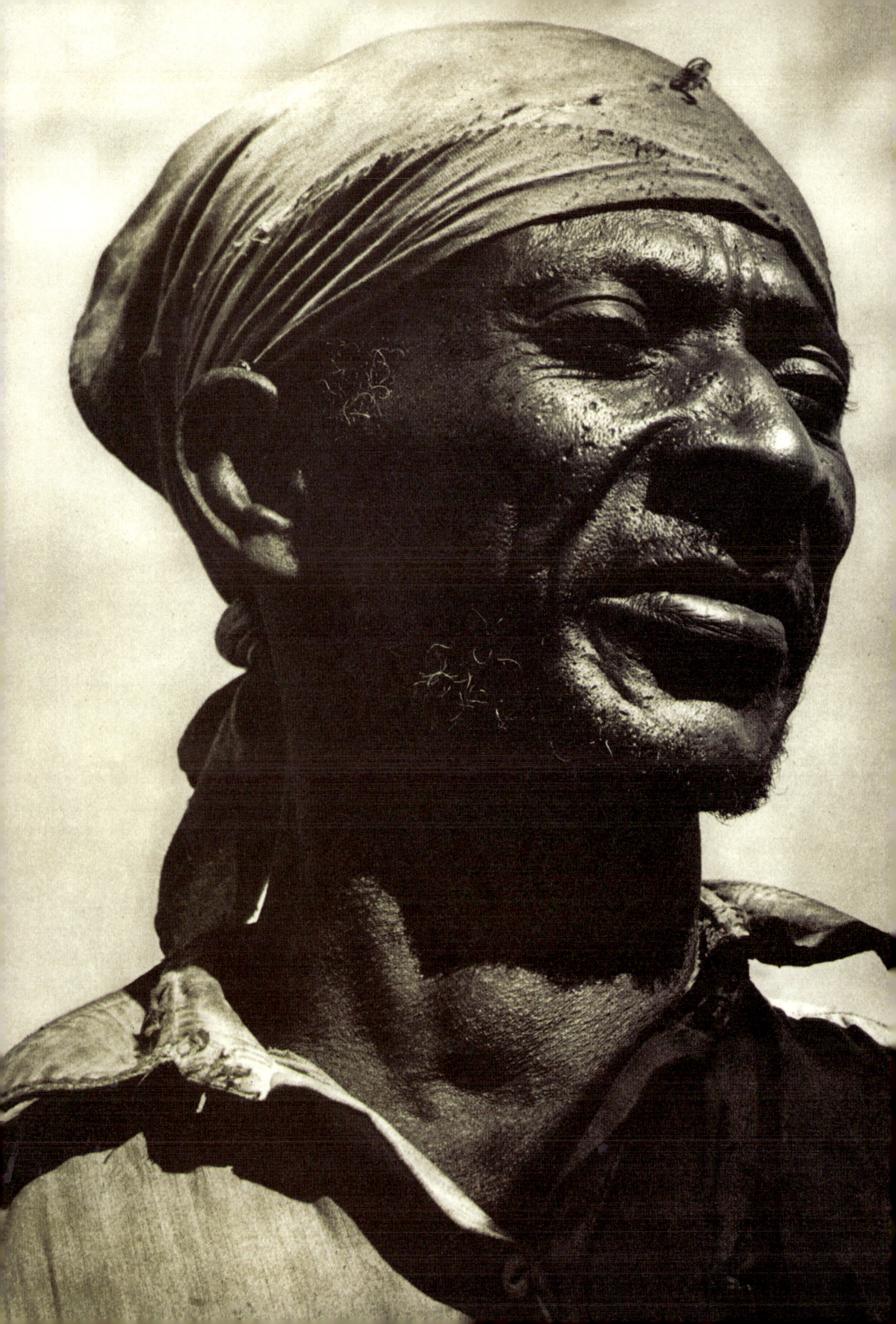

CAPÍTULO 5

O negro na sociedade brasileira contemporânea

O fim da escravidão e do contato com a África

Com o fim do tráfico de escravos foi interrompida a relação entre o Brasil e alguns lugares da África, de onde todo ano, até 1850, chegavam milhares de escravos. Depois dessa data muito escravo ainda foi negociado, africano ou crioulo, mas dentro do Brasil, das zonas mais pobres, como o Nordeste, onde os engenhos de açúcar eram cada vez menos produtivos, para as zonas mais prósperas, como a província de São Paulo, onde o café gerava cada vez mais riqueza. A partir de então acabou a constante renovação da presença africana na comunidade negra, que, no entanto, preservou com muito cuidado as lembranças, os conhecimentos, as tradições, os valores e as crenças ensinados pelos mais velhos que vieram da África.

No final do século XIX, quando a escravidão foi abolida, ainda havia africanos vivos no Brasil, com os quais algumas pessoas que se interessavam por manifestações afro-brasileiras conversaram, registrando as informações que então obtiveram. Mas os laços com a África, especialmente com alguns portos da Costa da Mina e de Angola, se desfizeram com a interrupção do comércio com o outro lado do Atlântico. O que havia de africano no Brasil continuou a ser cultivado, mas nada de novo foi introduzido. A partir daí, o que as comunidades negras criaram pode ser considerado assunto exclusivamente brasileiro.

Apesar da ligação estreita que o Brasil manteve por séculos com regiões da África, até pouco tempo o desejo predominante era extirpar do Brasil toda lembrança africana. Um dos dramas da jovem nação, querendo se afirmar perante a Europa e a América do Norte, é que nesses lugares a civilização europeia e a raça branca eram consideradas exemplo do mais alto grau do desenvolvimento alcançado pela humanidade. Numa escala que ia de um nível inferior a outro superior, do primitivo ao civilizado, do irracional ao racional, do mágico ao científico, os negros africanos estariam no início desse processo, que levou milênios para chegar onde se encontravam os principais países do Ocidente, como a Inglaterra, a França e os Estados Unidos. Esse tipo de pensamento ficou conhecido como evolucionismo, e se associava às ciências naturais e às teorias de Darwin, segundo as quais os organismos se aperfeiçoavam a partir

A SUPERAÇÃO DA IDEIA DE RAÇA

As variedades de aparência entre os homens fizeram que, a partir do século XVIII e mesmo antes, eles fossem classificados com base em determinadas características físicas, como o formato dos olhos, a cor da pele e o tipo de cabelo, e de lugar de origem, como Ásia, Europa ou África. Se antes essas diferenças eram atribuídas a determinações biológicas que faziam que os diferentes tipos humanos fossem considerados mais ou menos desenvolvidos, hoje em dia, com o conhecimento produzido pela genética (que estuda os elementos mais fundamentais na formação dos organismos vivos), está provado que raças humanas não existem do ponto de vista biológico. Todos os homens são extremamente parecidos em termos genéticos, sendo as diferenças de aparência resultado das adaptações ao meio ambiente pelas quais as populações passaram. As mutações, isto é, alterações nas combinações entre os genes (que não são comuns mas acontecem) e a seleção natural, segundo a qual os mais adaptados a determinado ambiente estão mais aptos a nele sobreviver, foram, ao longo do tempo, estabelecendo as diferenças entre o gênero humano, que é um só: *Homo sapiens sapiens*.

A cor da pele, por exemplo, que é uma das variáveis a partir da qual se definia uma raça, é resultado da adaptação das populações aos diferentes níveis de radiação ultravioleta existente nos diferentes continentes. Ela é determinada pelo tipo e pela quantidade de um pigmento chamado melanina, e sua variação é controlada por quatro ou seis genes, num universo de 35 mil que compõem os organismos humanos. Também as outras características da aparência física, como a textura do cabelo e o formato do nariz e dos lábios, que eram usadas na definição de tipos raciais, dependem de um número muito pequeno de genes. Assim, a genética, ao mostrar que a discussão racial envolve 0,0005% do genoma humano, provou que a noção de raça não está fundada em evidências biológicas e sim em distinções culturais, que serviram para o estabelecimento de relações de opressão, pois as insignificantes diferenças genéticas desmentem a ideia de que há raças superiores e raças inferiores.

A ideia de raça, que remete à aparência física e à região de origem, está na base do preconceito[31], que pode tanto se referir a uma marca, como a cor, quanto a uma origem, como o continente africano. No Brasil, o preconceito de marca, isto é, com relação à cor da pessoa, é o mais evidente, ao passo que nos Estados Unidos o preconceito de origem é o que predomina, uma vez que os descendentes de negros que têm aparência de brancos são considerados negros.

---

[31] *preconceito* ideia, opinião ou sentimento em relação a algo já preconcebido como desfavorável ou negativo.

---

dos estímulos encontrados, havendo uma seleção dos mais aptos a sobreviver. Vendo as coisas dessa forma, que era a predominante no Brasil, como o país poderia se desenvolver se a maioria da sua população era composta de pessoas negras e mestiças, consideradas pertencentes a raças inferiores e, portanto, menos aptas a construir uma nação desenvolvida?

Em 1889, um ano depois do fim da escravidão, o império brasileiro foi substituído por uma república, proclamada por militares e que representaria basicamente os interesses dos grandes cafeicultores. No novo regime político, as ideias da superioridade da raça branca e de que os negros eram um obstáculo para a evolução do país ganharam força, alimentando os projetos de estímulo à imigração de europeus e asiáticos para substituir os escravos libertados. Estes foram lançados da escravidão à liberdade para vender como quisessem sua força de trabalho, competindo pelas oportunidades de emprego ou de acesso à terra com outros de condição parecida com a sua. O estímulo à imigração diminuiu muito a possibilidade de que os negros se tornassem trabalhadores agrícolas, o que os manteria fazendo trabalhos equivalentes aos que já faziam, só que numa nova relação, de patrão e empregado, e não mais de senhor e escravo. Por outro lado, era comum que eles buscassem evitar relações que lhes parecessem com as antigas, nas quais não tinham liberdade de ir e vir e trabalhavam no que seus senhores mandavam.

Quanto aos cafeicultores, por trás do empenho em ter italianos e japoneses em suas lavouras, estava o receio de que os ex-escravos lhes criassem problemas em razão das características das relações anteriores, nas quais a violência era um componente central. Também havia o projeto dos políticos e dos homens bem pensantes do país que sonhavam com o branqueamento da população, com a diminuição da presença negra, vista como fator que dificultava o alcance dos estágios mais avançados do desenvolvimento conforme os padrões ocidentais. Se antes os negros eram marginalizados e perseguidos pelo estigma da escravidão e da suspeita que sobre eles pairava, agora alguns motivos da marginalização se ligavam aos obstáculos que suas tradições de origem africana significariam para a evolução da sociedade. Conforme essa maneira de ver as coisas, para o Brasil atingir o mesmo nível das nações mais desenvolvidas deveria eliminar seu lado africano e negro.

Com a mecanização da produção e o desenvolvimento da indústria ocorrido a partir do início do século XX, os fazendeiros e empresários buscaram uma mão de obra

CAPÍTULO **5**   **O fim da escravidão e do contato com a África**   **123**

mais especializada. Esse poderia ser outro fator de favorecimento da migração europeia, uma vez que os ex-escravos e a população negra em geral na maior parte das vezes não haviam recebido nenhum tipo de educação formal, escolar ou técnica. Mas os italianos que vieram para cá também não tinham esse tipo de preparo, pois eram de áreas rurais, do sul, as mais atrasadas da Itália. Dessa forma, fica evidente que o fator racial foi elemento de peso nas políticas que privilegiavam o italiano e o japonês em detrimento do afrodescendente que já estava no Brasil. Quase nada foi investido para que a sua força de trabalho pudesse ser utilizada em serviços que exigiam algum tipo de especialização.

    O ex-escravo que trabalhava no campo muitas vezes preferiu permanecer nas áreas rurais, ocupando pequenos pedaços de terra, geralmente em sistemas de parceria nos quais cedia parte de sua produção ao dono da terra que cultivava. Mas ao longo do século XX, e principalmente a partir da década de 1930, a migração de negros e seus descendentes rumo às cidades cresceu cada vez mais.

No início do século XX era a força de trabalho dos italianos que movia a produção cafeeira, exportada para a Europa, assim como a indústria nascente e o crescimento de São Paulo.

Abaixo
Embarque de café no porto de Santos.

124 O negro na sociedade brasileira contemporânea

Ao migrar para as cidades, a maioria dos afrodescendentes engrossava a população mais pobre, como os moradores dos cortiços, ao passo que alguns poucos conseguiam ascender socialmente.

Abaixo
Uma família negra de classe média no início do século XX.

CAPÍTULO 5 — O fim da escravidão e do contato com a África

Eles geralmente desempenhavam as funções mais subalternas, uma vez que só alguns poucos afro-brasileiros conseguiam se educar, prosperar nos negócios e ascender socialmente. Com o crescimento das cidades, se concentraram nas suas áreas menos nobres – até hoje constituem, de forma geral, as parcelas mais desfavorecidas de todas as regiões do Brasil.

Os afro-brasileiros que já moravam nas cidades, principalmente nas maiores, conseguiram ter mais acesso aos meios de aprimoramento profissional, educação e ascensão social. O exercício de atividades artesanais e o ingresso no Exército ou na Marinha podiam garantir uma situação social e econômica mais cômoda. Esta também podia ser alcançada com o acesso à educação, que no entanto era mais difícil de ser obtida, principalmente no que se refere ao ensino superior e à formação profissional especializada como medicina, direito ou engenharia, que eram as profissões mais valorizadas no início do século XX.

No novo quadro econômico, social e político criado a partir do século XX, no qual as cidades e a indústria cresciam, as comunicações se davam com mais facilidade em virtude da difusão do rádio, do telefone e da imprensa, das ferrovias e dos automóveis. Movimentos populares exigiam uma gama variada de direitos que visavam à maior igualdade entre as diferentes categorias sociais, assim como entre homens e mulheres, e algumas comunidades negras também passaram a reivindicar seu espaço nessa sociedade que buscava mantê-las numa situação de inferioridade e marginalidade. Associações de trabalho e recreativas, jornais e companhias artísticas foram criados por grupos que buscavam denunciar o preconceito e a marginalização aos quais eram submetidos os afro-brasileiros. E nesse tipo de movimento raramente havia qualquer referência ao continente de onde vieram os antepassados dos negros e mestiços brasileiros, descendentes de africanos escravizados.

Entre os mais pobres e os moradores das áreas rurais e das cidades menores, entretanto, as tradições afro-brasileiras continuaram sendo cultivadas, como ainda hoje são, como forma de afirmação de identidades das comunidades negras e mestiças. É na cultura popular, menos exposta às influências do mundo moderno, que as tradições são mantidas com mais intensidade. Assim, muitos continuaram vivendo sua vida de forma parecida com a de seus pais. Nos cultos religiosos afro-brasileiros reverenciavam espíritos e ancestrais africanos e buscavam orientação e solução para os problemas do cotidiano. Nos jongos e batuques se divertiam e aproveitavam a companhia dos amigos, atravessando noites em torno do

Nas primeiras décadas do século XX os afrodescendentes educados e engajados na luta por direitos iguais para os negros adotavam os valores dominantes de origem europeia.

Abaixo
José Lopes de Lima, com indicadores da ascensão social, como a maneira de se vestir.

O negro na sociedade brasileira contemporânea

Acima e página ao lado
Manifestações da cultura popular brasileira como maracatus, congadas e conjuntos de música afro-brasileira sempre mantiveram vivas as suas matrizes africanas, que passaram a ser valorizadas nas últimas décadas do século XX.

toque dos tambores, das danças, da solução de enigmas lançados pelas letras das músicas, que numa espécie de desafio tinham de ser esclarecidos pelos participantes da roda. Nas congadas e nos maracatus festejavam seus reis, dançavam para os santos católicos dos quais eram devotos, representavam episódios nos quais contavam suas histórias de forma teatral e idealizada. Nas rodas de capoeira mostravam sua flexibilidade, sua ginga, seu ritmo, brincando e entretendo os que as assistiam. E tudo isso continua sendo feito hoje em dia Brasil afora.

Os afro-brasileiros que tinham mais estudo e consciência das desigualdades sociais, que geralmente moravam nas cidades maiores, se afastaram, porém, das tradições dos seus antepassados e assimilaram os valores dos grupos sociais aos quais queriam se integrar. Para conquistar lugares equivalentes aos que os ditos "brancos" ocupavam, os negros assumiam os valores dominantes, deixavam de lado suas tradições com características africanas e se desinteressavam de coisas que um dia fizeram parte de sua história.

Essa atitude mudou por volta de 1960, quando a África começou a se livrar do jugo colonial imposto ao continente no final do século XIX, como veremos mais adiante. A partir daí, a história e as manifestações culturais dos povos africanos, às quais até então se dera pouca atenção, se tornaram objeto de interesse. O ritmo, a estética, o uso da oralidade por sociedades que não conheciam a escrita antes do contato com os europeus, foram algumas das coisas que passaram a ser apreciadas fora dos limites do continente africano. Essa mudança da relação dos africanos da *diáspora*[32] com a terra dos seus ancestrais também ocorreu no Brasil. Os grupos de afirmação dos direitos dos negros passaram a reivindicar espaços invocando características ligadas às tradições e a um passado africano, não mais querendo se tornar iguais aos brancos para poder ter as mesmas oportunidades que eles. Assim ressurgiu o interesse pela África entre nós, e uma relação que havia sido interrompida pelo fim do tráfico de escravos e pela ocupação colonial do continente africano vem sendo lentamente retomada, agora de forma diferente.

A mudança de atitude com relação à África foi permitida também pela superação de uma visão evolucionista das sociedades. Os pontos de contato com a África foram

---

[32] *diáspora* nome dado à dispersão de um povo, que sai ou é expulso da sua terra de origem, espalhando-se por vários lugares, onde novas culturas são criadas.

CAPÍTULO 5 — O fim da escravidão e do contato com a África

reavivados e valorizados à medida que começaram a se difundir formas de pensar segundo as quais o percurso da humanidade não era mais entendido como um trajeto de direção única, do mais atrasado para o mais desenvolvido. Hoje em dia os estudiosos preferem considerar as diferentes culturas e sociedades a partir de suas lógicas internas, e não relacionadas a um padrão único de evolução. Assim, as diferenças entre os povos e suas histórias são mais respeitadas, procurando-se entender as razões próprias de cada um. Quando a ideia de um único modelo de desenvolvimento passou a ser questionada, ser negro pôde virar fator de orgulho, de afirmação de uma identidade particular.

Dança em área de colonização alemã.

A mestiçagem

Uma das características mais marcantes da sociedade brasileira é o fato de ela ser resultado da mistura dos povos e das culturas que para cá vieram, por vontade própria ou à força. Somos um povo mestiço, de cultura mestiça, o que quer dizer que somos o produto de várias misturas, que resultaram em coisas diferentes daquelas que lhes deram origem. A presença de italianos, japoneses, alemães, espanhóis, açorianos, entre muitos outros povos, é mais ou menos evidente, dependendo do lugar do país, pois, a partir do século XIX e principalmente do XX, eles chegaram a determinadas regiões para onde a imigração foi estimulada. Assim, os italianos, japoneses e sírios em São Paulo, os alemães, italianos e açorianos nas regiões do sul, e muitos outros que em momentos diversos vieram para o Brasil em busca de vida melhor usaram seus conhecimentos anteriores e reproduziram sua sensibilidade nos novos ambientes em que passaram a viver, ajudando a construir a sociedade que somos hoje. Também os habitantes originais, os índios, têm uma presença marcante na sociedade brasileira, principalmente nas regiões do norte, onde viveram por mais tempo longe do contato com os colonizadores, mantendo com mais integridade suas características culturais.

Entre as pessoas que se encontraram em terras brasileiras é evidente, porém, a predominância de africanos, pois eles

CAPÍTULO 5 — A mestiçagem

foram a principal força de trabalho por mais de trezentos anos. Casando com portugueses e índios, deixaram suas marcas genéticas nas feições da população, alongaram a silhueta atarracada dos lusitanos, amorenaram a pele, tornaram os cabelos crespos, os gestos macios, o andar requebrado. A maneira de falar português do brasileiro foi transformada pelas pronúncias e gramáticas africanas, as vogais ficaram mais abertas, as formas de fazer plural foram alteradas, os "erres" finais dos verbos muitas vezes deixaram de ser ditos, e muitas palavras foram incorporadas ao vocabulário.

Elementos africanos estão na base da maioria das nossas manifestações culturais populares. Assim, quando falamos em mestiçagem do povo brasileiro, estamos nos referindo basicamente às misturas entre os africanos e os povos que eles encontraram aqui, principalmente portugueses e indígenas. Foi essa a mestiçagem que, apesar de atormentar as elites brasileiras que tentaram diluí-la com outras misturas, se impôs como consequência da importação de cerca de 5 milhões de africanos ao longo de mais de trezentos anos.

Até o início do século XX a mestiçagem era vista a partir da biologia e considerada um fator de atraso do país, uma vez que o pensamento dominante alegava que a raça branca tinha chegado mais longe na evolução da humanidade. Mais tarde, os fatores culturais passaram a ser mais considerados que os biológicos, e as contribuições africanas, que os olhares sobre a sociedade brasileira não podiam deixar de ver, passaram a ser mais aceitas.

Quando o país deixou para trás de maneira mais radical o passado escravista, ainda presente no jeito de pensar e de agir dos produtores e comerciantes de café que dominaram a política brasileira até 1930, houve alguns gestos de valorização da nossa herança cultural africana, mesmo que de forma muito restrita. Foi quando o samba, o Carnaval e a mulata passaram a ser ícones da identidade brasileira. Mas parecia mais fácil aceitar a presença de elementos africanos nas manifestações culturais populares brasileiras, e portanto na cultura brasileira tomada em conjunto, do que manter uma convivência igualitária com negros e mestiços, que no dia a dia eram sempre preteridos por alguém de pele mais clara.

Querendo encontrar uma nova personalidade para o Brasil que escapasse de uma visão aristocrática, segundo a qual o lugar de nascimento era determinante no tipo de vida que uma pessoa teria, os intelectuais, artistas, políticos e governantes, isto é, aqueles que davam a direção da vida do país, voltaram os olhos para as culturas populares, nas quais estariam contidas as tradições mais genuinamente brasileiras.

EXEMPLOS DE PALAVRAS DE ORIGEM AFRICANA USADAS NO PORTUGUÊS DO BRASIL

abóbora, angu,

bagunça, balangandã, banguela, batucada, beleléu, berimbau, biboca, borocoxô, brucutu, bunda,

cabaça, cabala, caçamba, cachaça, cachimbo, caçula, cafua, cafuné, cafundó, cafungar, cafuzo, calango, calombo, cambada, camburão, camundongo, canga, cangaço, canjica, cantiga, capanga, capenga, capote, carimbo, catinga, caxinguelê, cochilo, cotoco, curinga,

dendê, dengo, dengosa, desbundar,

embalo, encabulado, encafifado, enxerido, esmolambado,

forró, fubá, fuçar, fungar, futrica, fuxico, fuzarca, fuzuê,

galalau, gangorra, garapa, ginga,

iaiá, inhaca,

jabaculê, jagunço, jegue, jiló, jurema,

lambada, lelé, lengalenga, lundu,

macaco, maconha, macumba, mafuá, mambembe, mandinga, mandraque, mangar, maracutaia, marimba, marimbondo, marombeiro, maxixe, meganha, miçanga, milonga, minhoca, mocambo, mocotó, molambo, moleque, mondrongo, monjolo, moqueca, moringa, muamba, mucama, murundu, muvuca, muxibento, muxoxo,

orixá,

perrengue,

quengo, quiabo, quibebe, quilombo, quindim, quitanda, quitute, quizomba,

sacana, samba, senzala, songamonga, sunga,

tanga, tipoia, tiritar, titica, tribufu,

urucubaca,

vatapá,

xaxado, xingar, xodó,

zabumba, zangar, zonzo, zumbi.

O negro na sociedade brasileira contemporânea

A mistura entre os diferentes tipos físicos é cada vez mais intensa no Brasil e no mundo, resultando numa aparência semelhante à que Cândido Portinari imortalizou no seu quadro *Mestiço*, de 1934.

E como entre elas as mestiçagens se impunham, esta acabou por ser tomada como uma das principais características da nossa identidade. O que antes nos envergonhava, ou seja, a presença de populações não europeias na formação do povo brasileiro, passou a ser valorizado como uma marca distintiva, algo que nos fazia diferente dos outros povos e nos unia internamente. Conforme essa visão, a nossa especificidade é que nos abriria as portas do mundo civilizado, ao qual acrescentaríamos algo original.

A valorização da mestiçagem cultural, no entanto, quase nunca veio acompanhada da valorização da mestiçagem física, uma vez que o preconceito contra o negro e o mestiço, principalmente se pertencentes aos grupos economicamente menos privilegiados, continuou a existir e a orientar as relações entre as pessoas. A exceção mais gritante disso é a escolha da bela mulata como o tipo brasileiro por excelência. Mas a suspeita que um dia recaiu sobre o negro, sempre um possível escravo, continuava a pairar sobre os indivíduos de pele mais escura: um arruaceiro ou contraventor em potencial aos olhos da ordem dominante.

As manifestações do preconceito contra negros e mestiços

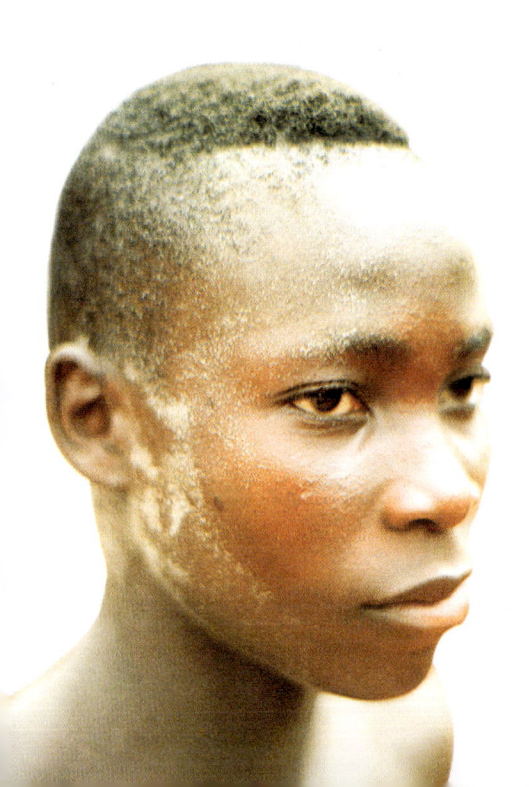

eram abertas até muito recentemente, havendo restrições quanto à sua presença em determinados recintos públicos, como elevadores, hotéis e restaurantes (e aqui certamente a posição social e a forma de se vestir eram consideradas ao lado da tonalidade da pele). Mesmo hoje em dia, apesar de existirem leis proibindo esse tipo de discriminação, não são raras as ocasiões em que se tenta dificultar, ou mesmo proibir, a entrada de negros em determinados lugares.

Atualmente a mestiçagem – que por muito tempo foi considerada uma mancha a ser eliminada, pois elementos de raças inferiores poluiriam o branco superior – é cada vez mais valorizada num mundo no qual tendem a ser derrubadas barreiras de todos os tipos: raciais, geográficas, culturais e econômicas. Mesmo países de tradicional supremacia branca, como a França e a Inglaterra, estão se tornando cada vez mais mestiços à medida que as populações de suas ex-colônias – africanas, asiáticas e caribenhas – rumam em direção às antigas metrópoles em busca de trabalho e de acesso às comodidades do mundo moderno. Ao mesmo tempo, as restrições aos imigrantes se intensificam, assim como a pressão que os segmentos sociais mais conservadores fazem para garantir espaço para os nativos do país. Mas, por outro lado, aumenta o interesse pelas manifestações culturais que contêm múltiplas contribuições, havendo uma valorização dos produtos articulados a diversas matrizes, nos quais elementos diferentes se combinam, resultando em músicas, filmes, livros e estéticas que misturam mundos variados.

No Brasil, a mestiçagem, que não pôde ser negada nem mesmo quando era vista como uma característica negativa que deveria ser superada pelo branqueamento da população e pela eliminação dos elementos africanos presentes em nossa cultura, vai pouco a pouco sendo aceita, mesmo que num ritmo bem lento. A valorização mundial do samba, do Carnaval e mais recentemente da capoeira, todos saturados de contribuições africanas, é o exemplo mais evidente desse processo. Hoje aceitamos que todas as culturas e todos os povos estão em constante transformação, relacionando-se uns com os outros e adotando características uns dos outros de forma mais ou menos evidente. As misturas não são mais vistas como fatores de degeneração e sim de enriquecimento. E desse ponto de vista pensadores dos países mais desenvolvidos se interessam cada vez mais pelas nossas experiências centenárias de convivência entre diferentes povos capazes de formar uma sociedade que, apesar de habitar um território imenso, manteve a unidade.

A CAPOEIRA

Hoje a capoeira é uma luta dançada, na qual dois antagonistas dão golpes de pernas e cabeça, usando as mãos como apoio, saltando para um lado e outro, mostrando grande habilidade e força física. É uma das manifestações da cultura afro-brasileira mais difundidas entre todas as classes sociais e também no exterior, onde disputa com o samba e o Carnaval o lugar de símbolo do Brasil. Cerca de 10 milhões de pessoas, em 150 países, praticam a capoeira, cujo ensino se tornou o ganha-pão de muitos brasileiros que moram fora. Existem projetos para que seja ensinada nas escolas e que a dança e seus ensinamentos se tornem um instrumento de inclusão social. Foi só no final dos anos 1980, no entanto, que ela chegou à classe média.

Antes de 1920, a prática da capoeira era proibida, inclusive porque nas últimas décadas do século XIX grupos de capoeiristas do Rio de Janeiro lutavam com navalhas presas nos dedos dos pés em rixas entre os diferentes *maltas*, como eram conhecidos esses grupos, ou a serviço de alguém, frequentemente políticos que trapaceavam as eleições. Mas a partir dos anos 1930, tornou-se uma das marcas da identidade brasileira, ao lado da mulata e do samba, e passou a ser ensinada por mestres capoeiristas, reconhecidos pelos seus saberes e talentos. Desde então se desenvolveram duas grandes vertentes do ensino da capoeira: a Angola e a Regional.

Os elementos africanos da capoeira são evidentes: os instrumentos musicais (tambor e berimbau), a formação em roda, a ginga, os ritmos, muitas das letras dos pontos cantados, os passos da dança. Mas enquanto alguns defendem que foi apenas no Brasil que esses elementos se combinaram, resultando numa manifestação cultural nova, formada de contribuições de várias etnias (vertente Regional), outros dizem que ela já existia na região de Angola, de forma muito parecida com a nossa (vertente Angola). A favor dessa linha de interpretação estão alguns relatos dos séculos XVII e XVIII que descrevem lutas marciais, chamadas *ngolo*, nas quais os combatentes se enfrentavam no centro de rodas, ao som de tambores e palmas, dando golpes de pés e cabeça e tendo como apoio as mãos. Reforçando essa posição, há o depoimento de Mestre Pastinha, que abriu a primeira academia de capoeira Angola em Salvador (BA), em 1935, e contou ter aprendido a luta com um escravo vindo de Angola, chamado Benedito, que lhe ensinou que a capoeira vinha da dança chamada *ngolo*. A capoeira Regional, por sua vez, teve em Mestre Bimba seu primeiro divulgador, que a ela incorporou alguns golpes de outras lutas marciais.

As tensões existentes entre essas duas tendências são reflexo de duas posturas diferentes com relação às nossas heranças africanas. Uma evoca os laços que nos unem à África, em especial a Angola, outra chama a atenção para a originalidade brasileira, fruto de uma mestiçagem. A divisão entre a capoeira Angola e a Regional expressa um dilema constante na nossa história, ou seja, devemos chamar a atenção para nosso lado africano ou tentar minimizá-lo, destacando a originalidade das mestiçagens, que deixam de ser africanas para se tornarem apenas brasileiras?

Cerimônia de candomblé. Médiuns dançam em círculo antes da incorporação pelos orixás.

Manifestações culturais afro-brasileiras

À medida que o africano se integrou à sociedade brasileira tornou-se afro-brasileiro e, mais do que isso, brasileiro. Usamos o termo *afro-brasileiro* para indicar produtos das mestiçagens para os quais as principais matrizes são as africanas e as lusitanas, frequentemente com pitadas de elementos indígenas, sem ignorar que tais manifestações são, acima de tudo, brasileiras. Essas misturas estão muito mais presentes do que podemos perceber a um primeiro olhar, mesmo que este já mostre uma quantidade importante de contribuições africanas em nossa formação.

Além dos traços físicos, talvez seja na música e na religiosidade que a presença africana esteja mais evidente entre nós. Como vimos, a religião tem lugar central nas culturas africanas, sendo a esfera de onde vem toda a orientação para a vida, a garantia do bem-estar, da harmonia e da saúde. No Brasil, as religiões africanas foram transformadas, ritos e crenças de alguns povos se misturaram com os de outros e com os dos portugueses mas, nesses processos, muitas características africanas foram mantidas.

Mais atrás, quando falamos do Brasil escravista, vimos a importância e a disseminação dos calundus, em torno dos quais grupos de africanos e afrodescendentes se reuniam para reverenciar espíritos capazes de proteger, de curar e de orientar os que a eles recorriam. Os calunduzeiros e calunduzeiras mais famosos eram procurados até por brancos, senhores de escravos e mesmo padres que, tendo esgotado os outros recursos a que estavam mais acostumados, como missas, rezas, chás, sangrias e emplastros de ervas, buscavam nas religiões africanas solução para os males que os afligiam. A partir do século XIX, mas principalmente do século XX, esse papel foi ocupado pelas mães e pais de santo dos candomblés da Bahia, do Rio de Janeiro, do Maranhão, de Porto Alegre e das umbandas[33] do Rio de Janeiro, de São Paulo, de Minas Gerais e de Goiás. À medida que deixavam de ser perseguidas, as diversas religiões afro-brasileiras, praticadas em todo o Brasil, ganharam mais força do que já tinham. Frequentadas não só pelas comunidades negras mas também por pessoas de outros grupos sociais, que buscavam soluções novas para seus problemas, os cultos afro-brasileiros cresceram sempre, não só pelo aumento natural da população, mas também dos adeptos dessas religiões.

Os terreiros nos quais se abrigam os candomblés e umbandas são espaços com muitas características das culturas africanas — na arquitetura, nos tipos de plantas e árvores plantadas no entorno das construções, nos altares nos quais as entidades sobrenaturais recebem abrigo, alimentos e cuidados cotidianos e nas formas de festejar. Nos ritos, a presença africana está ainda mais evidente, como na postura dos corpos, no gestual, na dança em círculos ao ritmo dos tambores, instrumentos que aqui e na África são cercados de cuidados, sendo intermediários com o sagrado, e portanto não podendo ser tocados por qualquer pessoa ou em qualquer situação. Os ritmos acelerados que os tocadores tiram deles acompanham o transe dos médiuns, por meio dos quais as entidades do além se manifestam, frequentemente assumindo posturas corporais e vozes diferentes. Cada ritmo permite a incorporação de uma entidade sobrenatural, que tem toque, cores, adereços, roupas, comidas e gestos próprios. Cada terreiro tem seus orixás e espíritos, cada médium recebe determinadas entidades, em número limitado.

Os médiuns permitem às pessoas que os vão consultar entrar em contato direto com as entidades neles incorporadas. Em troca da intercessão pedida, os voduns, orixás, espíritos e ancestrais cobram oferendas e a realização de alguns ritos que garantem o seu culto pelos vivos e, portanto, a sua existência tranquila no além. Se satisfeitas, as entidades do além farão que os resultados desejados sejam alcançados.

Proibidas no passado, depois toleradas, as religiões afro-brasileiras são cada vez mais consideradas religiões tão válidas quanto outra qualquer. Os preconceitos contra elas ainda são

O som dos tambores é um dos elementos que permitem que os espíritos desçam sobre os médiuns, por meio dos quais eles se comunicam com os vivos.

[33] *umbanda* nome dado às religiões afro-brasileiras de origem banta, nas quais são cultuados ancestrais e espíritos da natureza, com forte presença de elementos das religiões indígenas e também influência do espiritismo, de origem europeia.

Dança que simula uma luta, a capoeira podia ser um momento de disputa, mas também de lazer.

muitos, associados aos dirigidos contra a África, os africanos, os afro-brasileiros e os negros em geral. Mas, com a racionalização do homem contemporâneo, fica mais fácil relativizar as diferenças entre a crença em santos milagrosos ou ancestrais que interferem na vida dos vivos.

Além de ser central nos cultos religiosos, a música de influência africana, na qual o tambor geralmente é o instrumento mais importante, também é fundamental em muitas outras ocasiões de festas e danças. Ao lado do tambor, outros instrumentos, como o berimbau, o agogô e o reco-reco, se juntaram aos de origem lusitana, como o pandeiro, a viola e a rabeca, e são utilizados em grande variedade de danças e festas. Nas congadas, maracatus, capoeiras e reisados, os ritmos africanos estão na base da música tocada. Também os sambas de umbigada e de roda, os jongos[34],

---

34 *jongo* dança de roda feita em torno de tambores, geralmente dois, sendo um maior e outro menor. Dela fazem parte cantadores que se envolvem em desafios verbais, nos quais adivinhas são lançadas, ou então situações vividas por membros das comunidades são a todos comunicadas, numa espécie de crônica dos principais acontecimentos, enquanto os dançadores ocupam o centro de uma roda formada por todos os participantes. No passado era muito comum nas áreas rurais do Brasil, mas hoje em dia é feita cada vez em menos lugares, sendo mantida apenas por grupos que valorizam a manutenção das tradições de origem africana.

Manifestações culturais afro-brasileiras

o frevo e muitas outras danças têm passos mais ou menos fiéis àqueles que realizaram os primeiros africanos e afro-descendentes que dançaram em terras brasileiras. Hoje em dia as danças populares tradicionais estão cada vez mais restritas a grupos que se empenham em preservar as tradições ou então àqueles que vivem mais isolados e, portanto, menos abertos às mudanças introduzidas pelos meios de comunicação.

Entre as danças populares mais comuns em todo Brasil está o bumba meu boi ou boi-bumbá, espécie de teatro dançado e cantado no qual é contada uma história que se repete mais ou menos igual, na qual um empregado da fazenda mata o boi preferido do patrão para satisfazer o desejo de sua mulher grávida de comer carne, vendo-se depois numa enrascada. A situação é resolvida por meio das forças mágicas usadas por um feiticeiro, que faz o boi ressuscitar e tudo ficar bem no final. Essa brincadeira que vai caindo em desuso, com os jovens preferindo formas mais modernas de diversão, deu origem a uma das maiores festas populares da atualidade, o Boi de Parintins, no qual os elementos indígenas ganharam primeiro plano, sobrepondo-se à influência de culturas africanas, em muitas das quais o boi é um elemento central e cujos ritos mágico-religiosos estão presentes na cena da ressurreição do boi.

Se passarmos dos ritos religiosos, festas, danças e músicas – alimentos do espírito – para esferas mais materiais, veremos a influência africana na culinária brasileira, principalmente na Bahia, onde o uso da pimenta e do azeite de dendê lembra a proximidade que ela já teve com a Costa da Mina. Acarajé, vatapá, aluá e xinxim de galinha são alguns dos pratos que, além do nome, têm receitas parecidas com as feitas na África, satisfazendo o paladar dos que se criaram dentro dos gostos dos seus pais. Além dos pratos preparados, o inhame, o cará, a noz-de-cola (aqui chamada de *obi* e *orobó* e usada em cultos religiosos) e a nossa tão típica banana vieram do continente africano, esta última depois de atravessá-lo inteiramente a partir da costa oriental, para onde foi levada pelos que vinham da Índia.

Ainda no que toca aos aspectos materiais da vida, é bom lembrar que muitas técnicas de produção e de confecção de objetos foram trazidas para o Brasil por africanos, que além da sua força de trabalho também nos deram alguns de seus conhecimentos. Ferreiros, mineiros, oleiros, tecelões e escultores, além de pastores e agricultores, estiveram entre os escravos traficados, mesmo que não em grande número, uma vez que também eram muito valorizados em sua terra natal ou em terras vizinhas, para as quais foram levados como escravos,

Enquanto a capoeira é cada vez mais praticada, o jongo é dançado por poucos grupos, o que talvez mude com a sua recente inclusão entre os bens imateriais do patrimônio histórico, artístico e cultural brasileiro.

Pintura sem título do artista, sambista e compositor Heitor dos Prazeres.

Abaixo
Heitor dos Prazeres.

sendo lá mantidos e não enviados para as rotas atlânticas. Os artesãos e especialistas trouxeram não só suas técnicas mas também seus padrões estéticos[35], presentes nas formas, nas decorações, nas cores das coisas que faziam. Várias técnicas de tecer cestas, amplamente utilizadas entre as populações rurais brasileiras, se assemelham mais às africanas do que às dos indígenas, que também tinham uma cestaria de alta qualidade.

Quanto à maneira de modelar e cozer o barro, utilizada para a confecção de uma variedade de recipientes que ainda hoje são usados nas áreas rurais apesar da crescente penetração dos produtos industrializados, seguem mais de perto as técnicas indígenas. Mas, muitas vezes, padrões portugueses e africanos se misturam, resultando em produtos de grande criatividade como as moringas antropomorfas que servem cada vez menos para guardar água e cada vez mais para decorar as casas de camadas urbanas que resgatam e valorizam as tradições populares.

35 *estética* área de expressão humana na qual se manifestam as sensibilidades relativas às formas, à arte, à beleza, ao que agrada aos sentidos.

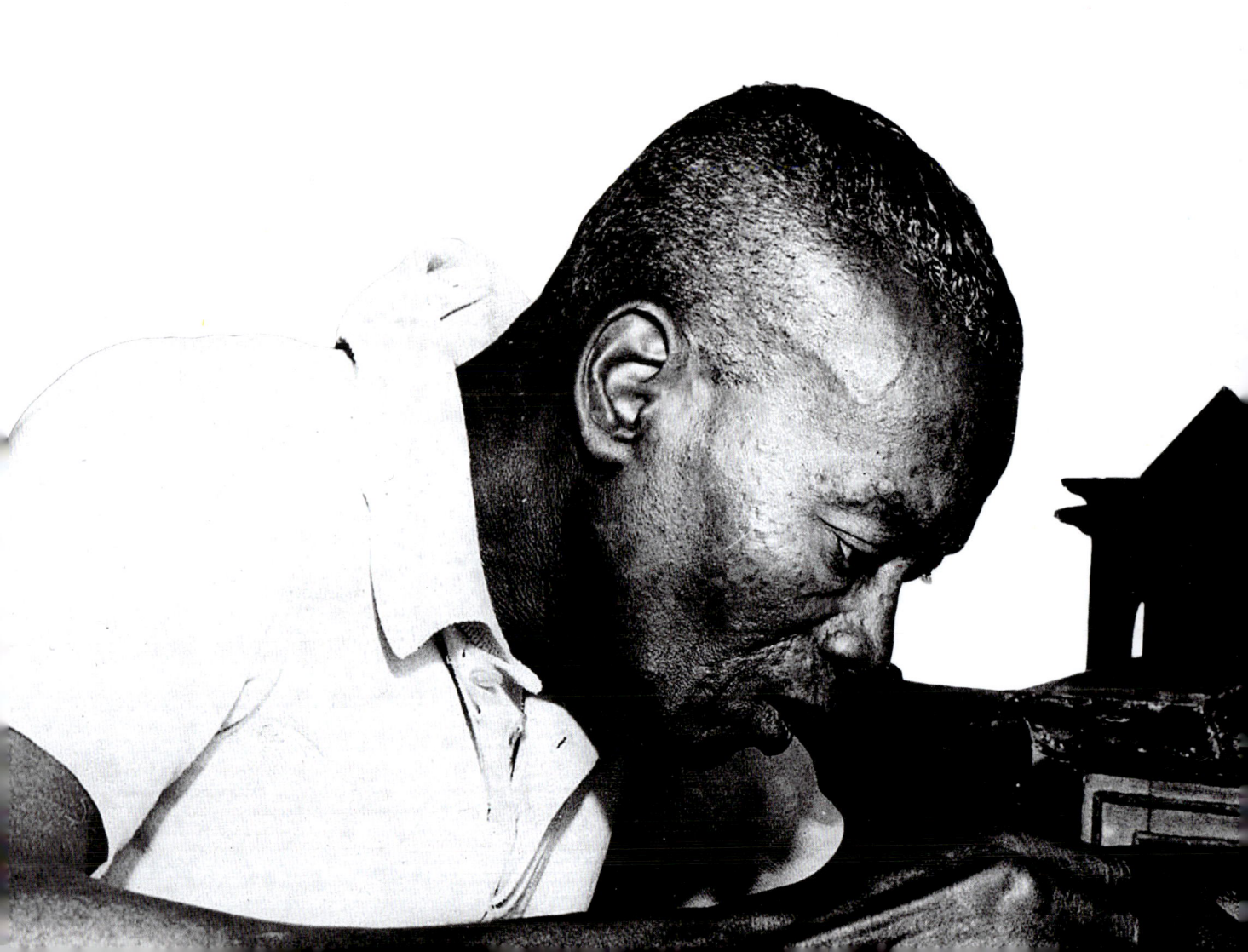

Manifestações culturais afro-brasileiras

É, porém, nos objetos utilizados nos cultos religiosos afro-brasileiros, que representam ou são usados por determinados orixás, voduns e inquices[36], que os padrões estéticos africanos estão presentes de maneira mais evidente. As formas e os materiais desses objetos rituais são, muitas vezes, praticamente iguais aos feitos em regiões da África nas quais ritos semelhantes são realizados. Também alguns escultores populares que não são diretamente ligados aos cultos religiosos expressam sensibilidade africana. Sem nunca terem estudado técnicas de entalhe, e talvez por isso mesmo, mostram uma criatividade e uma sensibilidade que intrigam os críticos de arte e que os aproximam de forma evidente dos padrões estéticos de algumas regiões da África que forneceram escravos para o Brasil. E há ainda alguns artistas plásticos contemporâneos, geralmente engajados na afirmação de africanismos, na reivindicação de direitos e na denúncia aos preconceitos contra os negros, com uma interessante produção na qual padrões estéticos africanos são explorados a partir da criatividade individual.

Além da força das formas e dos símbolos gráficos nas sociedades africanas, a oralidade, a fala, é instrumento de comunicação mais direta e elemento central na transmissão do conhecimento acerca das coisas do passado e na educação das pessoas conforme os padrões de comportamento de cada grupo. Os nomes são carregados de significados que indicam várias coisas acerca das pessoas e dos objetos. Os provérbios e frases enigmáticas para os de fora do grupo são centrais na expressão de sentimentos, ideias, críticas e reivindicações. O aspecto educador da palavra é central. É por meio dela que a história é guardada e transmitida, garantindo a manutenção da identidade particular que une os membros de um grupo e os diferencia dos que pertencem a outros grupos. Também no Brasil os contos, provérbios, mitos de origem dos orixás, das linhagens que governam os terreiros, as palavras utilizadas nos ritos religiosos e nas adivinhações, transmitidas dos mais velhos aos mais moços, são um aspecto central das comunidades negras. Nos terreiros de candomblé e nas congadas, os primeiros essencialmente africanos e as segundas resultado

Mestre Didi, artista plástico.

Abaixo
Escultura do mestre Didi.

36 *inquice* nome pelo qual são designadas, de forma geral, as entidades sobrenaturais cultuadas nos terreiros de umbanda. Uma vez que as influências centro-africanas são as mais fortes nesses cultos, podemos relacionar os inquices das umbandas brasileiras aos *minkisi*, ao mesmo tempo espíritos e objetos utilizados pelos *ngangas*, ou seja, especialistas em ritos mágico-religiosos em regiões do Congo e de Angola.

O grafite é elemento do *hip-hop*, conjunto de manifestações da cultura negra urbana de periferia, da qual também fazem parte o *rap* e o *break*.

das interações com o senhor branco, a memória dos grupos é constantemente recitada nos cantos nos quais palavras africanas se misturam às portuguesas.

A importância da palavra entre as sociedades africanas reaparece numa das mais fortes manifestações afro-brasileiras contemporâneas: o *rap*. Nele, a força da musicalidade africana está presente em circuitos que unem os negros dos Estados Unidos aos negros do Brasil, principalmente do Rio de Janeiro e de São Paulo. Tanto os ritmos marcados e repetitivos quanto a força da palavra, e especialmente da palavra cantada, remete a características das sociedades africanas. Além de narrar fatos do cotidiano e fazer a crônica dos acontecimentos, como fazem as sociedades africanas, as letras das músicas de *rap* denunciam a opressão e a marginalização a que estão submetidos os habitantes das periferias dos grandes centros urbanos, em sua maioria negros e mestiços. Geralmente acompanhando a música há um tipo específico de dança, conhecido como *break*, no qual as marcas africanas também são evidentes. Não mais o requebro de quadris e o meneio de ombros presentes no samba, mas a quebra dos movimentos na qual a parte superior e a parte inferior do corpo se tornam quase independentes uma da outra, o que também é tipicamente africano.

Manifestações culturais afro-brasileiras

O *rap* surge em um momento em que a adoção dos valores do mundo branco dominante não é mais vista como necessária no caminho da ascensão social e em que as raízes africanas são valorizadas em vez de negadas. A contestação da ordem social e a denúncia da violência presentes nas letras desse gênero musical fazem parte de um movimento de valorização da negritude que tomou corpo a partir da década de 1960. Nelas não há mais a visão de um país no qual as diferentes raças convivem em harmonia, sendo expostos os conflitos, os privilégios e as diferenças sociais entre brancos, negros e mestiços. Além de denunciar a opressão e a violência que pesam sobre as populações da periferia, os grupos de *rap* muitas vezes se engajam em atividades que visam a enfrentar os problemas dessas comunidades, como promoção de oficinas e palestras voltadas para o aperfeiçoamento profissional e intelectual das pessoas. Dessa forma, apesar de serem vistos com suspeita pela opinião pública, sendo acusados em alguns casos de incitar à violência em virtude da crueza das letras que cantam, muitas vezes, além de serem canais de denúncia da exclusão e da marginalização dos afro-brasileiros, empreendem ações que buscam solucionar os problemas que afligem esses grupos e, portanto, uma transformação da ordem social em vigor.

Alguns *rappers*, como MV Bill, ganham reconhecimento no mercado musical ultrapassando as fronteiras da periferia na qual surgiram.

Página ao lado

Até os anos 1960 a segregação racial nos Estados Unidos obrigava a população negra a ocupar lugares a ela reservados nos transportes públicos, a usar entrada separada em teatros e outros locais de uso comum, promovendo uma separação radical entre brancos e negros.

O caminho em direção à igualdade

Apesar de a plena igualdade entre todos os indivíduos de uma dada sociedade (e muito mais entre os indivíduos das diferentes sociedades) ser uma meta só imaginável em sonho (e de alguns poucos), a conquista da igualdade de oportunidades para que cada um se desenvolva a partir de suas potencialidades deve ser perseguida pelos homens. Pelo que conhecemos da história da humanidade, sempre que os mais fortes e poderosos conseguirem encontrar formas de se manter nas posições de mando, explorando em benefício próprio os mais fracos e desamparados, se apegarão a elas, buscando garantir sua posição privilegiada de todas as maneiras que encontrarem. Por outro lado, os dominados, sempre que possível, tentarão reverter essa situação e assumir por sua vez o papel de dominantes.

A história da humanidade tem sido, não só mas em grande parte, a história da dominação que uns impõem aos outros. Livrando-se dos trabalhos mais pesados, necessários à reprodução material, alguns homens conseguiram se dedicar ao aperfeiçoamento do conhecimento, à criação de obras artísticas e à pesquisa científica, permitindo avanços tecnológicos que se multiplicam de forma acelerada. Entretanto, ao lado das imensas conquistas do homem contemporâneo, as desigualdades entre ricos e pobres têm aumentado de forma assustadora, fazendo que alguns tenham acesso a tudo o que o mundo moderno oferece, e outros não consigam satisfazer nem sequer suas necessidades básicas, como a alimentação.

Sem ter a pretensão de mudar o rumo da história, podemos, entretanto, pensar em superar alguns de nossos problemas fundamentais, que ajudam a perpetuar as desigualdades entre nós, como o preconceito contra o negro e o mestiço. Como vimos, estes se ligam diretamente ao nosso passado, no qual os africanos eram considerados seres inferiores, primitivos, incapazes de construir civilizações evoluídas como as europeias. Depois do fim da escravidão, as elites brasileiras buscaram eliminar nossos laços com as culturas africanas e os sinais da presença dos afrodescendentes entre nós, sonhando com o branqueamento da população. Este seria conseguido com a chegada de grandes quantidades de imigrantes europeus, enquanto os negros desapareceriam não só pela miscigenação como pelos altos índices de mortalidade que atingiam as populações mais pobres.

PARAMOUNT THEATRE
COLORED ENTRANCE
Enjoy Good Shows in Comfort

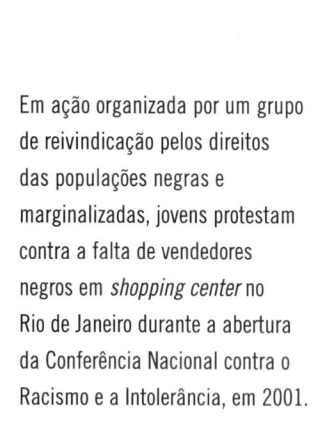

Em ação organizada por um grupo de reivindicação pelos direitos das populações negras e marginalizadas, jovens protestam contra a falta de vendedores negros em *shopping center* no Rio de Janeiro durante a abertura da Conferência Nacional contra o Racismo e a Intolerância, em 2001.

Essa posição brasileira era radicalmente diferente da norte-americana, na qual os preconceitos contra os afrodescendentes resultaram na segregação total entre brancos e negros. A mestiçagem lá era recriminada, e o mestiço era considerado negro. No Brasil, ele ia ficando cada vez mais branco, o que, pensavam os poderosos, resultaria numa sociedade branca. A força do pensamento dominante fazia que os afro-brasileiros se sentissem inferiorizados devido às suas origens africanas, buscando escondê-las com o abandono de suas tradições (pelo menos entre os mais instruídos) e com a preferência por casamentos inter-raciais que produzissem filhos de pele mais clara, cabelo mais liso, lábios e nariz mais finos. Assim, se aceitávamos e mesmo estimulávamos a mestiçagem, não era por falta de preconceitos e sim porque queríamos apagar os traços africanos da nossa população. Da mesma forma, buscava-se um distanciamento cada vez maior da África, considerada terra de povos atrasados, incapazes de construir civilizações evoluídas.

O branqueamento, porém, não aconteceu. Como todos sabemos, os brasileiros, mesmo quando não são negros ou mestiços, são bastante morenos se tomarmos os europeus e norte-americanos brancos como referência. Apesar da miscigenação que tornou até mesmo a elite mais morena, a maioria dos negros e mestiços foi mantida nos segmentos

O caminho em direção à igualdade

mais desfavorecidos da população, não só pela precariedade das oportunidades oferecidas para a sua educação e aprimoramento profissional como também pela preferência por pessoas de pele mais clara para ocupar os melhores cargos no mercado de trabalho. Essa discriminação, baseada não só em fatores econômicos mas também de aparência física, persiste ainda hoje, mesmo com as mudanças de pensamento, sensibilidade e comportamento ocorridas a partir dos anos 1960.

De lá para cá, entretanto, muita coisa mudou. No que diz respeito às maneiras como os homens entendem o seu mundo, a noção de raça cedeu lugar à noção de cultura, assim como a ideia de que a humanidade percorreria um caminho único que ia de um estágio menos desenvolvido para um mais desenvolvido foi substituída pela ideia de que os povos devem ser entendidos em suas especificidades, a partir de suas culturas, e não como elos de uma mesma cadeia de desenvolvimento. Assim, foi possível questionar se o padrão da civilização ocidental, criado pelo mundo europeu, era o melhor, devendo ser seguido por todos. No que diz respeito à África, especificamente, o desenvolvimento dos estudos sobre as suas sociedades, do presente e do passado, mostrou a sua complexidade, no caso dos Estados e impérios, e a sua eficácia, no caso das sociedades descentralizadas, organizadas a partir das aldeias, com formas de estruturação mais comunitárias.

Todas essas mudanças na maneira de ver o mundo, as sociedades e as pessoas, que não eram mais hierarquizadas a partir das suas características biológicas, fortaleceram um movimento de afirmação da negritude e de valorização das coisas africanas, do qual participaram os países que no passado estiveram envolvidos com a escravidão e o tráfico de escravos – razão do transporte de mais de 10 milhões de pessoas da África para as Américas. Essa grande movimentação populacional, também chamada de diáspora africana, foi a maior que a humanidade já viu e está na base da formação das sociedades americanas.

Tomando consciência disso e conhecendo melhor a história e as sociedades africanas, os afro-brasileiros passaram, pouco a pouco, a valorizar seus traços distintivos, suas culturas ancestrais, sua contribuição à formação da sociedade brasileira, mudando sua posição de uma vontade de se tornar igual ao branco para uma valorização de suas tradições, estéticas, sensibilidades e aparências. O sentimento de inferioridade criado pela

O grupo de dança afro Onissaurê se apresenta na Praça da República (centro de São Paulo) em comemoração ao Dia da Consciência Negra.

situação anterior deu lugar ao orgulho de ser negro, que será um dos pilares da construção de um novo lugar do afro-brasileiro no conjunto da sociedade.

Isso, porém, não é suficiente. Relações sociais construídas ao longo de mais de trezentos anos não são alteradas de uma hora para outra. Preconceitos profundamente arraigados não são derrubados só com doses de boa vontade. A elite branca não abrirá mão de sua posição privilegiada por livre e espontânea vontade. Para ajudar as transformações, além das mudanças de comportamento e sensibilidade, são fundamentais as alterações na legislação que ordena a sociedade e as relações entre os homens. E isto também vem acontecendo, principalmente a partir dos anos 1990, quando as discussões relativas à reserva de vagas nas empresas e nas universidades para afrodescendentes começaram a virar realidade na forma de leis. Mesmo com sua implantação dificultada por uma série de variáveis e incertezas acerca da pertinência ou não de tais medidas legais, aos poucos as coisas vão mudando, inclusive no plano das sensibilidades.

As ações afirmativas, como são chamadas essas reservas de vagas em empresas e universidades, certamente têm vários problemas, sendo um dos principais o estabelecimento de critérios de quem estará apto a pleiteá-las numa sociedade basicamente mestiça, portanto com os limites entre o branco e o negro extremamente difíceis de serem estabelecidos. Além disso, é evidente que com essa medida não se enfrenta o problema da deficiência da educação fundamental nas escolas públicas, onde estudam as parcelas mais pobres da população, que também são as mais negras e mestiças. Com pior formação escolar, esses estudantes não conseguem competir em pé de igualdade pelas vagas nas universidades públicas com aqueles formados em escolas particulares. Mas apesar dos problemas, de algum lugar temos de partir, e a garantia de acesso a posições às quais os afro-brasileiros estiveram sistematicamente excluídos é um começo na conquista de condições mais igualitárias para o desenvolvimento de todas as pessoas, independentemente das origens étnicas ou sociais.

Entre as medidas legais que vêm sendo adotadas está a obrigatoriedade de tratar das culturas afro-brasileiras e da história da África nas escolas. Se pensarmos bem, é espantoso que isso tenha de ser estabelecido por lei, tendo em vista a importância desses temas para a compreensão da nossa sociedade. Esse é mais um sinal da

CAPÍTULO 5 — O caminho em direção à igualdade

intensidade do preconceito contra o negro entre nós, pois até recentemente pouco se falava sobre ele e muito menos sobre seus lugares de origem – um continente visto como primitivo, com o qual qualquer aproximação também nos atrasaria.

Ao mudarmos a maneira como nos aproximamos desses temas e percebermos a importância dos africanos e afrodescendentes para a nossa formação, assim como o valor das sociedades africanas, que têm muito a contribuir para a história da humanidade como um todo, estaremos caminhando para o fortalecimento da autoestima de todos os afro-brasileiros e dos brasileiros em geral. Ao superar o sentimento de inferioridade, os negros terão mais força para impor o respeito aos seus direitos. Ao percebermos o valor da contribuição africana, teremos mais orgulho do que somos: povo mestiço, no qual a convivência dos diferentes criou a originalidade que nos caracteriza, e que nos faz admirados pelos povos que só agora passam a lidar com a intensificação da mestiçagem. No mundo contemporâneo, cada vez mais mestiço, o Brasil poderá ser um exemplo a ser seguido, dependendo de como lidarmos com a diversidade da nossa população.

Se os valores relativos à igualdade forem transmitidos às crianças, aumentam as chances de o mundo futuro ser mais justo.

Página ao lado

Débora dos Reis, que foi selecionada pelo Afro Descendentes, programa que funciona em parceria com as ONGs Geledés – Instituto da Mulher Negra – e Cieds – Centro Integrado de Estudos e Programas de Desenvolvimento Sustentável – e visa à formação do negro no Ensino Superior.

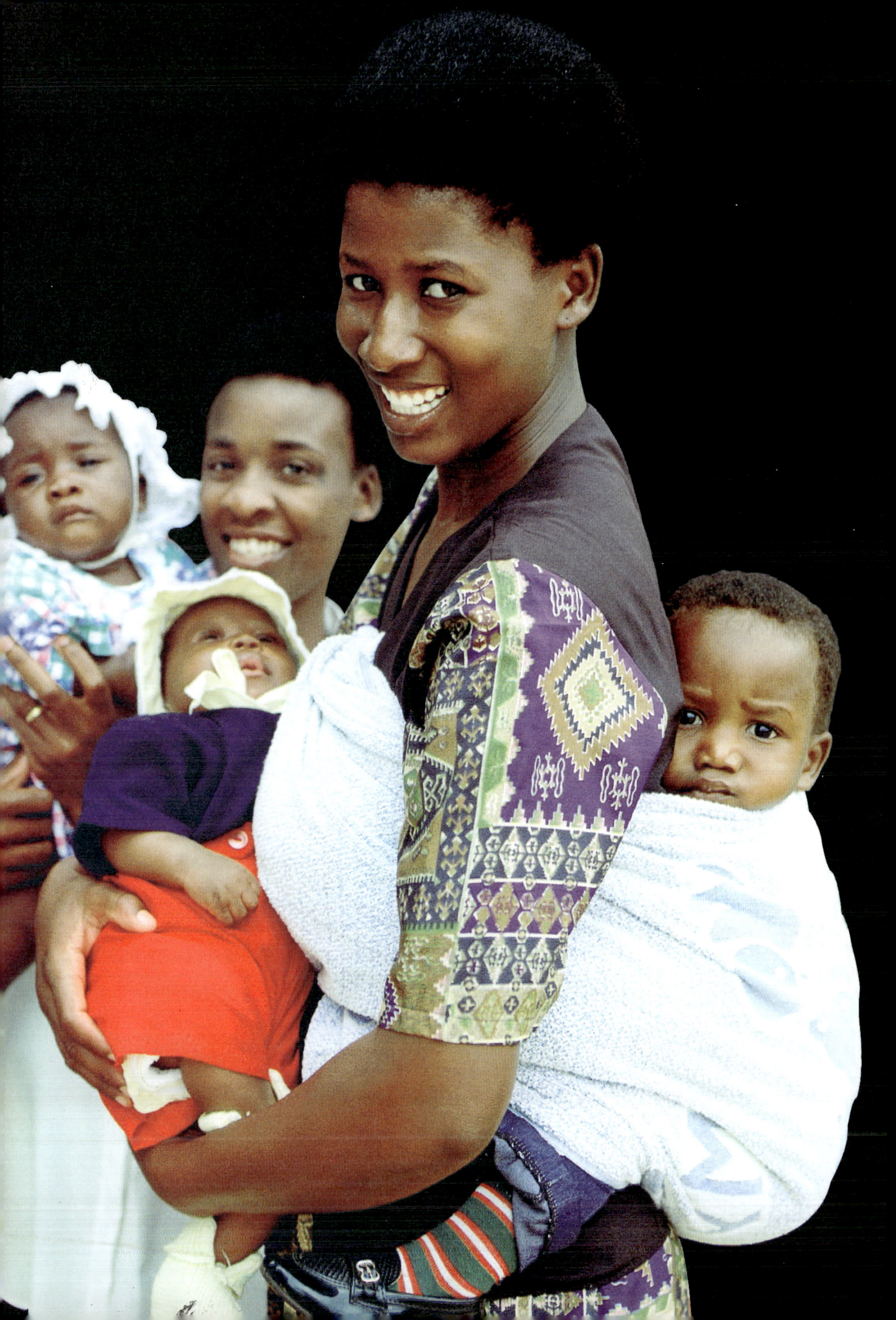

CAPÍTULO 6

A África depois do tráfico de escravos

O fim do tráfico de escravos

Como vimos, os primeiros traficantes de escravos na costa atlântica da África foram os portugueses, mas logo em seguida vieram espanhóis, ingleses, franceses, holandeses, norte-americanos, brasileiros, cubanos e um ou outro comerciante de outras origens. De cerca de 1445 a 1866, pessoas foram vendidas aos barcos que ancoravam em alguns portos da costa, depois de terem passado por muitas mãos, vindas de lugares cada vez mais ao interior do continente. Elas alimentaram, com sua força de trabalho, as principais economias interligadas pelo Atlântico: Inglaterra, França e Estados Unidos – que desde 1776 não era mais colônia. Mas no início desse processo, foi Portugal que desbravou os mares, permitiu que os quatro cantos do mundo (como então se falava) entrassem em contato, e se constituiu como um império mundial. Parte importante desse império foi o Brasil, onde desde o século XVIII aconteceram algumas rebeliões contra a dependência política e econômica de Portugal, para onde ia muito da riqueza produzida aqui. Entretanto, quem mais lucrava com essas relações coloniais era a Inglaterra, da qual a economia de Portugal dependia cada vez mais.

No final do século XVIII, em grande parte como decorrência da Revolução Francesa que acabou com o Antigo Regime[37] e abriu caminho para a ascensão da burguesia e do capitalismo, os traficantes franceses tiveram suas atividades proibidas pelos seus próprios governantes, que passaram a estimular outros tipos de comércio com os povos africanos. O mesmo aconteceu com os ingleses, mergulhados num acelerado processo de industrialização, de aperfeiçoamento técnico, de expulsão dos camponeses das terras que cultivavam e de concentração de mão de obra barata nos grandes centros urbanos, onde estavam as indústrias. Estas precisavam de matérias-primas, que seriam transformadas em produtos industrializados consumidos por cada vez mais gente.

[37] *Antigo Regime* sistema político que existiu na Europa após a Idade Média, quando os reinos se formaram, sendo governados por reis com poderes absolutos. Nele a sociedade se dividia entre a nobreza, proprietária de terras, que cobrava impostos, e a população camponesa e moradora das aldeias, que devia obediência aos nobres e aos reis. Além da nobreza, o clero também era uma categoria privilegiada, pois a Igreja era a principal instituição de poder depois dos reis, dando legitimidade a estes e determinando em que as pessoas deveriam acreditar.

A África depois do tráfico de escravos

CAPÍTULO 6

No início do século XIX, o que a França e a Inglaterra, os dois países que estavam à frente da construção do moderno sistema capitalista, queriam da África eram basicamente matérias-primas e mercados consumidores para os produtos que sua indústria produzia. Na América, os escravos ainda eram a principal mercadoria nas transações com a África, mas a pressão britânica acabou por impor o fim desse tipo de comércio. Os brasileiros e os cubanos foram os últimos a traficar escravos pelo Atlântico, uns em 1850, outros em 1866. Naquele século, os principais comerciantes de escravos na Costa da Mina e em Angola eram brasileiros e cubanos, seguidos de portugueses e norte-americanos. E os principais fornecedores eram o Daomé, Oió, Cassanje, Matamba, Luba e outras chefaturas bantos, que atacavam seus vizinhos e cobravam tributos na forma de escravos, vendidos nas feiras do interior e nos portos costeiros.

Ao longo dos mais de quatrocentos anos que o comércio de escravos mobilizou alguns povos africanos e principalmente seus chefes, houve a criação de complexos mecanismos de aprisionamento (principalmente por meio de guerras),

CAPÍTULO 6 — O fim do tráfico de escravos

de transporte, de troca, de armazenamento e de taxação, garantindo uma oferta constante e crescente de escravos, a maior parte deles embarcados pelo Atlântico. Quando este canal de escoamento foi fechado, com proibições e interesse em comerciar outras mercadorias, os escravos passaram a ser usados apenas dentro do próprio continente africano.

À medida que aumentava a procura por algodão, óleo de dendê, amendoim, café, resinas, ceras, tinturas, essências e marfim, os chefes africanos, que antes vendiam escravos, passaram a usá-los em suas plantações e como carregadores. Em vez de mão de obra para as plantações das colônias americanas, os comerciantes europeus passaram a querer matérias-primas para a indústria, que muitas vezes eram produzidas e transportadas por escravos, passando a existir na África uma situação muito parecida com a da América colonial. Logo após a suspensão do comércio de escravos, houve um grande aumento da utilização desse tipo de trabalho em algumas sociedades africanas. Assim, a captura e o comércio de gente ainda demorou um pouco para terminar na África, pois as novas necessidades do comércio atlântico pediam um aumento na produção de algumas mercadorias, que passaram a ser obtidas e transportadas por meio da exploração do trabalho escravo.

As redes de comércio, os fortes costeiros, as relações tecidas ao longo de séculos entre comerciantes europeus e chefes africanos, continuaram a ser o sustentáculo do fornecimento de mercadorias para os europeus, só que agora estas não eram mais pessoas e sim matérias-primas. Em troca delas, os africanos recebiam mercadorias como armas de fogo e produtos industrializados mais baratos do que os que eles mesmos faziam, o que foi pouco a pouco acabando com a produção interna de produtos equivalentes.

Os antigos fortes, que marcavam a presença de poderes estrangeiros em terras africanas, a partir dos quais se davam as relações diplomáticas com os chefes locais e seus representantes, onde mercadorias europeias eram trocadas por escravos e populações mestiças se assentavam, foram os pontos de apoio para as casas comerciais que substituíram os traficantes. Mas também novas cidades foram fundadas, como Freetown (na atual Serra Leoa) e Libreville (no Gabão), criadas para receber os escravos libertados pelas patrulhas britânicas e francesas, que conseguiram capturar muitos navios negreiros e para lá conduziram suas cargas humanas.

Esses escravizados que não chegaram a ser traficados para a América também não voltaram para sua terra natal, dando origem a um grupo de africanos ocidentalizados,

Página ao lado, acima
Uma plantação de chá na África do Sul.

Página ao lado, abaixo
Sul-africano da etnia zulu na aldeia Khaya Lendaba, vila multicultural localizada na África do Sul.

Abaixo
Sul-africana da etnia xhosa.

A África depois do tráfico de escravos

Trabalhadores das plantações de cacau de São Tomé, no início do século XX, em dia de pagamento: eram chamados de livres mas não podiam sair da propriedade do senhor.

educados nas línguas dos povos colonizadores que os acolheram na nova condição de repatriados, para uma terra que não era a sua. Aprenderam a ler e a escrever, se tornaram cristãos, passaram a se vestir e a se comportar como os brancos ocidentais e foram importantes intermediários entre os europeus e os africanos nas novas relações que estavam sendo construídas, servindo de ponte entre culturas diferentes. Nessas cidades várias etnias se misturaram e as novas identidades que esses africanos construíram se basearam nas culturas europeias dos seus supostos libertadores, que muitas vezes os puseram para trabalhar em condições muito parecidas com as dos escravos.

Algumas dessas pessoas constituíram o embrião de uma categoria social de burgueses[38] africanos, educados por emissários dos governos europeus ou mesmo na Europa ou nos Estados Unidos, de onde também chegaram escravos libertados. Eles disseminaram os valores dos brancos por

---

38 *burgueses* grupo social voltado a atividades econômicas ligadas ao comércio, à indústria e aos serviços, urbano, adepto dos valores liberais da liberdade e da igualdade, por oposição ao sistema de privilégios do Antigo Regime, em que a origem familiar era determinante das possibilidades reservadas ao indivíduo. A educação escolar, o cultivo do intelecto e da sensibilidade artística são valores defendidos pelos burgueses, pelo menos nos momentos iniciais de sua constituição como grupo social diferenciado. Também os bens materiais são muito valorizados, com o prestígio e reconhecimento vindos não só da educação mas também dos bens dos quais uma pessoa se cerca.

algumas regiões da África ocidental. Alguns se tornaram missionários católicos ou protestantes, professores, médicos, advogados, escritores e estiveram à frente do processo de inserção da África nas relações comerciais do mundo capitalista do final do século XIX e início do século XX.

Quanto aos escravos, além de ainda serem vendidos dentro da África depois do fim do comércio de gente pelo Atlântico, eles também continuaram a ser negociados nos circuitos muçulmanos. Por algum tempo as caravanas ainda percorreram as rotas do Saara e da costa oriental, com muitos escravos sendo enviados para os países árabes ou algumas ilhas do Índico, como as ilhas Maurício e Reunião, nas quais os colonizadores franceses os punham para trabalhar nas plantações de cravo, chamando-os de "trabalhadores sob contrato". Também havia exploração não assumida do trabalho escravo em São Tomé e Príncipe, onde os portugueses plantavam o cacau que abastecia as fábricas do melhor chocolate que era fabricado no início do século XX. Angolanos eram levados para essas ilhas sob a promessa de retorno depois de determinado período, mas ao término deste não lhes era permitido deixar as plantações, nas quais trabalhavam de sol a sol, com remuneração mínima e submetidos a castigos físicos.

Em regiões da atual África do Sul e Zimbábue, onde os britânicos exploravam minas de ouro e diamante, os paladinos internacionais do abolicionismo fechavam os olhos para relações de trabalho muito próximas das escravistas, nas quais os homens tinham de deixar suas aldeias, suas famílias e suas atividades tradicionais e ir trabalhar nas minas, único lugar onde conseguiriam receber um salário que lhes permitiria pagar os impostos cobrados em dinheiro pelas autoridades coloniais, cada vez mais presentes em territórios que antes só conheciam o poder das chefias locais.

Samuel Ajayi Crowther, bispo anglicano de destacada atuação no século XIX, na região da atual Nigéria.

A África depois do tráfico de escravos

CAPÍTULO 6

Nativos de São Tomé, onde miscigenações aconteciam desde o século XV.

A ocupação colonial

Apesar do antigo contato com vários povos de terras vizinhas, afora a invasão árabe no norte da África, que introduziu mudanças como a adoção da religião islâmica, um modo muçulmano de viver, o fortalecimento do comércio a longa distância de mercadorias de luxo e a maior centralização política de algumas sociedades, é insignificante a presença de estrangeiros na maior parte do continente. Estes geralmente eram comerciantes que viajavam pela região do Saara e do Sael e nela não deitavam raízes. Ou então eram árabes e indianos que mercadejavam pelo oceano Índico e construíram suas cidades em ilhas e ao longo da costa, ao alcance das monções, que mantinham vivos os contatos com as suas terras de origem. Quando os portugueses chegaram àquela costa no século XVI, suaílis e árabes tinham fundado algumas feiras no vale do rio Zambeze – acampamentos em lugares estratégicos das rotas comerciais, nos quais viviam com suas famílias, agregados e escravos, comerciando e plantando. Mas foram desbancados pelos portugueses que, após os derrotarem militarmente, se misturaram aos povos nativos com os quais faziam trocas e entre os quais passaram a viver.

Depois dos árabes foram os portugueses os que mais cedo conseguiram penetrar em áreas da África. Na costa Atlântica, além das ilhas do Cabo Verde e São Tomé, que eram desabitadas e foram povoadas por uma mistura de portugueses e várias etnias africanas, eles marcaram sua presença na costa dos rios da Guiné (na atual Guiné-Bissau), nas baías de Luanda e Benguela e em alguns trechos do rio Cuanza, em direção ao sertão angolano. Foi nessa região e na Zambézia, alcançada principalmente a partir do forte que tinham na ilha de Moçambique, que os interesses estrangeiros estiveram mais presentes em zonas do interior do continente antes do século XIX.

Em Luanda e Moçambique, os portugueses instalaram núcleos de administração colonial nos moldes que tinham em vários outros lugares de seu império, como Goa (na Índia), Macau (na China) e, especialmente, no Brasil. A partir dos presídios – nome pelo qual eram chamadas as fortalezas e os aglomerados populacionais onde os portugueses haviam se instalado nos sertões de Angola – das cidades de Luanda e Benguela, os portos que concentravam o comércio atlântico, formou-se uma população mestiça, com interesses próprios, que nem sempre estavam de acordo com os da metrópole portuguesa.

Também na região da Zambézia havia um grupo de mestiços que buscavam manter o equilíbrio entre seus laços com os chefes locais e com a Coroa portuguesa, representada por funcionários instalados em Moçambique ou mesmo em Goa, na Índia mais próxima do que a distante Lisboa. Esses portugueses recebiam da Coroa, como se esta tivesse autoridade sobre lugares há muito habitados por outros povos, terras que podiam ocupar e explorar, num sistema de concessões chamadas de "prazos" e por isso ficaram conhecidos como "prazeiros". Eles se casavam com as filhas dos chefes locais e deram origem não só a uma população fisicamente mestiça mas que culturalmente também pertencia a dois mundos: o lusitano e o caranga.

Afora árabes e portugueses, até o século XIX os estrangeiros se mantiveram em alguns pontos da costa, em locais de apoio ao comércio e à navegação oceânica, seja para a América, seja para o Oriente, como era o caso dos holandeses que se instalaram no extremo sul do continente. Várias são as razões que podem ser mencionadas para explicar por que os europeus, com exceção dos portugueses, não se empenharam em adentrar os territórios africanos, se contentando com suas atividades costeiras. Talvez porque essas fossem suficientemente vantajosas e não precisassem fazer mais investimentos em algo que já era bem lucrativo. Também porque encontraram sistemas de troca, rotas de abastecimento, regras de negociação já estabelecidas e eficazes, às quais era mais fácil se integrar do que tentar impor algo diferente. Além disso, as sociedades locais não favoreciam em nada a penetração do território pelo estrangeiro branco. Defendiam seus espaços com perícia diplomática e empenho guerreiro, mantendo os europeus dentro dos limites que estabeleciam. Também tinham as doenças às quais os brancos eram extremamente vulneráveis, como malária, febre amarela, varíola, doenças intestinais, cólera e doença do sono. Esses são alguns dos fatores que podem ser lembrados para entendermos por que, até o século XIX, não houve uma colonização de territórios africanos, ao contrário do que aconteceu na América depois que os europeus aqui chegaram.

A África só começou a ser ocupada pelas potências europeias exatamente quando a América se tornou independente, quando o sistema colonial[39] ruiu, dando lugar a outras formas de enriquecimento e desenvolvimento das economias mais

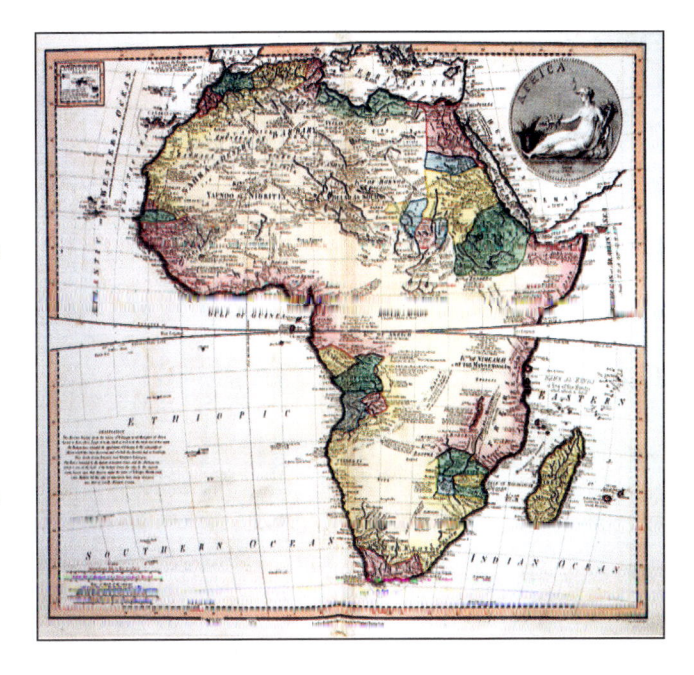

Mapa da África do início do século XVIII, mostrando o pouco conhecimento que os europeus tinham do seu interior.

---

39 *sistema colonial* nome pelo qual é conhecido o sistema econômico e político que vigorou entre os séculos XVI e XIX, envolvendo algumas metrópoles europeias, como Portugal, Espanha, França, Inglaterra e Holanda, e principalmente a América, mas também algumas áreas do Oriente, como a Índia e algumas ilhas da Indonésia. As áreas dominadas eram chamadas de colônias, e os países dominantes, de coloniais ou metropolitanos, pois neles se encontrava a metrópole, o centro do poder onde eram definidas as regras de organização política e econômica. Entre estas era central o monopólio, que determinava que a colônia só poderia ter relações comerciais com a metrópole.

A África depois do tráfico de escravos

Exposição de objetos africanos em Paris no início do século XX.

Abaixo
Reunião de trabalho durante a Conferência de Berlim.

dinâmicas, que se industrializavam e ampliavam seus mercados consumidores. Nesse momento foi criado um novo tipo de colonialismo, implantado na África a partir do final do século XIX, depois da Conferência de Berlim, que em 1885 dividiu o continente africano entre Portugal, Espanha, Inglaterra, França, Alemanha, Itália e Bélgica.

A divisão, contudo, não foi feita de uma só vez. Se pensarmos em termos amplos, em tempos longos, em processos que passaram por muitas etapas, a ocupação da África por alguns países europeus teve as sementes lançadas desde o início do comércio atlântico. Os acordos diplomáticos entre os países que participaram da Conferência e decidiram nas mesas de negociação europeias quem ficaria com que áreas estabeleceram que estas seriam definidas pelos pontos de ocupação já existentes na vasta costa africana. Assim, foi a partir desses pontos, nos quais atuavam há séculos, que os países europeus começaram a tomar conta do continente.

Além das relações diplomáticas e comerciais que existiam entre chefes e comerciantes africanos e os europeus desde o século XVI, outros fatores foram decisivos na ocupação colonial do continente africano. O primeiro deles foi a exploração do seu interior pelos europeus, que conheciam bem a costa, mas quase nada além dela. Os mapas anteriores ao século XIX mostram a geografia imaginária que eles construíram, feita de relatos fragmentados e de induções a partir do que conheciam na costa. O aumento de interesse pelas matérias-primas que o continente poderia oferecer para alimentar as novas necessidades das indústrias levou os empresários da época de olho nos recursos naturais a investir

CAPÍTULO 6 — A ocupação colonial

em expedições de exploração que uniam seus interesses à curiosidade de alguns cientistas e aventureiros.

Os percursos dos principais rios da África, como o Nilo, o Senegal, o Níger e o Congo, só foram revelados aos europeus no século XIX, depois de várias expedições de exploração. Na maior parte das vezes elas eram bancadas por sociedades de geografia sediadas em Londres, Lisboa e Paris e a partir das quais se buscava ampliar o conhecimento sobre as regiões até então desconhecidas dos homens do Ocidente. Nessa época o exotismo, ou seja, a maneira de viver e as expressões de outras culturas, era valorizado na Europa, onde os estudiosos criavam museus para abrigar objetos que exploradores e conquistadores coletavam em terras longínquas.

Além do interesse por matérias-primas e mercados, do maior conhecimento do interior do continente e suas rotas de penetração, da descoberta de que o quinino ajudava na cura da malária, um fator decisivo para a ocupação da África foi a invenção do rifle. Este era carregado pela culatra e capaz de dar uma série de tiros com uma única carga, sendo muito mais potente que os antigos mosquetes, carregados pela boca e que davam um só tiro. Esse conjunto de fatores pouco a pouco venceu a resistência africana, e os exércitos europeus abriram caminho à força para a penetração dos comerciantes e dos administradores coloniais, agentes de poderes distantes que iam subjugando as sociedades locais e impondo a sua dominação.

Portugal já tinha, desde o século XVI, seu punhado de fortalezas nas costas da Guiné, de Angola e de Moçambique, e alguns presídios no interior, ao longo do rio Cuanza e do Zambeze. Por todo o período do tráfico de escravos, a França e a Inglaterra também comerciaram nos litorais africanos, especialmente nas cercanias das embocaduras dos rios Senegal, Volta e Níger. Mas foi só em torno de 1850 que a França consolidou algumas bases de comércio no interior, ao longo do Senegal. Por essa época, a Inglaterra impunha um controle mais rigoroso sobre as cidades-estado e sociedades daomeanas e iorubás com os quais negociava, e em 1874 invadiu e incendiou a capital do Daomé.

O rei Leopoldo I da Bélgica, pelo seu lado, com sonhos de construir um império colonial como a França ou a Inglaterra, olhava para o globo buscando onde instalar uma colônia sua. As descobertas de Stanley o inspiraram, e ele chamou o explorador para uma conversa, propondo que fosse seu agente na instalação de uma colônia na região do rio Congo. Juntos construíram um dos mais eficazes e violentos sistemas de exploração colonial na África, depois de Leopoldo I bancar a instalação de uma ferrovia que unia o curso navegável do rio

PRINCIPAIS EXPEDIÇÕES DE EXPLORAÇÃO DO INTERIOR DA ÁFRICA

Por todo o século XIX foram feitas muitas expedições para explorar o interior da África, todas contando com a ajuda de guias locais, seguindo caminhos há muito percorridos por comerciantes árabes e africanos, por caçadores e por moradores da região. Os financiadores das expedições aguardavam as informações que os exploradores traziam, algumas mantidas em segredo para garantir os interesses econômicos dos empresários envolvidos, outras tornadas públicas pelas várias narrativas que eram publicadas e lidas na Europa.

A Tombuctu, por exemplo, muitos tentaram chegar, mas o primeiro relato feito por um europeu acerca daquela cidade envolta em lendas foi o de René Caillé, um francês que esteve lá em 1827, seguindo o caminho a partir do rio Senegal. Ele não chegou com vida ao fim da sua viagem, tendo sido morto no caminho de volta, pela rota do Saara. Mas seu ajudante guardou seus escritos, que ao serem divulgados na Europa foram desacreditados, pois a cidade pobre e poeirenta que descreveu não correspondia à imagem de riqueza que desde o século XV tinha marcado os europeus que dela tomaram conhecimento pelos relatos árabes.

Foi só em 1830, com a exploração que os irmãos Lander fizeram do trecho final do Níger que os comerciantes europeus que negociavam óleo de dendê na costa cheia de canais, ao verem que estes faziam parte do delta do rio Níger, perceberam que tinham ali um importante meio de penetração do continente. Mas as muitas mortes provocadas pela malária que infestava os pântanos do delta impediram que europeus penetrassem o continente até a década de 1850, quando o quinino passou a ser usado como uma proteção eficaz contra as febres.

Os rios eram os caminhos mais fáceis para a penetração do continente, e o conhecimento de seus cursos mostrou possibilidades de serem usados como meios de transportar as matérias-primas que os comerciantes encontrassem, assim como os produtos industrializados que quisessem vender para as populações locais. De 1857 a 1863 Richard Burton e John Speke exploraram o Nilo Branco e o lago Niassa. Mais ao sul, David Livingstone, um missionário escocês, explorou grandes áreas da África central, que percorreu em três longas expedições entre os anos de 1852 a 1873, indo da África do Sul à região dos grandes lagos e da costa oriental, em Moçambique, à costa ocidental, em Angola.

O último mistério fluvial a ser revelado foi o percurso do rio Congo, percorrido pelo inglês Henry Stanley de 1874 a 1877. Ele alcançou um dos seus principais afluentes, o rio Lualaba, tendo partido de Zanzibar, e dele desceu o Congo até sua foz. Ia à frente de uma expedição fortemente armada, numa amostra às populações nativas de que estas estavam prestes a perder o controle sobre seus territórios e suas antigas rotas de comércio.

A África depois do tráfico de escravos

A expedição de Richard Burton, fortemente armada, em sua descida do rio Congo.

Congo à costa. Tendo garantido as vias de escoamento para o marfim e a borracha que as populações nativas eram obrigadas a fornecer em troca de nada, ou melhor, em troca de fome, doenças, maus-tratos e exploração, Leopoldo I tornou-se uma das maiores fortunas pessoais de seu tempo e o único indivíduo a ter entre seus bens pessoais uma colônia. Foi só em 1908, quando não pôde mais arcar com os custos de manutenção da sua colônia, que o Congo passou para o domínio do Estado belga.

Além das áreas de influência e dominação na costa ocidental e da penetração que por lá faziam no continente africano, os britânicos também estavam presentes no Egito, onde negociavam algodão para suas indústrias e, a partir de 1860, despejavam técnicos e capital para a construção do canal de Suez, visando a facilitar a navegação entre o Mediterrâneo e o mar Vermelho e tornar bem mais curto o caminho para o Oriente. No outro extremo do continente disputavam áreas com os bôeres ou africânderes. Estes eram descendentes dos colonizadores holandeses que a partir de 1830 ocuparam grande parte das melhores terras do sul e criaram um modo de vida particular: entre africanos, mas sem se misturar a eles, e próximos aos britânicos, que lhes haviam tomado o controle sobre a costa mas com os quais conviviam e comerciavam. Entretanto, com a expansão colonial inglesa os atritos com as sociedades locais e com os bôeres se intensificaram.

CAPÍTULO **6** **A ocupação colonial**

Os ingleses pressionavam os bôeres, que ao se dirigirem para novos lugares desalojavam seus antigos moradores, ou com eles entravam em luta. Em torno de 1860 as diferentes populações brancas e nativas haviam encontrado uma forma de convivência relativamente pacífica, baseada na economia de subsistência e num comércio de produtos locais, como marfim, peles e penas do avestruz.

Mas, a partir de então, ocorreriam grandes transformações com a descoberta de depósitos de diamantes ao norte do rio Orange e de ouro no Transvaal, todos em territórios bôeres, que os perderam para os britânicos. Entre os muitos exploradores das minas recém-descobertas se destacou Cecil Rhodes, que fez grande fortuna e assim pôde investir em tecnologia moderna para a exploração do ouro e do diamante entranhados no solo. O sonho de Rhodes era unir por uma longuíssima ferrovia as duas pontas do continente africano sob dominação inglesa: a atual África do Sul e o Egito. Apesar de esta não ter sido construída, muitas outras foram feitas. Assim, uma vasta região produtora de minérios – do Catanga até a África do Sul – tinha como transportar sua produção até os portos já no início do século XX.

Enquanto isso a França consolidava sua influência sobre a maioria dos Estados do Sael, penetrando o território pelo rio Senegal, pelas rotas do Saara que partiam da Argélia e da Tunísia e pelo atual Gabão, de onde chegava à margem direita do rio Congo. A esse domínio do interior somaram-se os pontos da costa que os franceses frequentavam havia séculos, dividindo com os britânicos a primazia do comércio de matérias-primas, das quais portugueses, brasileiros e cubanos, que antes traficavam escravos, estavam excluídos, até porque nesses países não havia indústrias que delas necessitassem.

Além de portugueses, belgas, franceses e ingleses, alemães também se estabeleceram nas regiões dos atuais Togo e Camarões e ao sul de Angola, na atual Namíbia. Na costa oriental estenderam sua influência a partir de Zanzibar, ocupando a região da atual Tanzânia. Depois da Primeira Guerra Mundial, a derrotada Alemanha teve de entregar suas colônias africanas para a França e para a Inglaterra, que as dividiram entre si. A Itália ocupou a Etiópia em 1935, depois de uma tentativa fracassada no final do século XIX, mas foi expulsa de lá em 1941, conseguindo se manter por um pouco mais de tempo na Somália, que penetrou a partir da Eritreia, ocupada nos anos 1880. À Espanha coube a influência sobre uma região ao sul do Marrocos, na trilha das antigas relações entre os califados de Granada e Córdoba, na península Ibérica, com os califados então localizados no atual Saara Ocidental, que os espanhóis chamaram de Rio de Ouro.

No século XVII capuchinhos tentavam converter os chefes centro-africanos, que queriam apenas comerciar com os brancos. No século XX mudaram os personagens e os cenários, mas o interesse continuava sendo o comércio.

A colonização da África

A presença dos países europeus na África no início do século XX.

O controle de alguns países europeus sobre a África foi, dessa forma, se estendendo a partir dos antigos pontos de comércio, que serviram de base para a penetração do continente africano e para a implantação de sistemas coloniais de governo. Para isso, além dos primeiros exploradores e da superioridade militar, expressa em armas mais poderosas e técnicas de guerra mais eficazes, também foram importantes os missionários católicos e diversas correntes protestantes. Estes se instalavam em regiões que europeu nenhum queria morar, abriam escolas nas quais ensinavam crianças e adultos a falar, ler e escrever na língua do colonizador e tentavam convencer os nativos de que o cristianismo era a única religião verdadeira.

Depois deles vieram professores que ensinaram os valores da cultura europeia, da qual eram representantes e que achavam ser os mais avançados. Enquanto os exércitos controlavam pela força, os missionários e professores escolares dominavam pelas ideias, ajudando a criar uma nova categoria de africanos a quem eram transmitidas as normas e os valores

CAPÍTULO 6   A ocupação colonial

ocidentais. Os missionários cristãos foram os primeiros educadores, dividindo com os professores europeus e africanos formados nos padrões franceses, ingleses e portugueses a tarefa de substituir os valores tradicionais pelos novos valores, da civilização ocidental.

No processo de colonização da África, missionários se instalaram em terras nas quais os brancos até então não haviam pisado, exércitos eliminaram os focos de resistência armada e acordos diplomáticos garantiram a subordinação de sociedades africanas aos países coloniais. Estes eram geralmente encenações nas quais emissários de um governo mantinham negociações formais com os chefes locais, propondo acordos de ajuda mútua e de amizade que se revelavam interessantes apenas para os países e comerciantes europeus. Chefes africanos imprimiam seu sinal ou assinatura, nos raros casos em que sabiam desenhar uma, em papéis cujo conteúdo não lhes era explicado de verdade. Entregavam o poder que tinham sobre seus territórios e povos em troca de ajuda na luta contra rivais ou inimigos, em troca de privilégios de comércio, no qual o marfim era trocado por contas ou a borracha por facões. Pela guerra, por meio de acordos diplomáticos, controlando os chefes locais ou substituindo-os por funcionários do seu governo, os países colonizadores dominaram quase todo o continente africano de cerca de 1890 a 1960, ou mais, no caso de Portugal. Em termos de duração, ou seja, cerca de setenta anos, não é muito, mas em termos das transformações ocorridas foram tempos de mudanças radicais, mesmo considerando que grandes extensões do continente e muitas populações foram pouco afetadas pela ocupação colonial, mantendo muito da sua maneira tradicional de viver.

Mesmo sendo consequência de um processo que não aconteceu de uma hora para outra, do ponto de vista africano a partilha do continente foi um brusco reagrupamento no qual cerca de 10 mil unidades sociais foram reduzidas a quarenta. Era comum uma colônia incorporar de duzentos a trezentos agrupamentos políticos, sem considerar as sociedades que reconheciam apenas a autoridade da família ampliada. Essas unidades sociais originais foram chamadas de "tribos" pelos colonizadores, que ignoraram os laços comerciais, políticos e culturais que as haviam unido até então. Muitas vezes reorganizados a partir das novas fronteiras coloniais que foram traçadas sem a participação dos que moravam nas terras divididas, os grupos sociais tiveram de construir novas identidades a partir da língua e da religião do colonizador. Além da conquista armada houve um lento processo de infiltração do colonizador, que era um parceiro

A educação escolar e a difusão do cristianismo foram importantes portas para a penetração dos valores ocidentais, que serviram tanto para modernizar como para dominar as sociedades locais.

A África depois do tráfico de escravos

CAPÍTULO 6

Trabalhar na construção de ferrovias era uma das maneiras que os homens tinham de obter um salário com o qual pagar o imposto em dinheiro exigido pelos administradores coloniais.

Abaixo
Os acordos firmados entre os europeus e os africanos geralmente só beneficiavam os primeiros.

comercial desejado por alguns poderosos locais mas que também introduzia novos padrões de educação, novos valores, novas formas de conhecimento, alterando profundamente as antigas organizações sociais.

No período anterior – do tráfico de gente – as pessoas eram retiradas da África para trabalhar na América e outras áreas de colonização europeia, ajudando a formar novas sociedades em continente americano. Agora as pessoas eram postas a trabalhar dentro da própria África que, além da exploração da força de trabalho dos seus habitantes, tinha seus recursos naturais extraídos, com quase nada sendo deixado em troca. Os grupos mais diretamente ligados aos agentes dos governos coloniais e às empresas comerciais que atuavam na África tiveram pessoas de suas elites educadas nos moldes ocidentais, incorporando valores europeus. O individualismo foi sendo introduzido junto com a colonização, e os interesses pessoais se sobrepuseram às identidades comunitárias e à solidariedade entre os membros das famílias, clãs e etnias.

Era enorme a espoliação que o continente africano sofria ao ter parte de sua força de trabalho drenada para a América, em troca da intensificação das guerras e do aumento do poder de alguns chefes. E continuou sendo enorme, senão maior, a espoliação imposta ao continente africano pela exploração da sua força de trabalho em benefício de empresários estrangeiros e uns poucos nativos e pela extração de suas riquezas naturais. Ouro, diamantes, petróleo e muitos minérios são ainda hoje retirados em grande quantidade do solo de regiões da África por companhias francesas, inglesas e norte-americanas principalmente.

Os elefantes, que forneciam o cobiçado marfim com o qual as elites ocidentais do século XIX faziam bolas de bilhar, teclas de piano, cabos de faca e espada e uma variedade de objetos esculpidos, foram quase totalmente dizimados, sobrevivendo apenas em algumas reservas nas quais animais e paisagens considerados exóticos atraem a atenção e alguns dólares de quem os pode gastar com turismo. Berço do homem e de muitas de suas mais fantásticas realizações, seja em termos de organização social e política, seja em termos de beleza plástica, de exuberância rítmica e verbal, o continente africano e as populações que nele vivem contam cada vez menos no panorama internacional, no qual aqueles que dão as cartas estão interessados apenas em seus ricos recursos naturais.

A INTRODUÇÃO DO TRABALHO ASSALARIADO

Uma das muitas interferências que resultaram na desagregação das antigas formas de organização das sociedades africanas foi a introdução de uma economia monetária e do trabalho assalariado. Com a ocupação estrangeira, muitos nativos foram expulsos das terras em que moravam, ao mesmo tempo que as administrações coloniais passaram a cobrar uma série de impostos, entre os quais se destacou aquele que cada homem adulto deveria pagar todo ano. Essa era uma forma de obrigar os homens a trabalhar para os colonizadores, em suas minas, em suas plantações, nas estradas e ferrovias que abriam, financiadas pelos impostos cobrados das populações africanas.

A necessidade de obter dinheiro para pagar os impostos obrigou os homens a procurar trabalho onde ele existisse, ou seja, nos empreendimentos dos colonizadores, onde recebiam um salário que cobria apenas as despesas mínimas para sua sobrevivência, incluindo aí o pagamento dos impostos. Estes equivaliam a um ou dois meses de salário anual. Essa situação provocou grandes movimentos migratórios nos quais os homens partiam em busca de trabalho, e as mulheres ficavam à frente de suas famílias, cultivando a terra da qual tiravam o sustento, pois o salário de seus maridos só sustentava a eles. Com isso houve não só uma deterioração das condições materiais de vida como foram afetadas as estruturas sociais, centradas nas relações familiares.

Por outro lado, os que continuaram trabalhando a terra não podiam mais se dedicar apenas à produção de alimentos para o próprio sustento, tendo de cultivar as matérias-primas desejadas pelos mercados coloniais, que uma vez vendidas lhes davam acesso ao dinheiro. Além de ser necessário para pagar os impostos, este também era indispensável para a compra dos alimentos, tecidos e utensílios que deixaram de produzir. A mudança no tipo de agricultura, que se tornou intensiva, não havendo mais períodos em que pedaços de terra repousavam e se recuperavam antes de serem usados novamente, esgotou os solos, que ficaram cada vez menos férteis. A partir de então, se tornaram mais frequentes os períodos de fome por causa da baixa produtividade dos solos e da dependência do fornecimento externo de alimentos.

Essas situações mostram como as administrações coloniais foram muito engenhosas nas formas encontradas para forçar as sociedades africanas a entrar numa economia monetária, se tornarem produtoras de matérias-primas e consumidoras de produtos industrializados. Na exploração da África pelos europeus estes ficaram com o lucro, enquanto os africanos pagaram a conta.

A África depois do tráfico de escravos

CAPÍTULO **6**

O século XX para os africanos

A ocupação colonial da África, mesmo tendo como estímulo maior o interesse por matérias-primas baratas, foi defendida com o argumento de que a presença dos europeus permitiria que as sociedades africanas se civilizassem a partir do contato e da adoção dos modos de vida e das ideias da cultura ocidental. A subjugação dos chefes e de seus povos foi caminho não só para a implantação de relações econômicas vantajosas para os países colonizadores, mas também para a disseminação de determinadas maneiras de pensar, de organizar o conhecimento, de entender as coisas do mundo, próprias da cultura europeia ocidental e de sua variante norte-americana. Para isso foram importantes os missionários religiosos e os professores formados dentro de uma elite africana que recebeu instrução escolar nas línguas dos países colonizadores e constituíram uma categoria de africanos ocidentalizados.

Concentrados nas cidades, nas quais estavam localizadas as escolas de níveis mais avançados, eles também estavam mais próximos dos órgãos das administrações coloniais e dos escritórios das companhias comerciais, para as quais muitos trabalhavam. Os cargos mais importantes geralmente eram ocupados por europeus, funcionários do governo e das empresas, que se adaptavam ou não às condições de vida em terras africanas, ficando mais ou menos tempo longe de seus

Abaixo
Nairobi, Quênia (2000).

países. Mas muitos dos cargos intermediários, inclusive os de responsabilidade, eram cada vez mais ocupados por africanos que haviam adquirido os conhecimentos e as habilidades caras aos países colonizadores.

Mesmo depois da ocupação colonial, entretanto, parte do continente continuou vivendo conforme as tradições ancestrais, principalmente nas áreas mais distantes dos centros de administração e dos programas de colonização, como os que os britânicos e alemães desenvolveram em regiões das atuais Zâmbia e Zimbábue, e mais ao norte, nos atuais Quênia e Tanzânia. Nesses locais, colonos brancos se instalaram em terras antes ocupadas por povos africanos. Muitas vezes os habitantes nativos eram postos para trabalhar nas plantações de algodão, tabaco, café, amendoim, cacau, a coletar óleo de dendê, marfim, a extrair da terra o minério, transportado pelas ferrovias que desde o final do século XIX os colonizadores construíam em regiões estratégicas. Mas, mesmo quando próximos aos brancos colonizadores, os africanos mantiveram muito de sua maneira antiga de viver e de pensar, frequentemente combinando-a com as novidades trazidas pelos estrangeiros, como faziam há séculos em regiões dos atuais Angola e Moçambique, onde a presença dos colonizadores portugueses era antiga fonte de atrito, mas também dava origem a uma sociedade mestiça.

Algumas vezes a convivência entre modos de viver e de pensar africanos e ocidentais foi pacífica e mesmo frutífera, outras vezes foi cheia de conflitos e fez que a vida dos homens e das sociedades ficasse pior do que era antes. Durante o período colonial, no qual as chefias locais foram controladas ou manipuladas pelos poderes políticos e militares dos países colonizadores, houve uma absorção das línguas, escritas, formas de conhecimento, religiões, modos de se vestir e muitos outros hábitos e valores dos europeus e norte-americanos. Isso fez que um sentimento de uniformidade provocado pela adoção de padrões ocidentais se contrapusesse à imensa diversidade das sociedades e etnias africanas. O encontro de africanos de origens diversas nas capitais de seus países, ou mesmo nas metrópoles coloniais aonde os mais talentosos iam aperfeiçoar sua educação e formação profissional, permitiu que eles percebessem o que os unia perante o que era exterior ao continente. A incorporação de valores ocidentais fez que povos diferentes construíssem identidades comuns, originadas das ações e da presença dos colonizadores. Nesse processo os povos africanos perceberam que a situação que unia todos, ou seja, a colonização, poderia ser combatida com mais força por todos juntos. Assim, nas

Acima e no alto
Algumas cidades africanas têm o mesmo estilo de vida e as mesmas desigualdades que as principais cidades contemporâneas, em qualquer lugar do mundo.

As tradições, como as desse grupo de zulus, são importantes elementos para a manutenção das identidades locais.

lutas que muitos travaram pela libertação da dominação colonial, foi importante a identidade que unia o continente além das fronteiras étnicas e contra o invasor branco.

A resistência à ocupação colonial sempre existiu, mas no início muito raramente conseguiu resultados positivos. Até cerca de 1960 franceses e ingleses, os principais ocupantes coloniais, mantiveram firme seu controle sobre as sociedades africanas. Nelas haviam implantado um sistema de governo que combinava as formas africanas tradicionais com as suas próprias, criando cargos e órgãos administrativos que tentavam reproduzir os sistemas de governo e representação das democracias europeias. As autoridades tradicionais sempre que possível eram incorporadas a conselhos e órgãos de representação, e seus filhos eram educados nos padrões ocidentais. Mas, enquanto alguns se mantiveram servindo os interesses dos brancos estrangeiros, outros se rebelaram contra a ocupação colonial e se engajaram em movimentos de contestação, organizando atos de denúncia, de resistência e elaborando propostas alternativas de governo.

Foi entre uma elite letrada que surgiram os primeiros movimentos organizados de contestação à dominação colonial, principalmente em torno de jornais, associações profissionais e partidos políticos. Em meados do século XX já havia duas ou três gerações de africanos ocidentalizados, mas cuja socialização primeira, na infância e juventude, havia sido feita também dentro de suas sociedades tradicionais. Essas pessoas educadas nos dois mundos faziam a ponte entre as formas de pensar, de sentir e de viver tradicionais, e as novas, alinhadas às dos colonizadores.

A educação escolar, a infraestrutura de transporte, a mecanização da produção agrícola e extrativista, o desenvolvimento de tecnologias modernas, o uso da medicina, tanto preventiva quanto farmacológica, eram algumas das coisas desejadas pelas sociedades colonizadas. Mesmo que de forma parcial, a proximidade com os países colonizadores permitia o acesso a algumas dessas possibilidades do chamado mundo desenvolvido. Mas a opressão política, a exploração econômica e os preconceitos de fundo racial que levavam à existência de tratamentos diferenciados entre brancos e negros eram fatores que minavam as relações entre africanos e europeus.

No final da década de 1950 a empresa colonial estava ficando cara demais, tanto no que diz respeito ao custo da manutenção dos órgãos de administração e domínio sobre os povos quanto no que diz respeito aos investimentos em infraestrutura. Esta era necessária para a exploração econômica dos recursos naturais e para o apoio às populações, cada vez mais concentradas nas cidades e dependentes de modos de vida e produtos do mundo ocidental.

A indústria dos países mais avançados, como Estados Unidos, França e Inglaterra, havia tomado impulso após a Segunda Guerra Mundial com um salto no aperfeiçoamento tecnológico e um decorrente aumento na produtividade. Com a ampliação dos mercados de consumo de bens industrializados, que veio associada à expansão e barateamento da produção, a África era um mercado promissor. A Inglaterra e a França, as duas potências coloniais da época, amadureciam o projeto de deixar de atuar como administradores diretos de suas colônias, mantendo o controle sobre as relações comerciais e extrativistas que lá tinham. Por outro lado, cresciam os movimentos pela libertação dos países africanos, que uniam populações urbanas e rurais, litorâneas e do interior, assim como intelectuais de dentro e de fora do continente.

Nessa conjuntura histórica[40] quase todos os países africanos sob domínio colonial se tornaram livres, um depois do outro,

---

40 *conjuntura histórica* expressão que se refere ao conjunto de fatores existentes num dado momento, que devem ser entendidos de forma articulada. Ela envolve as esferas do econômico, do social, do político e do cultural, ou seja, todas as áreas que compõem a vida dos homens em sociedade. Ela também incorpora a ideia do tempo, uma vez que cada momento histórico tem uma conjuntura específica. Os processos históricos estão por trás das transformações nas conjunturas.

Os níveis maiores de escolaridade estão diretamente associados à maior modernização do país, como ocorre, por exemplo, na África do Sul.

Acima
Com o aumento do turismo em algumas partes do continente, o artesanato tradicional se tornou uma importante fonte de renda.

entre 1957 e cerca de 1964. A grande exceção foram as colônias portuguesas, que só se tornaram independentes em 1974, com a queda da ditadura salazarista[41], depois de cerca de catorze anos de guerras coloniais entre exércitos enviados de Portugal e grupos de guerrilha nativos. Após a Revolução dos Cravos, os jovens soldados portugueses se recusaram a servir na África, com o apoio de seus superiores, e só então Guiné-Bissau, Cabo Verde, Moçambique e Angola se tornaram países independentes. Este último ainda passou por cerca de 25 anos de guerra civil, que só acabou de fato em 2002.

Tirando, porém, as colônias portuguesas, a descolonização da África se deu num intervalo de tempo relativamente curto, assim como foi curto o período ao qual o continente esteve diretamente subjugado a governos estrangeiros. A retirada dos administradores coloniais, que, em alguns lugares, como no Congo Belga, foi repentina e total e abriu espaço para a instalação de conflitos entre diferentes grupos étnicos, não significou a retirada dos comerciantes e interesses econômicos estrangeiros. Inglaterra e França tinham formado uma categoria de administradores e comerciantes ocidentalizados que, com as independências, do segundo escalão foram alçados ao primeiro. Eles foram a primeira geração de governantes das jovens nações africanas as quais se propuseram a modernizar nos moldes das sociedades ocidentais.

Por meio desse grupo de dirigentes formados conforme os valores ocidentais e que olhavam de forma mais ou menos crítica as antigas metrópoles, a relação destas com suas ex-colônias continuou sendo muito próxima, com a diferença de que agora não tinham mais responsabilidade sobre elas. Até cerca de 1970 os dirigentes das jovens nações africanas quiseram, e acreditaram ser possível, construir sociedades nos moldes ocidentais, isto é, capitalistas, ou adotando políticas socialistas. Em alguns países, esses novos dirigentes estavam mais alinhados aos interesses das antigas metrópoles, em outros menos, havendo os que, como a Tanzânia, se aproximaram de posições socialistas, estimuladas pelo apoio ideológico, militar e econômico da extinta União Soviética e de Cuba. Angola e Moçambique, onde grupos de guerrilha

---

41 *ditadura salazarista* regime autoritário implantado em 1928 por António de Oliveira Salazar, então ministro das finanças, que durou até 1974, quando uma rebelião dentro do Exército derrubou a ditadura, liderada por Marcelo Caetano desde a morte de Salazar, em 1968. A censura e a força militar permitiram que o regime durasse tanto tempo. A posse das colônias africanas, que o governo mantinha com grandes investimentos econômicos e humanos, combatendo as guerrilhas e os movimentos de libertação, foi defendida até o final do regime.

Jovens trabalhando, na década de 1990: a escolaridade leva à incorporação de habilidades necessárias para realizar diversas atividades no mercado de trabalho.

ajudados pelos países comunistas enfrentaram grupos de guerrilha ajudados pelos Estados Unidos, foram dos últimos palcos de enfrentamento militar indireto entre os representantes das duas possibilidades econômicas e políticas que se desafiaram no século XX: o comunismo e o capitalismo, com a vitória deste último.

Junto com os movimentos de libertação cresceu a ideia de uma unidade africana, só possível de ser criada a partir dos efeitos da colonização, e que foi batizada com o nome de "pan-africanismo". Por trás dessa ideia havia um forte sentimento anticolonial e de valorização do que foi chamado de "negritude", ou seja, um conjunto de características culturais próprias das sociedades africanas e afro-americanas, formadas a partir da diáspora atlântica. A ideia de negritude é fruto do contato com o Ocidente, com a escravidão, com a dominação colonial e com o racismo. Ela não existe em africanos que não passaram por um processo de formação ocidental, que não foram assimilados pelos valores da sociedade colonizadora. A ideia de negritude incorpora a contribuição ocidental além de recuperar as raízes africanas.

Por ter se formado a partir do contato com as culturas ocidentais, o movimento da negritude contém a ideia de raça à medida que defende uma diferenciação entre o negro e o branco. Nesse movimento, a ideia de raça negra é um forte elemento de sustentação da possibilidade de africanos e afrodescendentes pensarem a África como uma unidade, onde todos os países tenham identidades a partir das quais possam agir juntos para a superação do colonialismo e dos seus efeitos negativos.

A África depois do tráfico de escravos

Em evento mundial de 2002, voltado para o desenvolvimento sustentável, o chefe maasai Ole Mulo (Quênia) se reuniu com representantes de outros países para a realização de uma cerimônia religiosa com vistas à purificação da água de todo o mundo.

Página ao lado
A eleição de Nelson Mandela, presidente da África do Sul de 1994 a 1999, depois de passar 28 anos preso por lutar contra a segregação racial, foi das maiores vitórias, em tempos recentes, rumo à construção de sociedades africanas mais justas.

Unidos em torno do pan-africanismo e da negritude, não só a África como um todo mas os afrodescendentes de além-mar se engajaram na luta pelo fim do colonialismo, com o apoio de muitos segmentos sociais, mesmo nos países coloniais.

Se os dez primeiros anos após as independências foram movidos a muita esperança, dos anos 1980 para cá a situação do continente como um todo, com algumas exceções, se deteriorou bastante. As economias continuaram pobres, e algumas guerras civis se arrastam há anos, com poucos períodos de paz, opondo religiões, facções políticas e populações de diferentes regiões dentro de um mesmo país. A geração dos primeiros dirigentes, formados conforme os valores democráticos e liberais ou socialistas foi muitas vezes desbancada por ditadores apoiados por exércitos ou políticos que abriram as portas para a exploração dos recursos internos pelas empresas estrangeiras em troca de pequenas participações nos lucros, na forma de subornos e outros agrados. As economias se endividaram com os empréstimos feitos para a montagem de uma infraestrutura modernizadora, tornando-se frágeis diante das agências de financiamento. Por outro lado, além de essa infraestrutura ser precária, a produção interna foi ainda mais enfraquecida diante da oferta de mercadorias importadas, de baixa qualidade, que reforçavam a dependência do exterior. Somando-se a isto, há a degradação ambiental, com a crescente desertificação do Sael, e desequilíbrios ecológicos provocados pelo desflorestamento e pela extinção de espécies animais. Em termos culturais, nas áreas mais envolvidas com as economias modernas ocidentais, há uma crescente desestruturação das relações familiares e de linhagem, que estavam na base de todas as sociedades africanas, e um abandono dos padrões comunitários de convivência.

Talvez seja a epidemia de aids, porém, o mais terrível dos flagelos que se abateu sobre a África nos últimos tempos, lembrando que entre o tráfico de escravos e a colonização eles não foram poucos. Crescendo continuamente em grandes áreas do continente, é alimentada pela poligamia, por uma série de comportamentos tradicionais, pela ausência de campanhas de esclarecimento e prevenção e pela pobreza dos países, cujos governos não têm como bancar o atendimento médico e farmacológico da população contaminada.

A atual fragilidade de muitas sociedades africanas diante do mundo exterior, com o qual mantiveram contato de relativo equilíbrio até cerca de 1850, fez que chegassem ao estado de penúria em que se encontram hoje. A corrupção dos governantes, a ganância dos empreendimentos de exploração, os choques entre os modos tradicionais de viver e governar e as regras do mundo moderno globalizado são alguns dos fatores que levaram à situação de carência e aos conflitos internos que assolam muitas populações africanas contemporâneas.

Por outro lado, os ritmos musicais africanos são consumidos com prazer por pessoas de muitos países fora do continente, bem como são admiradas suas criações estéticas e mesmo algumas de suas sociedades tradicionais. Nestas, o respeito à sabedoria dos mais velhos e a solidariedade presente em economias de feições comunitárias indicam possibilidades de vida mais harmoniosas do que as existentes nos países economicamente desenvolvidos.

Em muitas regiões, as pessoas mantêm formas de vida e valores muito parecidos com os de seus antepassados ou então incorporaram de maneira proveitosa as contribuições vindas de fora. Hoje o grande desafio das sociedades africanas é manter o respeito à pluralidade e à diferença sem se fechar para as novidades que podem trazer benefícios às pessoas. Este tem sido o sonho de muitos pensadores africanos, que conhecem bem tanto os aspectos tradicionais de suas sociedades quanto os valores e regras do mundo ocidental.

Apesar de não podermos chegar ao fim deste livro sem mencionar alguns aspectos da África contemporânea, a atualidade foge ao nosso objetivo maior, que foi apresentar de maneira geral a África e a relação que ela manteve com o Brasil. Como dissemos no início, nossa intenção é mostrar que, se conhecermos melhor as sociedades africanas, especialmente aquelas que forneceram escravos para a América, entenderemos melhor nossa própria sociedade, formada a partir das contribuições decisivas não só da força de trabalho de africanos como das culturas que eles trouxeram dentro de si e que foram usadas para reconstruir suas vidas em terra a princípio estrangeira.

Conhecer as sociedades africanas, a maneira como se organizaram, como seus habitantes pensaram e viveram, conhecer o seu passado e as suas tradições, que ainda orientam a vida de muitos homens do presente, pode levar à superação de alguns preconceitos. Entre eles podemos destacar os associados à noção de raça e à ideia de que há uma direção linear na evolução da humanidade, de sociedades mais primitivas para civilizações mais complexas. Perceber a variedade das sociedades africanas pode nos ensinar a conviver com a pluralidade que nos compõe, sem atribuir hierarquias aos diferentes grupos culturais. Pode nos ajudar a vencer preconceitos herdados de tempos passados e construir um futuro no qual existam condições de vida mais igualitárias.

CRÉDITOS DAS IMAGENS

Legenda

a – no alto
b – abaixo
c – no centro
d – à direita
e – à esquerda

Capa

Reprodução/Coleção George Ermakoff; Reprodução/Mapoteca do Itamaraty, Rio de Janeiro, RJ; Ted Streshinsky/Corbis/Latinstock; Hans Mann/Acervo do fotógrafo.

Páginas iniciais

1: Reprodução/Museu Real da África Central, Tervuren, Bélgica; Reprodução/Museu do Homem de Paris, França; **2:** Reprodução/Fundação Marcelino Botín/Museu de Arte Africana, Nova York, Estados Unidos; **3:** Reprodução/Coleção Cândido Guinle de Paula Machado; **5:** Reprodução/Iphan/Museus Castro Maya, Rio de Janeiro, RJ; **6:** Reprodução/Fundação Biblioteca Nacional, Rio de Janeiro, RJ; **7:** Reprodução/Fundação Biblioteca Nacional, Rio de Janeiro, RJ.

Capítulo 1

10: Reprodução/Museu Nacional da Nigéria, Lagos, Nigéria; **12a:** Michael Nichols/National Geographic/Getty Images; **12b:** Harvey Lloyd/Getty Images; **16a:** Reprodução/Biblioteca da Universidade da Virgínia, Charlottesville, Estados Unidos; **16b:** Frans Lemmens/Getty Images; **18:** Reprodução/Jardim Botânico do Missouri, St. Louis, Estados Unidos; **19:** Reprodução/Biblioteca da Universidade da Virgínia, Charlottesville, Estados Unidos; **21:** Reprodução/akg-images/Latinstock/Biblioteca Nacional da França, Paris; **22:** Martin Franken/Acervo do fotógrafo/Museu Etnológico de Berlim, Alemanha; **23a/23b:** Reprodução/Biblioteca da Universidade da Virgínia, Charlottesville, Estados Unidos; **24:** Lawrence Manning/Corbis/Latinstock; **25:** Reprodução/Biblioteca Estadual da Baviera, Coburg, Alemanha; **26/27:** Reprodução/Museu Peabody Essex, Salem, Estados Unidos; **28:** Reprodução/Biblioteca da Universidade da Virgínia, Charlottesville, Estados Unidos; **29a:** Reprodução/Arquivo Ross de Imagens Africanas/Biblioteca da Universidade de Yale, New Haven, Estados Unidos; **29b:** Pierre Alain Ferrazzini/Acervo do fotógrafo/Museu Barbier-Mueller, Genebra, Suíça.

Capítulo 2

30: Reprodução/Curadoria do Museu Britânico, Londres, Inglaterra; **32:** Reprodução/Biblioteca da Universidade da Virgínia, Charlottesville, Estados Unidos; **33a/33b:** Reprodução/Biblioteca da Universidade da Virgínia, Charlottesville, Estados Unidos; **34:** Sandro Vannini/Corbis/Latinstock; **35a:** Reprodução/Corbis/Latinstock/Coleção Stapleton, Londres, Inglaterra; **35b:** Charles Josette Lenars/Corbis/Latinstock; **36a:** Reprodução/Photo RMN/Labat/CFAO; **36b:** Reprodução/Universidade de Amherst, Estados Unidos; **37a:** Reprodução/Biblioteca da Universidade da Virgínia, Charlottesville, Estados Unidos; **37b:** Reprodução/akg-images/Latinstock/Museu Britânico, Londres, Inglaterra; **38:** Reprodução/Biblioteca da Universidade da Virgínia, Charlottesville, Estados Unidos; **40:** Reprodução/Biblioteca da Universidade da Virgínia, Charlottesville, Estados Unidos; **41:** Lynn Davis/Acervo do fotógrafo; **42:** Frans Lemmens/Corbis/Latinstock; **43:** Reprodução/Biblioteca da Universidade da Virgínia, Charlottesville, Estados Unidos; **44a:** Reprodução/Museu Nacional de Etnologia, Lisboa, Portugal; **44b:** Reprodução/Instituição Smithsonian/Museu Nacional de Arte Africana, Washington, Estados Unidos; **45:** Reprodução/Museu do Homem de Paris, França.

Capítulo 3

46: Reprodução/Fundação Biblioteca Nacional, Rio de Janeiro, RJ; **48:** Reprodução/Biblioteca da Universidade da Virgínia, Charlottesville, Estados Unidos; **49a/49b:** Reprodução/Biblioteca da Universidade da Virgínia, Charlottesville, Estados Unidos; **50:** Reprodução/Coleção particular; **51a:** Reprodução/Museu Louis-Philippe, Eu, França; **51b:** Reprodução/Coleção particular; **52:** Reprodução/Museu da Companhia das Índias Orientais, Cidadela de Port-Louis, França; **53a:** Alexandre Belém/kino.com.br; **53b:** Reprodução/Biblioteca Estadual da Baviera,

Coburg, Alemanha; **54:** Reprodução/Biblioteca Estadual da Bavária, Coburg, Alemanha; **55:** Reprodução/Biblioteca Estadual da Bavária, Coburg, Alemanha; **56a:** James Sparshatt/Corbis/Latinstock; **56b:** Reprodução/Arquivo da editora. Fonte: *A travessia da calunga grande – três séculos de imagens sobre o negro no Brasil*, de Carlos Eugênio Marcondes de Moura. São Paulo, Edusp, 2000; **58:** Rabatti – Domingie/akg-images/Latinstock; **59a:** Reprodução/Museus Nacionais de Liverpool/Museu Marítimo de Merseyside, Liverpool, Inglaterra; **59b:** Reprodução/Coleção particular; **60:** Reprodução/Arquivo da editora. Fonte: edição fac-símile de *Zingha, reine d'Angola – histoire africaine (1769)*, de Jean-Louis Castilhon. Bourges, Ganymede, 1993; **61a:** Reprodução/Biblioteca da Universidade da Virgínia, Charlottesville, Estados Unidos; **61b:** Reprodução/Arquivo Histórico Militar, Lisboa, Portugal; **62:** Rodolpho Lindemann/Acervo do fotógrafo; **63a/63b:** Christiano Jr. Mina/Acervo do fotógrafo; **64:** Reprodução/Biblioteca da Universidade da Virgínia, Charlottesville, Estados Unidos; **65:** Reprodução/Biblioteca Britânica, Londres, Inglaterra; **66a:** Reprodução/Biblioteca de Imagens Mary Evans; **66b:** Reprodução/Biblioteca da Universidade da Virgínia, Charlottesville, Estados Unidos; **67:** Reprodução/Arquivo da editora. Fonte: *Fluxo e refluxo – do tráfico de escravos entre o Golfo do Benin e a Bahia de Todos os Santos*, de Pierre Verger. São Paulo, Corrupio, 1987; **68a:** The Bridgeman Art Library/Keystone; **68b:** Reprodução/Arquivo da editora. Fonte: edição fac-símile de *Zingha, reine d'Angola – histoire africaine (1769)*, de Jean-Louis Castilhon. Bourges, Ganymede, 1993; **69:** Reprodução/Coleção George Ermakoff; **70:** Reprodução/Biblioteca da Universidade da Virgínia, Charlottesville, Estados Unidos; **71:** Eduardo Santaliestra/Acervo do fotógrafo; **73:** Reprodução/Biblioteca da Universidade da Virgínia, Charlottesville, Estados Unidos; **74:** Reprodução/Arquivo da Mission Covenant Church of Sweden, Estocolmo, Suécia; **75a:** Reprodução/Biblioteca do Congresso, Washington, Estados Unidos; **75b:** Reprodução/Museu Marítimo da Virgínia, Newport News, Estados Unidos.

Capítulo 4
76: Reprodução/Biblioteca Municipal Mário de Andrade, São Paulo, SP; **78a:** Reprodução/Mapoteca do Itamaraty, Rio de Janeiro, RJ; **79a:** Reprodução/Biblioteca da Ajuda, Lisboa, Portugal; **79b:** Reprodução/Museu de Belas-Artes de Bruxelas, Bélgica; **80a:** Reprodução/Fundação Biblioteca Nacional, Rio de Janeiro, RJ; **80b:** Reprodução/Coleção Ruy Souza e Silva; **81:** Reprodução/Fundação Museus Castro Maya, Rio de Janeiro, RJ; **83:** Reprodução/Fundação Biblioteca Nacional, Rio de Janeiro, RJ; **84a:** Reprodução/Biblioteca da Universidade da Virgínia, Charlottesville, Estados Unidos; **84b:** Reprodução/Fundação Biblioteca Nacional, Rio de Janeiro, RJ; **85:** Reprodução/Biblioteca da Universidade da Virgínia, Charlottesville, Estados Unidos; **86:** Reprodução/Fundação Biblioteca Nacional, Rio de Janeiro, RJ; **88:** Reprodução/Fundação Biblioteca Nacional, Rio de Janeiro, RJ; **89:** Reprodução/Biblioteca da Universidade da Virgínia, Charlottesville, Estados Unidos; **90:** Reprodução/Fundação Museus Castro Maya, Rio de Janeiro, RJ; **91:** Reprodução/Arquivo da editora. Fonte: *A travessia da calunga grande – três séculos de imagens sobre o negro no Brasil*, de Carlos Eugênio Marcondes de Moura. São Paulo, Edusp, 2000; **92a:** Reprodução/Arquivo da editora. Fonte: *A travessia da calunga grande – três séculos de imagens sobre o negro no Brasil*, de Carlos Eugênio Marcondes de Moura. São Paulo, Edusp, 2000; **92b:** Reprodução/Coleção Erico Stickel; **93:** Reprodução/Coleção Erico Stickel; **95:** Reprodução/Coleção particular; **96:** Reprodução/Arquivo da editora. Fonte: *A travessia da calunga grande – três séculos de imagens sobre o negro no Brasil*, de Carlos Eugênio Marcondes de Moura. São Paulo, Edusp, 2000; **98:** Reprodução/Fundação Biblioteca Nacional, Rio de Janeiro, RJ; **99:** Reprodução/Arquivo Histórico Ultramarino, Lisboa, Portugal; **100:** Reprodução/Fundação Biblioteca Nacional, Rio de Janeiro, RJ; **101a:** Reprodução/Coleção particular; **101b:** Reprodução/Coleção George Ermakoff; **102:** Reprodução/Coleção George Ermakoff; **103:** Reprodução/Arquivo Nacional, Rio de Janeiro, RJ; **104a:** Reprodução/Coleção particular; **104b:** Reprodução/Coleção particular; **105a:** Reprodução/Coleção particular; **105b:** Reprodução/Coleção particular; **106:** Reprodução/Fundação Biblioteca Nacional, Rio de Janeiro, RJ; **107:** Reprodução/Fundação Biblioteca Nacional, Rio de Janeiro, RJ; **108:** Reprodução/Fundação Biblioteca Nacional, Rio de Janeiro, RJ; **109a:** Reprodução/Instituto Moreira Salles, São Paulo, SP; **109b:** Reprodução/Fundação Biblioteca Nacional, Rio de Janeiro, RJ; **111:** Reprodução/Fundação Biblioteca Nacional, Rio de Janeiro, RJ; **112a:** Reprodução/Coleção particular; **112b** Reprodução/Pinacoteca do Estado de São Paulo; **113:** Reprodução/Arquivo da editora. Fonte: O "Thierbuch"

e a "Autobiografia", de Zacharias Wagener. In: *Brasil holandês*. Cristina Ferrão & José Paulo Monteiro Soares (editores). V. 2. Rio de Janeiro, Editora Index, 1997. **114:** Reprodução/Fundação Museus Castro Maya; **115a:** Reprodução/Coleção particular; **115be:** Reprodução/Coleção particular; **115bc:** Reprodução/Coleção particular; **115bd:** Reprodução/Coleção particular; **116:** Reprodução/Coleção particular; **117:** Reprodução/5ª Superintendência Regional do Iphan; **118:** Reprodução/Fundação Biblioteca Nacional, Rio de Janeiro, RJ; **119a:** Adenor Gondim/Acervo do fotógrafo; **119be:** Reprodução/Coleção particular; **119bd:** Reprodução/Museu de Arte Metropolitano, Nova York, Estados Unidos.

Capítulo 5

120: Hans Mann/Acervo do fotógrafo; **123a:** Reprodução/Memorial do Imigrante, São Paulo, SP; **123b:** Reprodução/Arquivo da editora. Fonte: *São Paulo, 1900*, de Boris Kossoy. São Paulo, Livraria Kosmos Editora, 1988; **124a:** Reprodução/Museu da Imagem e do Som, Rio de Janeiro, RJ; **124b:** Reprodução/Coleção particular; **125a:** Reprodução/Fundação Biblioteca Nacional, Rio de Janeiro, RJ; **125b:** Reprodução/Coleção particular; **126a:** Heudes Régis/Arquivo da editora; **126b:** Juca Martins/Pulsar; **127a:** Mario Leite/Arquivo da editora; **127b:** Jim Richardson/National Geographic/Getty Images; **128a:** Adolfo Gerchmann/Arquivo da editora; **130a:** Reprodução/Pinacoteca do Estado de São Paulo, São Paulo, SP; **130b:** Reprodução/Coleção particular; **132:** Stephanie Maze/Corbis/Latinstock; **133:** Wagner Santos/kino.com.br; **134:** Reprodução/Coleção particular; **135:** Antônio Gaudério/Folhapress; **136a:** Reprodução/Arquivo da editora; **136b:** Reprodução/Acervo Última Hora/Folhapress; **137a:** Lalo de Almeida/Folhapress; **137b:** Sérgio Cardoso/Arquivo da editora; **138:** Reprodução/AP Photo; **139:** Antônio Gaudério/Folhapress; **141:** Reprodução/Hulton Archive/Getty Images; **142:** Antônio Gaudério/Folhapress; **143:** Maurício Paiva/Folhapress; **144:** Eduardo Knapp/Folhapress; **145:** Eduardo Santaliestra/Acervo do fotógrafo.

Capítulo 6

146: Harvey Lloyd/Getty Images; **148a:** H. Sitton/Corbis/Latinstock; **148b:** Gabriela Romeu/Folhapress; **149:** Gabriela Romeu/Folhapress; **150:** Reprodução/Arquivo da editora. Fonte: *São Tomé e Príncipe – a invenção de uma sociedade*, de Isabel Castro Henriques. Lisboa, Vega Editora, 2000; **151:** Reprodução/Arquivo da editora. Fonte: *History of Africa*, de Kevin Shillington. Nova York, St. Martin's Press, 1995. **152:** Reprodução/Arquivo da editora. Fonte: *São Tomé e Príncipe – a invenção de uma sociedade*, de Isabel Castro Henriques. Lisboa, Vega Editora, 2000; **153:** Reprodução/Museu Marítimo da Virgínia, Newport News, Estados Unidos; **154a:** Reprodução/Arquivo da editora. Fonte: *The scramble for art in Central Africa*, de Enid Schildkrout e Curtis A. Keim. Cambridge, Cambridge University Press, 1998; **154b:** Reprodução/Arquivo da editora. Fonte: *The horizon – history of Africa*, de Alvin Edt Josephy. Nova York, American Heritage Publishing Co., 1971; **156:** Reprodução/Arquivo da editora. Fonte: *History of Africa*, de Kevin Shillington. Nova York, St. Martin's Press, 1995; **157:** Reprodução/Coleção particular; **159:** Agência France-Presse/Getty Images; **160a:** Reprodução/Hulton-Deutsch Collection/Corbis/Latinstock; **160b:** Reprodução/Corbis/Latinstock; **162:** Howard Davies/Corbis/Latinstock; **163a/163b:** Gilbert Liz/Corbis/Sygma/Latinstock; **164:** Rajesh Jantilal/Getty Images; **166a:** Edson Franco/Folhapress; **166b:** Gustavo Chacra/Folhapress; **167:** James Marshall/Corbis/Latinstock; **168:** Moacyr Lopes Junior/Folhapress; **169:** Peter Turnley/Corbis/Latinstock.

REFERÊNCIAS SOBRE O TEMA

Livros

CASCUDO, Luis da Câmara. *Made in Africa*. São Paulo, Global, 2001.

FIGUEIREDO, Luciano (org.). *Revista de História da Biblioteca Nacional no bolso. Raízes africanas*. Rio de Janeiro, nº 6, Editor Sabin, 2009.

GUIMARÃES, Antonio Sérgio Alfredo. *Classes, raças e democracia*. São Paulo, Editora 34, 2002.

HAMPATÉ BÂ, Amadou. *Amkoullel, o menino fula*. São Paulo, Palas Athena e Casa das Áfricas, 2003.

HERNANDEZ, Leila Leite. *A África na sala de aula: visita à história contemporânea*. São Paulo, Selo Negro, 2005.

HOCHSCHILD, Adam. *O fantasma do rei Leopoldo*. São Paulo, Companhia das Letras, 1999.

LOPES, Nei. *Bantos, malês e identidade negra*. Belo Horizonte, Autêntica, 2006.

MATTOSO, Kátia Queiroz. *Ser escravo no Brasil*. São Paulo, Brasiliense, 1982.

MUNANGA, Kabengelê; GOMES, Nilma Lino. *Para entender o negro no Brasil de hoje: história, realidades, problemas e caminhos*. São Paulo, Global/Ação Educativa, 2000.

OLIVER, Roland. *A experiência africana*. Rio de Janeiro, Jorge Zahar Editor, 1994.

RAMOS, Artur. *As culturas negras do Novo Mundo*. São Paulo, Companhia Editora Nacional, 1979.

SILVA, Alberto da Costa e. *A manilha e o libambo*. Rio de Janeiro, Nova Fronteira e Fundação Biblioteca Nacional, 2002.

_____. *Francisco Felix de Souza, mercador de escravos*. Rio de Janeiro, Nova Fronteira e Eduerj, 2004.

THORNTON, John. *A África e os africanos na formação do mundo atlântico, 1400-1800*. Rio de Janeiro, Elsevier, 2004.

Filmes

A BATALHA DE ARGEL (*La battaglia di Algeri*), Itália/Argélia, 1965, dirigido por Gillo Pontecorvo.

DIAMANTE DE SANGUE (*Blood diamond*), EUA/Alemanha, 2006, dirigido por Edward Zwick.

EM MINHA TERRA (*Country of my skull*), EUA/Irlanda/África do Sul, 2004, dirigido por John Boorman.

ENTRE DOIS AMORES (*Out of Africa*), EUA, 1985, dirigido por Sydney Pollack, Universal Pictures.

HOTEL RUANDA (*Hotel Rwanda*), Canadá/Reino Unido/Itália/África do Sul, 2004, dirigido por Terry George.

O JARDINEIRO FIEL (*The constant gardener*), EUA, 2005, dirigido por Fernando Meirelles.

KIRIKU E A FEITICEIRA (*Kiriku et la sorcière*), França/Bélgica/Luxemburgo, 1998, dirigido por Michel Ocelot.

MALCOLM X (*Malcolm X*), EUA, 1992, dirigido por Spike Lee.

PIERRE VERGER: MENSAGEIRO ENTRE DOIS MUNDOS, Brasil, 1998, dirigido por Lula Buarque de Hollanda, Conspiração Filmes/GLOBOSAT.

SARAFINA, O SOM DA LIBERDADE (*Sarafina*), EUA, 1993, dirigido por Darrel Roodt.

O ÚLTIMO REI DA ESCÓCIA (*The last king of Scotland*), Reino Unido, 2006, dirigido por Kevin MacDonald.

Sites

www.acordacultura.org.br
www.africaeafricanidades.com.br
www.africamuseum.be
https://portalseer.ufba.br/index.php/afroasia
www.buala.org
www.casadasafricas.org.br
www.geledes.org.br
www.marfilmes.com
http://www.ebc.com.br/mulheresnegras
https://mundonegro.inf.br
www.museuafrobrasil.org.br
www.palmares.gov.br
www.somnegro.wordpress.com